Autorin

Angelika Schwarzhuber lebt mit ihrer Familie in einer kleinen Stadt an der Donau. Sie arbeitet auch als erfolgreiche Drehbuchautorin für Kino und TV, unter anderem für das mehrfach mit renommierten Preisen, unter anderem dem Grimme-Preis, ausgezeichnete Drama »Eine unerhörte Frau«. Zum Schreiben lebt sie gern auf dem Land, träumt aber davon, irgendwann einmal die ganze Welt zu bereisen.

Von Angelika Schwarzhuber ebenfalls bei Blanvalet erschienen:

Liebesschmarrn und Erdbeerblues
Hochzeitsstrudel und Zwetschgenglück
Servus heißt vergiss mich nicht
Der Weihnachtswald
Barfuß im Sommerregen
Das Weihnachtswunder
Ziemlich hitzige Zeiten
Das Weihnachtslied
Ziemlich turbulente Zeiten
Das Weihnachtsherz
Ziemlich runde Zeiten

Angelika Schwarzhuber

Die Weihnachtsfamilie

Roman

blanvalet

FSC www.fsc.org
MIX
Papier aus verantwortungsvollen Quellen
FSC® C014496

Klimaneutral*
Druckprodukt
ClimatePartner.com/14044-1912-1001

Penguin Random House Verlagsgruppe FSC® N001967

1. Auflage

Dieses Werk wurde vermittelt durch die Literarische Agentur
Thomas Schlück GmbH, 30161 Hannover.
Redaktion: Alexandra Baisch
Umschlaggestaltung: Johannes Wiebel | punchdesign,
unter Verwendung von Motiven von Shutterstock.com
(Subbotina Anna, Romolo Tavani, Guschenkova)
und stock.adobe.com (auergraphics, seewhatmitchsee, Marek,
Stillkost, t.tomsickova, Andrey Volokhatiuk, Tatyana Sidyukova)
LH · Herstellung: sam
Satz: Uhl + Massopust, Aalen
Druck und Bindung: GGP Media GmbH, Pößneck
Printed in Germany
ISBN: 978-3-7341-1148-8

www.blanvalet.de

Für Arno
Danke, dass du ein Teil unserer Familie warst.

Kapitel 1

Es war einmal ein schönster Tag im Jahr

München – Heiligabend vor 22 Jahren – Teil 1

Als die zehnjährige Emily an diesem Morgen erwachte, wurde es draußen gerade hell. Im Bett unter ihr war das leise Schnarchen ihrer drei Jahre älteren Schwester Laura zu hören, mit der sie sich ein Zimmer teilte.

Heute ist Heiligabend, dachte Emily glücklich. Der Tag, auf den sie schon seit Wochen hingefiebert hatte. Der schönste Tag im Jahr! Endlich!

Sie schlug die Bettdecke zurück, kletterte die Leiter am Etagenbett nach unten, ohne Laura zu wecken, und schlüpfte in die Hausschuhe. Leise verließ sie im Schlafanzug das Kinderzimmer, putzte sich im Bad die Zähne und ging in die Wohnküche am anderen Ende des Flurs.

Ihre Mutter Luise stand mit dem Rücken zur Tür an der Arbeitsfläche und summte vergnügt zur weihnachtlichen Popmusik aus dem Radio.

»Guten Morgen, Mama!«, sagte Emily. Ihre Mutter drehte sich um.

»Guten Morgen, Mäuschen!«, sagte sie mit einem Lächeln, und Emily sah, dass sie gerade Eier für einen Kuchen trennte. »Du bist ja schon früh wach.«

»Ich konnte nicht mehr schlafen … Wo ist denn Papa?«

»Er muss noch etwas besorgen.«

»Was denn?«

»Sei nicht so neugierig, mein Schatz!«

Emily hakte nicht weiter nach. Sicherlich hatte es etwas mit dem Christkind zu tun, und da würde ihre Mutter natürlich nichts verraten.

»Magst du mir helfen, den Weihnachtskuchen zu backen?«, fragte Luise.

»Au ja!«

Emily nickte begeistert.

Der Weihnachtskuchen war ein besonderer Kuchen, den es nur am 24. Dezember gab. Und zwar am Nachmittag, während die Geschwister zusammen in einem der Kinderzimmer saßen, das sie ab Mittag bis zur Bescherung am Abend nur noch verlassen durften, um auf die Toilette zu gehen. Damit sie dem Christkind nicht versehentlich in die Quere kamen.

»Der Kuchen, der die Wartezeit versüßt« nannte ihr Papa Karl diesen traditionellen Kuchen, den es in seiner Kindheit schon für ihn und seine drei älteren Geschwister gegeben hatte. Das Rezept dafür stammte von seiner bereits verstorbenen Mutter. Dazu gab es heiße Schokolade, die mit weihnachtlichen Gewürzen zubereitet war. Karl gesellte sich bei diesen Gelegenheiten immer für eine Weile zu den Kindern und verputzte mindestens zwei große Kuchenstücke, während Luise irgendetwas Geheimnisvolles in der Wohnung zu tun hatte. Emily freute sich schon sehr auf diese Stunden. Die zogen sich zwar bis zum Abend endlos wie Kaugummi, aber trotzdem hatte sie immer viel Spaß mit ihren Geschwistern. Sie saßen auf einer Decke am Boden und spielten Monopoly. Und wenn sie davon genug hatten, würden sie auf dem alten Fernseher mit eingebautem Videorekorder, den sie vor ein paar Wochen von ihrem Onkel Franz bekommen hatten, Pumuckl-Filme anschauen. Am späten Nachmittag würden sie dann in schönere Sachen schlüpfen, die ihnen ihre Mutter bereits zurechtgelegt hatte. Dann erst durften sie in den Flur und mussten zusammen mit Margot, ihrer Oma mütterlicherseits, die natürlich auch bei der Bescherung dabei war, so lange warten, bis im Wohnzimmer das Glöckchen klingelte.

Emily schlug gerade mit dem Mixer das Eiweiß mit einer kleinen Prise Salz steif, und Luise rieb die Äpfel für den Teig, als der elfjährige Markus in die Küche kam. Er war schon fix und fertig angezogen, und seine noch etwas feuchten Haare zeigten, dass er bereits geduscht hatte.

»Morgen!«, rief er über den Lärm des Mixers.

»Guten Morgen, Markus!«, sagte Luise.

Emily schaltete das Rührgerät aus. Das Eiweiß war so steif geschlagen, dass es glänzte, so wie es auch bei ihrer Mutter immer aussah.

»Wann musst du denn los, Markus?«, fragte Luise ihren Sohn.

»Um halb zehn werde ich abgeholt«, antwortete er.

Der Junge führte am Vormittag mit einigen Mitschülern aus seiner Klasse im Seniorenheim das Krippenspiel auf und spielte Caspar, einen der Heiligen Drei Könige.

»Dann hast du ja noch ein wenig Zeit, bis du losmusst. Sobald der Kuchen im Ofen ist, mach ich uns ein schönes Frühstück«, versprach Luise.

Emily reichte ihrer Mutter die Schüssel mit dem geschlagenen Eiweiß.

»Das hast du toll gemacht, Emily!«

Luise zog die weiße Masse vorsichtig mit einem Schneebesen unter den Teig, gab ihn dann in die Kastenkuchenform und stellte sie in den Ofen.

»Deckt ihr zwei doch schon mal den Tisch«, bat sie die Kinder und spülte inzwischen die Rührschüssel ab.

»Wo ist denn das Brot?«, fragte Emily.

»Im Brotkasten, wo es immer ist!«, sagte Luise.

Was davon noch übrig war, war nicht der Rede wert.

»Ach herrje, ich habe vergessen, vor den Feiertagen noch Brot einzukaufen!«, sagte Luise erschrocken. »Das brauchen wir aber unbedingt. Lauf doch bitte schnell zum Bäcker, Markus.«

Markus schüttelte den Kopf.

»Das geht nicht, Mama. Ich muss noch den Text üben.«

»Den kannst du doch schon im Schlaf«, meinte Emily.

»Sicher ist sicher«, erklärte ihr Bruder, der es immer besonders genau nahm und es hasste, einen Fehler zu machen. Dementsprechend gut waren auch seine Schulnoten.

»Dann geh eben ich zum Bäcker, Mama«, sagte Emily.

»Das ist lieb von dir … Aber hoffentlich nicht im Schlafanzug«, meinte ihre Mutter mit einem Zwinkern.

»Ich ziehe mich ganz schnell an.«

»Mach das. Und wecke schon mal deine Schwester auf.«

Emily nickte und ging in ihr Zimmer, um in ihre Jeans

und den roten Lieblingspulli zu schlüpfen, den ihre Oma für sie gestrickt hatte.

»Hey, du Schlafmütze! Aufstehen!«, sagte sie zu Laura, die immer noch im Bett lag. »Es gibt bald Frühstück.«

»Lass mich in Ruhe! Ich hab noch gar keinen Hunger!«, murmelte Laura verschlafen und drehte sich auf die andere Seite.

»Aber es ist doch Weihnachten.«

»Na und?«

»Das Christkind kommt heute! Freust du dich denn gar nicht?«, wollte Emily wissen.

»Babyquatsch. Du glaubst doch nicht immer noch, dass es das Christkind wirklich gibt?«, brummte Laura unter dem Kissen hervor.

»Doch. Das Christkind gibt es wohl, du blöde Kuh!«, empörte sich Emily.

»Selber blöde Kuh. Das ist alles nur eine Erfindung!«

»Und ob es das Christkind gibt!«, beteuerte Luise entschieden, die in der offenen Zimmertür stand und die letzten Worte ihrer Töchter mitbekommen hatte. Doch sie bedauerte die Tatsache, dass sicherlich auch die zehnjährige Emily nicht mehr allzu lange daran glauben würde. Solange es ging, wollte sie ihr diesen besonderen Weihnachtszauber unbedingt bewahren.

»Siehst du, Laura!«, rief Emily.

»Allerdings mag das Christkind ganz bestimmt keine solchen Schimpfwörter hören!«, mahnte Luise.

»Entschuldige, Mama!«, sagte Emily.

»Entschuldigung«, kam es auch von Laura.

Emily ging hinaus in den Flur.

»Hier hast du fünf Mark. Wir brauchen zwei Pfund Mischbrot«, sagte Luise, als Emily in ihre Winterjacke schlüpfte. Sie drückte ihrer Tochter die Münze und eine Stofftasche in die Hand.

»Vielleicht fragst du Oma, ob sie auch noch was vom Bäcker braucht.«

»Mache ich.«

»Und beeil dich, damit wir bald frühstücken können.«

Emily nickte, setzte ihre Mütze auf und ging aus der Wohnung ins Treppenhaus. Eilig sauste sie zwei Stockwerke nach unten und klingelte bei ihrer Oma Margot, die ebenfalls im Mietshaus wohnte.

»Hallo, Omi, brauchst du auch was vom Bäcker?«, fragte die Kleine.

»Guten Morgen, Emily. Das ist aber lieb, dass du fragst. Bring mir doch bitte zwei Brezen mit. Warte, ich gebe dir gleich das Geld.«

Sie öffnete die Schublade einer Kommode im Flur und zog ihre Geldbörse heraus. Dann gab sie ihrer Enkelin zwei Mark.

»Vom Restgeld darfst du dir was kaufen«, sagte sie mit einem Lächeln. »Oder du fütterst damit dein Sparschwein.«

»Danke, Omi. Kommst du heute Nachmittag auch zu uns, wenn wir den Weihnachtskuchen essen?«

»Da bin ich auf dem Friedhof und zünde am Grab von deinem Opa eine Kerze an. Aber vielleicht kannst du mir ja ein Stück aufheben?«, bat die ehemalige Friseurin.

»Mache ich«, versprach Emily. Sie mochte ihre lustige Großmutter sehr. Wenn ihre Mutter nachmittags arbeitete, kochte Margot und achtete darauf, dass Emily und ihre Geschwister die Hausaufgaben machten. Wobei sie Letzteres nicht immer allzu genau nahm. Viel lieber spielte sie mit den Kindern *Mensch ärgere dich nicht* und *Uno* oder erzählte ihnen Geschichten von früher, die vor allem Emily gern hörte.

»Bis gleich«, sagte Emily und sauste die nächsten beiden Stockwerke nach unten ins Parterre. Als sie die Haustür öffnete, wehte ihr ein eiskalter Wind entgegen, der ihr einen Moment den Atem raubte. Sie schnappte nach Luft. Kleine Schneeflocken wirbelten herum, und Emily bemerkte erst jetzt, dass sie vergessen hatte, Handschuhe anzuziehen. Sie steckte die Hände in die Jackentaschen und machte sich eilig auf den Weg. In den vergangenen Tagen hatte es immer wieder heftig geschneit, und überall lagen große Schneehaufen auf den Bürgersteigen und in den kleinen Vorgärten der Mietshäuser.

Die Bäckerei befand sich nur zweihundert Meter entfernt in derselben Straße. Emily kaufte die Sachen ein und machte sich schnell wieder auf den Rückweg.

»Hallo Emily!«, rief Hans-Peter ihr zu, ein Junge, der mit seiner Mutter im selben Haus wie sie wohnte und mit dem sie oft spielte.

»Hallo, Hape«, begrüßte sie ihren Kumpel.

»Wir haben im Hof einen riesigen Schneemann gebaut. Willst du ihn sehen?«

Emily überlegte kurz. Sie sollte sich beeilen, hatte ihre Mutter gesagt. Aber es würde ja nicht lange dauern, kurz einen Blick auf den Schneemann zu werfen.

»Ja!«, sagte sie und folgte Hape in den großen Innenhof. Und tatsächlich stand dort ein Schneemann, der einen Kopf größer war als Emily, allerdings so aussah, als könnte er jeden Moment umkippen und würde sich an dem alten Besen festhalten, den Hape in seine Seite gesteckt hatte.

»Kannst du nicht noch ein wenig bleiben und mit mir spielen?«, bat der Junge, dessen Wangen schon ganz rot vor Kälte waren. »Wir könnten für den Schneemann noch eine Schneefrau und ein paar Schneekinder machen, damit er eine Familie hat.«

Doch Emily schüttelte den Kopf.

»Ich muss leider schnell nach oben. Es gibt gleich Frühstück bei uns.«

»Schade. Kommst du später noch runter zum Spielen?«, fragte er hoffnungsvoll. Als Einzelkind wurde es ihm in der Wohnung oft langweilig.

»Ich glaub nicht. Aber vielleicht geht es morgen«, sagte Emily.

»Na gut … Dann kann ich dir auch zeigen, was ich vom Christkind bekommen habe.«

»Und ich dir.«

Sie lächelten sich zu.

»Mach's gut.«

»Du auch!«

Emily ging diesmal von der Rückseite her ins Haus, an den Geräteräumen des Hausmeisters vorbei. Plötzlich hörte sie Stimmen und Lachen. Dann war es wieder ruhig. War das eben ihr Papa gewesen?

Sie ging noch mal zurück und öffnete die Tür zum Abstellraum. Zuerst dachte sie, sie würde sich täuschen, doch es war tatsächlich ihr Vater. Die Frau des Hausmeisters hatte ihre Arme um seinen Hals geschlungen, und sie küssten sich. Vor Schreck fiel Emily die Tüte aus der Hand. Erschrocken drehten die beiden sich zu ihr um.

»Emily!«, rief ihr Vater.

Doch da hatte Emily die Tüte schon aufgehoben und rannte mit wild klopfendem Herzen die vier Stockwerke nach oben bis zu ihrer Wohnung. Sie vergaß dabei völlig, die Brezen bei ihrer Oma abzugeben. Als sie an der Wohnungstür klingelte, hörte sie von unten Schritte auf der Treppe. War das ihr Vater?

Kaum hatte ihre Mutter die Tür geöffnet, schlüpfte sie auch schon in den Flur, in dem es bereits köstlich nach dem Kuchen im Backofen duftete.

»Ich muss aufs Klo!«, rief sie außer Atem und drückte ihrer Mutter die Tüte in die Hand, bevor sie rasch ins Badezimmer verschwand.

Schwer atmend setzte Emily sich auf den Badewannenrand und versuchte zu verstehen, was sie eben im Abstellraum gesehen hatte. Sie hatte keine Ahnung, was das zu bedeuten hatte. Doch eines war ihr klar. Es konnte nicht richtig sein, dass ihr Papa und diese Frau sich umarmt und geküsst hatten.

»Karl. Du bist auch schon zurück!«, hörte sie ihre Mutter überrascht sagen. »Dann kannst du auch gleich mit uns frühstücken. Emily hat frisches Brot geholt. Wir müssen nur noch Laura aus dem Bett bekommen.«

»Wo ist denn Emily?«, fragte Karl, während er aus seiner Jacke schlüpfte.

»Sie musste dringend aufs Klo … Möchtest du Kaffee oder Tee?«

»Kaffee bitte …«

»Schon fertig. Wir können gleich anfangen. Kommst du?«

»Ja gleich«, sagte Karl und wartete, bis seine Frau in der Küche verschwunden war.

»Emily!«, rief er ein paar Sekunden später und klopfte an der Tür zum Badezimmer. »Wenn du fertig bist, dann komm doch bitte mal zu mir, ja?«

Emily antwortete nicht. Sie fühlte sich total unwohl. Mit einem Mal schien dieser so lang ersehnte und bis jetzt so besondere Tag seinen Glanz verloren zu haben. Nicht nur das, er wirkte plötzlich düster und bedrohlich.

»Emily!« Er klopfte erneut. »Kommst du bitte? Es ist wirklich sehr wichtig!«

Emily seufzte. Ewig konnte sie nicht hier im Bad bleiben, auch wenn sie überhaupt nicht wusste, wie sie sich ihrem Vater gegenüber verhalten sollte.

Sie atmete einmal tief ein und aus, dann drehte sie den Schlüssel um und öffnete die Tür.

»Da bist du ja«, sagte ihr Vater, und sein sonst so ansteckendes Lächeln wirkte plötzlich gar nicht mehr echt. »Magst du mir mal kurz helfen, was vom Keller zu holen?«, fragte er.

Doch Emily war klar, dass er einfach nur ungestört mit ihr sprechen wollte.

»Aber beeilt euch. Markus muss bald los, und wir wollen doch noch alle gemeinsam frühstücken«, rief Luise aus der Küche. »Und weckt endlich Laura auf!«

»Machen wir!«, rief Karl zurück.

Emily wusste nicht, was sie tun sollte. Sie liebte ihren Vater, aber warum hatte er nur diese blöde Hausmeisterin geküsst? Das würde ihrer Mutter ganz bestimmt nicht gefallen. Plötzlich stieg ihr der süßliche Backduft des Weihnachtskuchens besonders in die Nase, und aus dem leichten Unwohlsein wurde schlagartig Übelkeit.

»Jetzt komm schon!«, drängte Karl freundlich, aber bestimmt. »Ich brauche deine Hilfe.«

»Mir ist so schlecht!«, sagte sie leise.

Karl ging neben ihr in die Hocke.

»Du bist ja wirklich ganz blass«, sagte er besorgt. »Hör mal, Spätzchen, das vorhin …«, nun war seine Stimme ganz leise geworden, »… das war nur ein dummer Spaß, und du musst dir überhaupt keine Gedanken darüber machen. Wirklich nicht. Es ist alles gut. Du kannst das einfach vergessen.«

Eigentlich sollte Emily bei seinen Worten Erleichterung verspüren, doch das tat sie nicht. Sie verstand immer noch nicht, was sie gesehen hatte.

»Aber warum hast du denn die Hausmeisterin geküsst, Papa?«, fragte sie.

»Das war nicht so, wie du …«, begann ihr Vater.

»Du hast wen geküsst?«, unterbrach Luise ihn, und ihre Stimme klang eisig. Weder Karl noch Emily hatten mitbekommen, dass sie wieder in den Flur gekommen war.

Karl stand langsam auf und lächelte bemüht.

»Da hast du etwas völlig falsch verstanden, Luise«, versuchte er, die Sache herunterzuspielen.

»Was kann man denn daran falsch verstehen?«, fuhr seine Frau ihn an.

Bevor er etwas darauf antworten konnte, kam Markus aus der Küche.

»Ich kann den Text!«, rief er freudig, doch niemand beachtete ihn.

Die Tür zum Kinderzimmer der Mädchen öffnete sich.

»Hey, geht's vielleicht noch lauter?«, maulte die verschlafen wirkende Laura.

Emily sah zwischen ihrer Mutter und ihrem Vater hin und her und wusste in diesem Moment, dass nichts wieder so sein würde, wie es einmal war.

Kapitel 2

Ein weihnachtlicher Auftrag

Sylt – 22 Jahre später

Danke und schöne Feiertage! Und wenn ihr irgendwann mal in Zürich seid, kommt mich unbedingt besuchen«, rief die Sängerin und winkte Emily und ihrem Kollegen Victor ein letztes Mal zu, bevor sie im Privatjet verschwand. Ab jetzt würde die Sicherheit des beliebten Schlagersterns wieder in den Händen anderer liegen.

»Jessi ist echt eine Nette«, bemerkte Victor, als die beiden Personenschützer auf dem Weg zu ihrem Wagen waren, den sie am Flughafenparkplatz in Tinnum abgestellt hatten.

»Finde ich auch«, stimmte Emily ihm zu. »Auch wenn ich mit ihrer Musik nicht sonderlich viel anfangen kann.«

»Das hat man dir aber überhaupt nicht angemerkt, Emilchen«, neckte er sie.

»Du sollst mich nicht so nennen«, schimpfte sie und stupste ihn in die Seite. »Außerdem habe ich zu ihr mit keinem Wort gesagt, dass ich ihre Musik nicht mag.«

»Manchmal drückt das, was man nicht sagt, mehr aus als das, was man sagt«, meinte der über zwei Meter große Victor, dem Emily nur knapp bis zu den Schultern reichte. »Sie hat es dir jedoch offenbar nicht übel genommen.«

»Musik ist eben Geschmackssache. Aber auch wenn mich ihr neues Weihnachtslied vermutlich noch bis Ostern als Ohrwurm verfolgt, war es ein echt schöner Auftrag«, beteuerte Emily und schlug den Kragen ihres dunkelgrauen Parkas nach oben. Der eisige Wind trieb winzige Schneeflocken vor sich her, und Emily war froh, gleich wieder in den Wagen zu kommen.

»Stimmt, das waren vier wirklich lockere Tage hier auf Sylt! Fast ein wenig wie Urlaub.«

Die aus der Schweiz stammende und auch international erfolgreiche Sängerin Jessi war für einen Auftritt als Überraschungsgast zu einer privaten Geburtstagsfeier eines schwerreichen Unternehmers engagiert worden. An den Tagen danach hatte sie zusammen mit ihrer Assistentin die Gelegenheit nutzen und sich noch in Ruhe die Insel anschauen wollen. Victor und Emily waren kurzfristig engagiert worden, weil Jessis festangestellter Bodyguard wegen einer Verletzung ausfiel, und hatten sich dabei weniger als Personenschützer, sondern eher wie gut bezahlte Fremdenführer gefühlt. Zumindest am ersten Tag. Danach war es fast so, als hätten sie mit guten Bekannten Ausflüge zum roten Kliff, nach List, dem nördlichsten Strand Deutschlands, und in die idyllische Kapitänsstadt Keitum gemacht. Die winterliche Insel war zu dieser Jahreszeit nur wenig von Urlaubern besucht, umso schöner war es, die herrliche Landschaft zu genießen. Oder dick eingepackt lange Spaziergänge am

Strand zu unternehmen, der auch im Winter einen ganz speziellen Reiz besaß.

Abends saßen sie dann zu viert im gemieteten Strandhaus zusammen, und Victor hatte vorgeschlagen, nicht den Lieferservice zu nutzen, sondern selbst für alle zu kochen. Er liebte es, in der Küche zu stehen und kreative Gerichte zu zaubern. Emily war schon öfter in diesen Genuss gekommen und wusste seine Kochkünste zu schätzen, die auch Jessi und ihre Assistentin begeistert hatten. Zudem war Victor ein hervorragender Unterhalter, dem man gern zuhörte.

»Solche Aufträge wie diesen hätte ich echt gern viel öfter«, sagte Emily.

»Ich auch. Das wäre super. Auch wenn ich nicht verstehen kann, dass sogar eine so harmlose Sängerin wie Jessi überhaupt Personenschutz braucht«, meinte Victor mit einem Kopfschütteln. Doch leider hatte ihr erst vor wenigen Wochen bei einem Spaziergang ein außer Kontrolle geratener Fan aufgelauert und versucht, sie in seinen Wagen zu zerren. Was glücklicherweise hatte verhindert werden können. Abgesehen davon musste sie sich mit Attacken übers Internet herumplagen, die natürlich alle von Fake-Profilen stammten und nur schwer zurückverfolgt werden konnten. Leider konnte man nicht ausschließen, dass einer dieser Trolle irgendwann doch die virtuelle Grenze überschritt und seine Fantasien in die Tat umsetzen würde. Und davor musste die Sängerin geschützt werden.

»Man glaubt gar nicht, wie viele gefährliche oder durchgeknallte Menschen es so gibt und was sie meinen, sich herausnehmen zu können …«, sagte Emily. Als ehemalige

Polizistin hatte sie oft genug in die dunklen Abgründe der Gesellschaft geblickt, bis sie vor zwei Jahren bei einem besonders gefährlichen Einsatz von häuslicher Gewalt selbst verletzt worden war. Nach ihrer Genesung hatte man sie auf unbestimmte Zeit an den Schreibtisch versetzt. Nicht lange danach hatte sie den Dienst quittiert. Seither arbeitete sie in einer privaten Hamburger Sicherheitsfirma als Personenschützerin.

Victor nickte nachdenklich.

»Aber die meisten Menschen sind trotzdem gutwillig und bemühen sich zumindest, sich richtig zu verhalten«, sagte er.

Emily lächelte. Victor versuchte immer, alles von der positiven Seite zu sehen, obwohl der ehemalige Basketballprofi und spätere Jiu-Jitsu-Trainer in seinem jetzigen Job im Sicherheitsdienst inzwischen schon einiges miterlebt hatte.

Kurz bevor sie bei ihrem Wagen ankamen, klingelte Emilys Handy. Ihre Mutter! Schon wieder! Am liebsten wäre sie gar nicht rangegangen, aber sie wusste, dass Luise keine Ruhe geben würde, bis sie mit ihrer Tochter gesprochen hatte. Sie zog einen Handschuh aus und nahm das Gespräch an.

»Hallo, Mama!«

»Hallo, mein Schatz«, begrüßte ihre Mutter sie. »Endlich gehst du mal ran.«

»Ich bin in einem Einsatz«, überzog Emily die Wahrheit um ein paar Minuten.

»Seit zwei Wochen ununterbrochen?«, fragte Luise und versuchte, nicht allzu vorwurfsvoll zu klingen.

»Jetzt hast du mich ja erreicht. Also, was gibt es?«, fragte sie, obwohl ihr klar war, warum Luise anrief.

»Dein Bruder kommt übermorgen für ein paar Tage nach München und verbringt Heiligabend und den ersten Weihnachtstag bei mir. Markus und ich würden uns sehr freuen, wenn du mit uns zusammen Weihnachten feierst«, sprach Luise genau das aus, was Emily vermutet hatte.

»Und was ist mit Laura?«, fragte Emily, kannte jedoch auch die Antwort darauf.

»Deine Schwester ist natürlich bei deinem Vater«, meinte Luise trocken.

Wie immer!

»Du kommst doch?«

»Tut mir leid, Mama, aber ich muss an den Feiertagen arbeiten«, antwortete sie und fing einen überraschten Blick von Victor auf, der eben mit der Fernbedienung den Wagen aufsperrte. »Aber vielleicht schaffe ich es ja gleich Anfang des neuen Jahres, dass ich euch mal in München besuchen komme!«, sagte sie schnell, weil sie sich jetzt auf keine unnötige Diskussion einlassen wollte.

»Wieso kannst du dir nicht einfach mal an den Feiertagen freinehmen so wie andere auch?«, fragte ihre Mutter enttäuscht. »Sogar Markus schafft es, egal, wie eingespannt er in seiner Kanzlei ist.«

»Das ist eben mein Job! Da gibt es keine Feiertage. Und jetzt muss ich leider aufhören. Ich melde mich bald wieder. Servus, Mama, und schöne Grüße an Markus«, verabschiedete Emily sich und stieg in den Wagen ein.

»Bitte mach ganz schnell die Heizung an«, bat sie ihren Kollegen bibbernd vor Kälte.

Victor warf ihr kurz einen Blick zu, dann startete er den Wagen, schaltete die Heizung an und fuhr los.

»Du musst doch über die Feiertage gar nicht arbeiten«, sagte er schließlich, während sie spürte, wie der Sitz langsam warm wurde.

Emily zuckte mit den Schultern.

»Es ist leichter, ihr zu sagen, dass ich arbeiten muss, als ihr zu erklären, dass ich keine Lust habe, nach München zu fahren«, gab sie zu.

»Aber warum denn nicht?«, fragte Victor, der nicht verstehen konnte, warum die alleinstehende Emily ihre Familie in Bayern nicht besuchen wollte.

»Du kennst sie nicht«, sagte sie seufzend, während ihr langsam wärmer wurde. »Wenn ich Heiligabend mit meiner Mutter und meinem Bruder verbringe, dann sind mein Vater und meine Schwester beleidigt. Und wenn ich bei meinem Vater und meiner Schwester bin, dann ist Mama eingeschnappt. Egal, wie ich es mache, es ist immer verkehrt. Auch als erwachsenes Scheidungskind werden die Probleme an den Feiertagen leider nicht einfacher.«

Ihre beiden älteren Geschwister Laura und Markus hatten sich schon bei der Trennung vor zweiundzwanzig Jahren positioniert, hatten sich auf die Seite des Elternteils gestellt, dem sie sich mehr verbunden fühlten. Für die damals zehnjährige Emily, das jüngste der Geschwister, war das schreckliche Gezerre der Eltern um sie ein Albtraum gewesen. Sie hatte sich weder gegen ihren Vater noch gegen ihre Mutter entscheiden wollen. Schließlich hatte man ihr die Entscheidung abgenommen, und Emily wohnte offiziell bei ihrer Mutter und dem Bruder, während Laura beim Vater aufwuchs. Tatsächlich hatte sie jedoch die meiste Zeit bei ihrer Großmutter Margot verbracht, die praktischerweise ihre Wohnung zwei Stockwerke tiefer im selben Haus hatte. Sobald sie volljährig war und ihre Ausbildung zur Polizeimeisterin begonnen hatte, war Emily in eine WG gezogen.

Victor warf ihr einen verständnisvollen Blick zu.

»Das tut mir echt leid für dich. Aber letztlich ist das nicht nur bei Scheidungsfamilien so. Die meisten Menschen müssen an den Feiertagen Familien-Hopping machen, fahren oft hunderte Kilometer zu Eltern, Schwiegereltern, Großeltern oder den Kindern. Und glaub mir, da gibt es auch oft ziemlich viele Diskussionen, welchen Feiertag man bei den Eltern oder den Schwiegereltern verbringt.«

»Da hast du natürlich recht!«, gab Emily zu. Trotzdem war es noch schwieriger, wenn man sich zwischen den eigenen Eltern entscheiden musste, die sich unversöhnlich zerstritten hatten, wie sie fand.

»Hör mal, wenn du magst, kannst du gern zu uns kommen, Emilchen«, schlug der gutmütige Victor vor. Für ihn war es absolut unvorstellbar, an Weihnachten allein zu sein.

»Danke. Das ist lieb, Victor«, sagte Emily und ließ ihm den ungeliebten Spitznamen diesmal durchgehen. »Aber ich freue mich echt schon darauf, es mir mit Chips und Bier auf dem Sofa gemütlich zu machen und endlich mal in Ruhe Serien in Dauerschleife anzuschauen.«

»Bitte sag so was nicht. Die Vorstellung ist ja total deprimierend. Und es gibt noch nicht einmal Lebkuchen und Glühwein bei dir? Bier und Chips an Heiligabend? Also bitte!«

Er sagte das nur halb im Spaß.

Emily wusste nicht, was sie darauf sagen sollte. Sie empfand Weihnachten immer als die schlimmste Zeit im Jahr und konnte sie am besten ertragen, wenn sie allein war oder wenn sie arbeitete. In diesem Jahr zeichnete sich über die Feiertage bislang noch kein Auftrag für sie ab.

Eine Weile lang schwiegen beide, während sie zum Verladebahnhof in Westerland unterwegs waren. Von dort aus ging es mit dem Autozug nach Niebüll aufs Festland und anschließend zurück nach Hamburg.

»Hast du vielleicht Lust, unterwegs noch irgendwo gemütlich einen Kaffee zu trinken?«, fragte Emily später, während der Zug über den Hindenburgdamm fuhr und aus dem Radio leise Musik zu hören war.

»Tut mir leid. Lust habe ich natürlich immer, aber mein Jüngster hat heute Abend in der Schule beim Weihnachtskonzert einen Soloauftritt, und wenn ich mich da verspäte, dann …«

Emily sah ihm an, wie leid es ihm tat, dass er keine Zeit hatte, und wollte es ihm nicht schwer machen.

»Schon gut!«, winkte sie deswegen rasch ab. »Da musst du auf alle Fälle pünktlich sein. Den Kaffee trinken wir ein anderes Mal.«

»Auf jeden Fall! Wenn du schon am Heiligabend nicht zu uns kommen möchtest, dann schau doch wenigstens an den Feiertagen irgendwann mal vorbei«, ließ Victor trotzdem nicht locker. Er machte sich tatsächlich ein wenig Sorgen um seine junge Kollegin, die er in sein Herz geschlossen hatte. »Für den zweiten Weihnachtsfeiertag haben die Kinder sich eine Knödelparty gewünscht. Ja, stell dir mal vor, seitdem die Kinder von dir das Wort Knödel kennen, heißen Klöße jetzt auch bei uns nur noch so«, erklärte Victor.

Emily lachte.

»Ich habe echt einen guten Einfluss auf die beiden«, sagte sie mit einem Zwinkern.

»Meistens.« Er lächelte. »Jedenfalls gibt es drei verschiedene Sorten Knödel und mehrere Soßen dazu. Na? Wäre das nichts für dich?«

»Okay, das klingt echt ziemlich verlockend. Ich kann es noch nicht hundertprozentig versprechen, aber vielleicht komme ich tatsächlich«, sagte Emily, weil sie ahnte, dass Victor sonst keine Ruhe geben würde. Dabei war ihr schon jetzt klar, dass die weihnachtliche Knödelparty ohne sie stattfinden würde.

In diesem Moment begann ein neuer Musiktitel im Radio. Emily verdrehte ein wenig übertrieben die Augen, und Victor grinste.

Weil Weihnachten in dir ist hieß die Ballade von Jessi, und Emily hatte das Gefühl, das Stück in den letzten Tagen gefühlt hunderte Male gehört zu haben.

»Das Lied verfolgt mich wirklich«, sagte sie und seufzte ein wenig genervt.

Victor lachte laut und sang dann mit seiner tiefen wohltönenden Stimme den Refrain mit, um Emily ein wenig aufzuziehen.

Emily hätte am liebsten den Sender gewechselt, denn auf Weihnachtsmusik, zu der Victor auch noch fröhlich miträllerte, hatte sie jetzt überhaupt keine Lust. Aber zum Glück kam in diesem Moment ein Anruf der Sicherheitsfirma, den Victor über die Freisprechanlage annahm.

»Ja, hallo, Susi, was gibt es?«, meldete er sich.

»Hallöchen!«, rief die immer gut gelaunte Susanne, die

in der Firma für die Kundenberatung und Terminkoordination zuständig war.

»Hi, Susi!«, sagte auch Emily.

»Na ihr zwei, seid ihr schon auf der Rückfahrt?«, wollte sie wissen.

»Ja … Wir sind jetzt auf dem Autozug.«

»Sehr schön. Und? Ist alles gut gelaufen bei euch mit Jessi?«

»Ja. Absolut reibungslos. Keinerlei Vorkommnisse«, informierte Emily sie.

»Dann dürfen wir bei Bedarf hoffentlich auch in Zukunft wieder für sie arbeiten.«

»Das kann ich mir sehr gut vorstellen!«, beteuerte Victor. »Jessi hat das sogar schon angedeutet. Sie scheint uns beide zu mögen.«

Susi lachte.

»Kein Wunder. Ihr seid ja auch ein Dream-Team.«

»Allerdings. Das sind wir so was von!«, sagte Emily.

»Genau deswegen versuche ich auch, euch so oft wie möglich gemeinsam einzuteilen.«

»Das wissen wir sehr zu schätzen, Susi«, sagte Victor.

»Aber leider geht das nicht immer. Vorhin kam kurzfristig noch ein Auftrag rein, allerdings nur für einen von euch beiden. Und auch nur für einen Tag.«

»Das mache ich!«, erklärte sich Emily sofort bereit, ohne zu wissen, um welchen Job es sich handelte. Sie wusste, dass Victor am nächsten Tag mit seiner Frau mehr oder weniger auf den letzten Drücker die Weihnachtsgeschenke für die Kinder besorgen wollte, und hielt ihm deswegen den Rücken frei. Außerdem war sie froh, wenn sie beschäftigt war, das lenkte sie am besten von den bevorstehenden Weihnachtsfeiertagen ab.

»Wunderbar!«, sagte Susi erfreut. »Ich schicke dir dann gleich eine Mail mit den Details.«

»Danke!«

»Eins kann ich dir jedenfalls jetzt schon verraten, du wirst sehr früh aufstehen müssen.«

Kapitel 3

Der Weihnachtswunsch

Hamburg

»Wir müssen noch eure Schneeanzüge einpacken!«, rief Valentin und wühlte sich durch den riesigen begehbaren Garderobenschrank in der Diele im Erdgeschoss.

»Und eure Schlittschuhe sind übrigens auch nicht da! Wisst ihr vielleicht, wo die sind?«

»Nö … keine Ahnung!«, kam es zweistimmig von oben aus einem der Kinderzimmer, und Valentin seufzte genervt.

»Wieso frag ich überhaupt«, murmelte er.

Als freiberuflich arbeitender und weitgehend alleinerziehender Papa von kürzlich sieben Jahre alt gewordenen Zwillingen war es nicht immer ganz einfach, den Überblick zu behalten. Glücklicherweise hatte der Fotograf seit dem Umzug im Sommer in die gemietete Jugendstilvilla im Hamburger Stadtteil Rahlstedt ein eigenes Fotostudio im Haus und zudem einen großen, abwechslungsreich gestalteten Garten für Außenaufnahmen. Auch wenn er weiterhin für Aufträge gebucht wurde, die es erforderten, zu seinen Kunden zu fahren, so konnte er doch inzwischen viele seiner Shootings in die eigenen vier Wände verlegen. Was ihm sehr gelegen kam und seinen Alltag enorm erleichterte.

Nachdem er den Schrank dreimal von vorn bis hinten durchwühlt hatte, gab er die Suche nach den Schneeanzügen an dieser Stelle auf. Dabei war er sich ganz sicher, dass er sie nach dem Einkauf vor drei Tagen hier verstaut hatte.

Er ging die Treppe nach oben zu den Kindern. Obwohl die Zwillinge jeweils ein eigenes Zimmer hatten, hielten sie sich tagsüber meistens in Joshuas Zimmer auf. Und auch jetzt saßen die beiden sich auf einer Decke am Boden im Schneidersitz gegenüber. Sie wirkten ertappt, als sie ihren Vater in der offenen Tür entdeckten.

»Stella? Joshi? Was heckt ihr denn schon wieder aus?«, fragte Valentin, der seine Kinder gut genug kannte, um zu merken, dass da etwas im Busch war.

»Nichts, Papi!«, erklärte Stella und zuckte mit einem unschuldigen Engelsblick mit den Schultern.

»Gar nichts!«, bestätigte ihr Bruder.

Doch Valentin spürte, dass die Zwillinge irgendwas im Schilde führten.

»Hey, jetzt zeigt doch mal ein wenig mehr Begeisterung. Eure Mama holt euch bald ab, und dann besucht ihr Mamas Cousine Eva und übernachtet dort. Und gleich morgen früh fliegt ihr zusammen nach Bayern und dürft die Ferien in den Bergen verbringen. Das ist doch toll, oder?«, sagte Valentin, auch wenn er selbst über die Situation nicht sonderlich glücklich war. Es fiel ihm schwer, sich mit der Vorstellung anzufreunden, seine Kinder an Weihnachten nicht zu sehen, doch da sie ansonsten bei ihm lebten, während ihre Mutter seit Kurzem ihren Hauptwohnsitz wieder in London hatte, gehörte das zu den Vereinbarungen, die seine Ex-Frau Hannah und er nach Beratungen mit den Anwälten getroffen hatten. Glücklicherweise hatte er in den nächsten beiden Tagen noch ein großes Fotoshooting und einen Besprechungstermin für eine Ausstellung und sollte somit ein wenig abgelenkt sein. Und die Feiertage selbst würde er bei seinen Eltern und mit Freunden verbringen. Irgendwie würde er dieses erste Weihnachten ohne seine Kinder schon überstehen.

»Ich will aber, dass du mitkommst und mit uns Weihnachten feierst!«, verlangte Stella, und ihre dunkelbraunen Augen glitzerten verdächtig.

»Ja, genau! Warum kommst du denn nicht einfach mit zu den Bergen?«, wollte nun auch Joshua wissen.

Valentin setzte ein Lächeln auf und hoffte, dass es nicht so gekünstelt wirkte, wie es sich anfühlte.

»Ich habe es euch doch schon so oft erklärt. Eure Mami und ich sind zwar immer eure Eltern und haben euch sehr lieb, aber wir sind nicht mehr verheiratet. Und deswegen feiert ihr diesmal nur mit Mami Weihnachten.«

Außerdem würde auch ihr neuer Freund Rick dabei sein, den die Kinder schon bei ihrem letzten Besuch in London kennengelernt hatten.

»Aber das ist doof!«, schimpfte Stella.

»Total doof!«

»Wenn ihr nächste Woche wieder zurück seid, dann holen wir Weihnachten ganz einfach nach. Und zwar mit allem, was dazugehört.«

»Das darf man doch gar nicht!«, protestierte Stella mit einem skeptischen Stirnrunzeln.

»Oh doch. Das darf man. Ich habe extra eine Weihnachtsnachricht an das Christkind geschickt und nachgefragt«, erklärte Valentin so überzeugend wie möglich und hoffte, dass die Zwillinge nicht schon zu alt dafür waren, noch daran zu glauben. Zumindest Joshua hatte in der letzten Zeit ein paar kritische Fragen gestellt, nachdem einige Mitschüler die Existenz von Christkind und Weihnachtsmann als Erfindung abgetan hatten. »Die Geschenke werden natürlich, wie für alle Menschen, am Heiligabend schon ausgeliefert und warten hier auf euch.«

»Gibt es auch einen großen Weihnachtsbaum?«, fragte Joshua, der immer alles ganz genau wissen wollte.

»Klar gibt es den ... So wie jedes Jahr! Aber jetzt müssen wir langsam mal eure Sachen packen, damit ihr fertig seid, wenn eure Mama kommt ... Wo habt ihr denn eure Geschenke für sie? Sind die schon in euren Rucksäcken?«

Stella nickte. Die Kinder hatten extra zusammen mit Valentin einen besonderen Kalender mit Fotos gebastelt und Bilder gemalt.

»Schön, dann hole ich jetzt mal für euch die großen Koffer vom Dachboden.«

Als Valentin das Zimmer verlassen hatte, schob Stella die Schneeanzüge noch tiefer unter Joshuas Bett, wo auch schon die Schlittschuhe versteckt waren. Glücklicherweise hatte ihr Vater sie vorhin nicht entdeckt.

»Wenn Mama kommt, dann musst du sagen, dass dir ganz schlimm schlecht ist und du Bauchschmerzen hast«, flüsterte Stella.

Joshua nickte.

»Und du versteckst ihre Handtasche und ihr Handy.«

»Mache ich. Dann können wir nicht zu Cousine Evi fahren und morgen nicht fliegen, und Mama muss hierbleiben.«

Die Kinder grinsten sich verschwörerisch zu. Sie hatten schon vor Tagen einen Plan ausgeheckt, weil sie unbedingt gemeinsam als Familie Weihnachten feiern wollten.

»Ich hoffe, das klappt auch alles«, sagte Stella, die dennoch ein wenig unsicher war.

»Klar.«

»So, ihr zwei. Jetzt wird aber gepackt«, sagte Valentin, der mit zwei Koffern wieder zurückkam. »Und, Stella, vergiss bloß nicht, Jojo mitzunehmen.«

Jojo war Stellas geliebtes Stofftier, ein kuscheliges, vom vielen Knuddeln schon etwas verschlissenes kleines Schaf mit lustigen Ohren, das sie zur Geburt von ihren Großeltern bekommen hatte. Sie konnte nach wie vor nur einschlafen, wenn Jojo, das Schaf, bei ihr im Bett lag.

Auch Joshua hatte damals von Oma und Opa ein Stofftier bekommen, allerdings hatte er den kleinen Elefanten bereits vor Schulbeginn ganz oben in sein Regal gestellt. Zum Schlafen brauchte er längst kein Kuscheltier mehr.

»Weißt du schon, welche Bücher du mitnehmen möchtest, Joshi?«, fragte Valentin seinen Sohn.

Der Kleine nickte und ging zum Regal, das vollgestopft war mit Büchern, Heften und Wissenschaftszeitschriften für Kinder. Schon mit fünf Jahren hatte Joshua Lesen gelernt, und seither bereitete man ihm die größte Freude, wenn man ihn mit Lesefutter versorgte, egal ob auf Deutsch oder Englisch, da die Kinder von ihren Eltern zweisprachig erzogen wurden.

Zuerst packten sie Joshuas Sachen ein. Als Valentin sich

nach einem Paar Socken bückte, das ihm heruntergefallen war, entdeckte er etwas unter dem Bett.

Das darf doch nicht wahr sein!, dachte er und schüttelte den Kopf.

Gleich darauf holte er die Schneeanzüge und die Schlittschuhe hervor.

»Joshi, Stella, ist das euer Ernst?«, fragte er so ruhig wie möglich.

Die Zwillinge zuckten nur mit den Schultern und sagten nichts mehr. Wie immer, wenn sie sich ertappt fühlten.

Valentin durchschaute ihre Absicht natürlich und atmete einmal tief durch. Dann schnappte er sich jeweils ein Kind unter jeden Arm und trug die gleichzeitig protestierenden und lachenden Zwillinge nach unten in die große Küche.

»Puh, ihr werdet echt schon ganz schön schwer«, sagte er ein wenig außer Atem, als er sie abgesetzt hatte. Dann ging er zum Kühlschrank.

»Eiszeit?«, fragte er, und die beiden nickten. Er holte einen großen Becher Schokoladeneis aus dem Gefrierfach und aus der Schublade drei Löffel.

Eiszeit war der Code für eine Aussprache, wenn etwas nicht so gut lief, wie es laufen sollte. Und jetzt war offensichtlich Gesprächsbedarf, auch wenn er vorhin bereits versucht hatte, ihnen die Reise mit ihrer Mutter ins Berchtesgadener Land schmackhaft zu machen.

Sie setzten sich an den Tisch, und Valentin stellte den Becher in die Mitte. Noch war das Eis ziemlich hart gefroren, und es war schwierig, etwas herauszukratzen.

»Wollt ihr denn gar nicht in den Bergen im Schnee spielen und Schneemänner bauen oder mit eurer Mama Schlittschuh laufen?«, fragte er wie nebenbei, während er im Eis stocherte.

»Mama fährt doch sowieso nicht mit uns Schlittschuh, weil sie Angst hat, dass sie sich wehtut!«, bemerkte Stella.

»Denn wenn sie verletzt ist, kann sie nicht mehr schauspielern, und dann kriegt sie Ärger«, fügte Joshua hinzu.

Die Kinder wussten ganz genau, dass Hannah während der Dreharbeiten für einen Spielfilm besonders aufpassen musste, damit nichts passierte, was die Produktion unterbrechen oder gar gefährden würde. Manche Aktivitäten waren ihr sogar vertraglich verboten, um kein Risiko einzugehen.

»Aber sie kann euch zumindest beim Eislaufen zusehen«, meinte Valentin. »Ihr könnt ihr zeigen, wie gut ihr es schon gelernt habt.«

Die Kinder zuckten mit den Schultern.

»Hey, eure Mama freut sich schon sehr auf euch beide. Und es wird bestimmt ein großartiges Weihnachten sein.«

»Aber dann bist du ja ganz allein, Papi!«, sagte Stella traurig.

Er lächelte sie aufmunternd an.

»Ich bin nicht allein, mein Mäuschen. Oma und Opa haben mich eingeladen. Und euer Onkel Lennart wird auch da sein. Um mich braucht ihr euch wirklich keine Gedanken zu machen. Außerdem werden wir an Weihnachten auch mal per Video miteinander sprechen, und wir …«

In diesem Moment klingelte sein Handy.

»Das ist eure Mama. Hoffentlich hat das Flugzeug aus Salzburg keine Verspätung«, sagte er.

»Hallo, Hannah«, begrüßte er seine Ex-Frau.

»Hallo, Valentin.«

»Bist du schon am Flughafen?«

»Nein … und deswegen rufe ich leider an. Wir hatten gestern einen Nachtdreh in der Nähe vom Königssee, und beim genauen Sichten der Muster vorhin hat sich herausgestellt, dass es einen groben Anschlussfehler gibt. Der kann auch im Schnitt nicht korrigiert werden. Deswegen müssen wir die beiden Szenen heute noch mal drehen, bevor die Kamerafrau über die Feiertage nach Hause fliegt. Es tut mir so leid, aber ich kann die Zwillinge nicht selbst abholen … Valentin? Bist du noch dran?«

»Ja«, sagte er und versuchte, sich nicht anmerken zu lassen, wie enttäuscht er war. Wieder einmal mussten sich alle nach ihrem Terminkalender richten.

»Es tut mir wirklich leid«, sagte sie.

»Ich habe morgen den ganzen Tag ein Fotoshooting und kann die Kinder auf keinen Fall …«

»Keine Sorge, ich habe schon eine Lösung«, unterbrach sie ihn. »Ich habe eine Personenschützerin engagiert, die mit den Kindern nach Salzburg fliegen soll. Von dort aus ist es nicht mehr so weit bis nach Berchtesgaden, und ich kann sie abholen. Du müsstest sie allerdings morgen früh zum Flughafen bringen und sie dort dieser Frau übergeben, falls das für dich okay ist.«

»Du hast eine Personenschützerin engagiert?«, fragte Valentin verblüfft. »Ist das nicht etwas übertrieben? Es gibt doch auch einen Betreuungsdienst bei der Airline für Kinder.«

»Das schon, aber irgendwie ist mir wohler, wenn ich weiß, dass jemand ganz speziell nur auf die beiden aufpasst. Und falls ich sie aus irgendeinem Grund doch nicht persönlich am Flughafen abholen kann, könnte sie die Kinder mit dem Taxi von Salzburg nach Berchtesgaden zu uns begleiten. Rick hat mir den Rat gegeben, so macht er das mit seiner Tochter auch.«

»Okay.«

»Ich hoffe, dass niemand die Zwillinge erkennt.«

Seitdem Paparazzi im letzten Urlaub Fotos von ihr und den Kindern geschossen hatten, war sie noch viel vorsichtiger geworden. Es war ihr wichtig, die Zwillinge der Öffentlichkeit fernzuhalten. Stella und Joshua sollten ein möglichst normales Leben führen können.

»Wenn du nicht dabei bist, dann kann ich mir nicht vorstellen, dass jemand so genau hinsieht und erkennt, dass es unsere Kinder sind«, sagte Valentin.

»Du hast wohl recht.«

Hannah Beck, die in Hamburg geboren und später in London aufgewachsen war, hatte sich in den letzten Jahren zu einer international gefragten Schauspielerin entwickelt. Bekannt war sie mit Anfang zwanzig als wiederkehrende Nebendarstellerin in einer englischen Fantasy-Sitcom geworden und hatte sich eine eingefleischte Fangemeinde erworben. Danach hatte sie in immer größeren Rollen in britischen, deutschen und amerikanischen Spielfilmen und Serien mitgewirkt. Derzeit stand die inzwischen Vierunddreißigjährige unter der Regie ihres neuen Partners, des Briten Rick Collins, erstmals in einer bedeutenden Hauptrolle für einen Agentenfilm vor der Kamera. Hannah versuchte, ihr Privatleben weitgehend aus den Schlagzeilen herauszuhalten, und sie hatte ein Talent, sich bei ihren Reisen unauffällig zu kleiden und unter Mützen und hinter Sonnenbrillen zu verbergen, so dass sie nur schwer zu erkennen war. Doch die Schauspielerin und ihr Liebes- und Familienleben waren nach der Scheidung von Fotograf Valentin Brandes noch mehr in das Interesse der Öffentlichkeit gerückt, als sich herausstellte, dass ihr neuer Freund der vielfach mit Preisen ausgezeichnete Starregisseur Rick Collins war.

»Wenn du meinst, dass das mit der Personenschützerin unbedingt nötig ist, dann machen wir das«, meinte Valentin.

»Ich denke wirklich, dass es die beste und einfachste Lösung ist. Und vor allem die, bei der ich mich am wohlsten fühle. Und Valentin, sei mir bitte nicht böse. Ich hatte mir das auch ganz anders vorgestellt und mich nicht nur auf die Kinder und meine Cousine gefreut, sondern auch darauf, dich mal wiederzusehen«, beteuerte sie, und er hörte aufrichtiges Bedauern in ihrer Stimme. Er nahm es ihr nicht übel, er wusste ja selbst, wie schwierig es in ihrem Beruf manchmal war, Vereinbarungen einzuhalten, wenn sich Zeitpläne verschoben.

»Schon gut, Hannah. Wenn ich den Auftrag morgen nicht hätte, würde ich sie selbst zu dir bringen«, sagte er versöhnlich. Auch wenn sie geschieden waren, so waren die beiden immer noch freundschaftlich verbunden. Schließlich kannten sie sich schon seit der Kindheit und waren in derselben Straße aufgewachsen, bis Hannahs Familie nach England gezogen war, als sie zwölf war. Jahre später hatten sie sich auf einer Party wiedergetroffen, und aus der früheren Freundschaft war Liebe geworden. *Freundschaft – Liebe – Scheidung – Freundschaft – auf jeden Fall besser als ein Rosenkrieg,* dachte Valentin.

»Danke für dein Verständnis, Vale. Ich schicke dir gleich

die Infos für morgen und das Foto der Personenschützerin, damit du sie am Flughafen erkennst.«

»Okay … und wir sehen uns dann in einer Woche, wenn ich dich und die Kinder in Salzburg am Flughafen treffe, um sie abzuholen.«

»Genau. Vielleicht haben wir dann zumindest Zeit für einen Kaffee.«

»Das wäre schön, ja.«

»Bitte gib den beiden schon mal einen dicken Kuss von mir und sag ihnen, wie sehr es mir leidtut, dass ich sie heute nicht selbst abholen kann.«

»Warte, das kannst du ihnen gleich persönlich sagen«, meinte Valentin und reichte das Handy nach einer kurzen Verabschiedung an seine Tochter weiter. Stella und Joshua hatten das Gespräch die ganze Zeit neugierig mitverfolgt. Zumindest den Teil, den ihr Vater gesprochen hatte. Das anschließende Telefonat mit ihrer Mutter fiel ziemlich kurz aus, weil Hannah zu einer Besprechung gerufen wurde.

Stella rannte aus der Wohnküche nach oben in ihr Zimmer und warf sich aufs Bett. Sie wollte jetzt auf keinen Fall weinen, auch wenn ihre Augen vor Enttäuschung brannten. Gleich darauf kam ihr Bruder ins Zimmer und setzte sich zu ihr. Auch er war enttäuscht, dass sich ihr Plan nicht umsetzen ließ.

Es war total blöd, dass ihre Mutter nicht kommen würde und sie stattdessen mit einer fremden Frau fliegen mussten. Ihre Hoffnung auf ein gemeinsames Familienweihnachtsfest mit Vater und Mutter fiel damit ins Wasser.

»Wir brauchen unbedingt einen neuen Plan«, sagte Stella.

»Aber welchen? Wenn Mama nicht kommt, ist es schwierig«, fragte Joshua.

»Dir fällt sicher wieder was ein!«, bestärkte seine Schwester ihn.

»Darüber muss ich erst nachdenken«, meinte er.

»Omi hat gesagt, dass an Weihnachten immer wieder Wunder passieren können«, sagte Stella. »Man muss nur ganz fest daran glauben, die Augen zumachen und es sich wünschen. Denkst du, sie hat recht?«

»Keine Ahnung. Aber wir können es ja mal versuchen«, meinte Joshua und schloss die Augen.

»Okay …!« Stella tat es ihm nach und atmete einmal ganz tief ein und aus. »Dann wünsche ich mir, dass wir mit Mama und Papa gemeinsam Weihnachten feiern und wieder eine glückliche Familie sind«, sagte sie bedeutungsschwanger.

»Das wünsche ich mir auch.«

»Du musst genau sagen, was du dir wünschst. Sonst funktioniert das ganz bestimmt nicht«, mahnte Stella ihn.

Sie blinzelte kurz, um sich zu vergewissern, dass ihr Bruder die Augen noch geschlossen hatte.

»Na gut, dann wünsche ich mir auch, dass wir mit Mama und Papa zusammen ein tolles Weihnachtsfest feiern und wir wieder eine glückliche Familie sind.«

Ein dumpfes Poltern ließ die beiden erschrocken die Augen aufreißen.

»Was war das denn?«, fragte Stella ängstlich.

Joshua stand auf und ging zum Regal. Er hob ein Buch auf.

»Das ist rausgefallen«, sagte er.

»Denkst du, das war ein Zeichen, weil wir uns etwas gewünscht haben?«, fragte Stella mit einem etwas mulmigen Gefühl.

Joshua zuckte mit den Schultern.

»Nö. Vielleicht ist es vorhin nach vorn gerutscht, als ich die Bücher rausgenommen habe, die ich mit zu Mami mitnehme«, vermutete er.

»Was ist es denn für ein Buch?«, wollte Stella wissen.

Er hielt es ihr entgegen. Es war ein wissenschaftliches Buch für Kinder und Jugendliche über Wetterphänomene.

»Das hat ja überhaupt nichts mit Weihnachten zu tun«, sagte Stella enttäuscht.

»Eben. Das war nur ein Zufall.«

»Trotzdem kann unser Wunsch sich doch erfüllen, oder?«, fragte sie.

»Keine Ahnung. Aber ich habe vielleicht eine andere Idee.«

Der Junge grinste.

»Welche denn?«

»Joshi? Stella? Kommt ihr?«, rief ihr Vater von unten. »Das Eis schmilzt langsam weg.«

»Erzähle ich dir später«, flüsterte Joshua.

»Wir kommen gleich«, rief Stella.

»Aber beeilt euch wirklich, sonst esse ich es ganz allein auf.«

Die Kinder sahen sich an und nickten sich zu.

Valentin schloss leise die Tür zu Stellas Zimmer. Endlich waren die Kinder eingeschlafen. Am Nachmittag waren sie noch eine große Runde spazieren gegangen, hatten einen kleinen Weihnachtsmarkt besucht und dort gebrannte Mandeln gegessen. Am Abend dann hatte Valentin gemeinsam mit den Kindern eine ihrer aktuellen Lieblingsspeisen gekocht: Pizzamuffins. Die Enttäuschung, dass Hannah die Zwillinge nicht selbst abholen konnte, schien glücklicherweise nicht mehr allzu groß zu sein. Jedenfalls hatten die beiden beim Essen vergnügt gewirkt und waren nach zwei Runden Kniffel, ohne zu murren, ins Bett gegangen, wo er ihnen noch eine Geschichte erzählt hatte.

Sie mussten am nächsten Tag ziemlich früh aufstehen, um zum Flughafen zu fahren. Die Koffer – inklusive Schneeanzüge und Schlittschuhe – standen schon fertig gepackt in der Diele.

Valentin ging nach unten und holte sich aus der Küche eine Flasche Wasser, die er mit nach nebenan in sein Fotostudio nahm. Dort bereitete er alles für die Aufnahmen am nächsten Tag vor. Es ging um Fotos für das Plattencover und die Autogrammkarten einer Hamburger Band, die kürzlich bei einer großen TV-Castingshow den ersten Platz gemacht hatte. Der Termin mit der Newcomerband würde sich bestimmt bis in die späten Abendstunden ziehen. Bis dahin wären die Kinder längst bei ihrer Mutter in der Landhausvilla in den bayerischen Bergen angekommen. Er war froh, durch die Arbeit abgelenkt zu sein. Am liebsten hätte er sie hier in Hamburg behalten.

»Jetzt stell dich nicht so an!«, schimpfte er sich selbst. Die Zwillinge waren bei seiner Ex-Frau gut aufgehoben und würden ganz sicher eine wunderbare Zeit in den Bergen verbringen.

Valentin ahnte nicht, dass Joshua sich genau in diesem Moment zu Stella ins Zimmer schlich, um seinen neuen Plan mit ihr zu besprechen, wie es ihnen doch noch gelingen konnte, ihre Mutter nach Hamburg zu locken, um sich ihren sehnlichsten Weihnachtswunsch zu erfüllen.

»Denkst du wirklich, das funktioniert?«, flüsterte Stella in der Dunkelheit.

»Ich hoffe es«, antwortete Joshua. »Was anderes ist mir nämlich nicht eingefallen.«

Kapitel 4

Kein einfacher Auftrag

Flughafen Hamburg

Emily wartete im Eingangsbereich der Abflughalle von Terminal 1. Eigentlich sollten die Kinder, die sie im Flugzeug nach Salzburg begleiten würde, schon längst mit ihrem Vater hier sein. Valentin Brandes hatte ihr vor einer halben Stunde eine Nachricht geschickt, dass sie etwas spät dran waren, aber bald eintreffen würden.

Inzwischen war ihr warm geworden, und Emily öffnete den Reißverschluss ihrer dicken Winterjacke. Sie unterdrückte ein Seufzen. Ihr letzter Auftrag vor den Ferien war zwar einfach, aber dass sie ausgerechnet die Kinder eines geschiedenen Paares von einem Elternteil zum anderen bringen sollte, erinnerte sie auf ungute Weise wieder an ihre eigene Situation damals als Scheidungskind. Dieses Aufteilen an den Feiertagen war immer ganz besonders belastend gewesen. Doch daran wollte sie jetzt nicht denken. Ihre eigenen Befindlichkeiten und ihre Abneigung gegenüber Weihnachten musste sie strikt von ihrem Beruf trennen.

Emily gähnte und sehnte sich nach einer Tasse frischem heißem Milchkaffee. Doch den würde sie sich erst im Flugzeug gönnen.

In diesem Moment sah sie einen Mann, der einen Jungen und ein Mädchen mit Rucksäcken vor sich hertrieb, mit zwei großen Rollkoffern in die Abflughalle eilen. Nachdem sie gestern von Susi die Informationen zum Auftrag bekommen und selbst noch recherchiert hatte, war sie eingehend über die Familie informiert. Bei den dreien handelte es sich zweifellos um Valentin Brandes und seine Kinder, Stella und Joshua. Die Zwillinge waren so in dicke Winterjacken, Mützen und Schals eingepackt, dass ein Außenstehender sie ganz sicher nicht auf den ersten Blick erkennen würde, obwohl vor wenigen Wochen unerlaubt Fotos von ihnen mit ihrer berühmten Mutter veröffentlicht worden waren. Auch der Vater war kein Unbekannter, jedoch eher seinem Namen nach. Bilder des Fotografen selbst fand man online nur wenige. Emily ging davon aus, dass im Flugzeug niemand auf die Kinder in ihrer Begleitung aufmerksam würde, beziehungsweise dass sie nicht ihrer berühmten Mutter zugeordnet werden konnten. Ein einfacher Auftrag. Die Geschwister in Salzburg der Mutter übergeben, und zwei Stunden später ging schon der Flieger zurück. Noch vor Mittag würde sie wieder in Hamburg sein. Für ihren Geschmack ging ihr das sogar ein wenig zu schnell. Lieber hätte sie einen größeren Auftrag zu erledigen gehabt. Sie ging ihnen entgegen.

»Guten Morgen, Herr Brandes«, sprach sie ihn an. »Mein Name ist Emily Falter, und ich soll Ihre Kinder nach Salzburg begleiten.« Sie reichte ihm einen Ausdruck des Auftrags seiner Ex-Frau.

»Oh, hallo, Frau Falter«, sagte Valentin. Er holte sein Handy aus der Jackentasche und verglich das Foto, das Hannah ihm geschickt hatte, mit der Frau, die vor ihm stand. Außerdem scannte er den Strichcode ein, der auf der Bestätigung des Auftrags zusätzlich für eine Absicherung sorgte.

»Entschuldigen Sie«, meinte er und lächelte. »Aber sicher ist sicher.«

»Aber klar doch! Genau so soll es sein.«

»Jetzt sagt doch bitte mal Hallo zu Frau Falter!«, ermahnte Valentin die Zwillinge, die noch ziemlich müde dreinblickten.

»Tut mir leid, normalerweise sind die beiden nicht so unhöflich.«

»Schon gut. Es ist ja wirklich noch sehr früh am Morgen. Hallo, Stella, hallo, Joshua«, begrüßte die Personenschützerin die beiden freundlich. »Wenn ihr möchtet, könnt ihr gerne Emily zu mir sagen!«

»Hallo, Emily!«, murmelten die Kinder mit einem bemühten Lächeln.

»Es tut mir leid, dass wir so spät dran sind«, sagte Valentin, »aber heute ging alles schief, was nur schiefgehen konnte. Fast so, als hätten bei uns daheim Kobolde alles durcheinandergebracht.«

Sein Ton verriet deutlich, wen er für die Kobolde hielt. Trotzdem bemerkte sie ein humorvolles Funkeln in seinen Augen, die farblich weder eindeutig als grün noch braun zu identifizieren waren.

»Kein Problem. Das schaffen wir schon noch«, versicherte Emily ihm, auch wenn die Zeit inzwischen wirklich schon sehr knapp bemessen war.

»Hier sind die Papiere der Kinder und die Ausdrucke der Tickets.« Valentin fischte ein braunes Kuvert aus Joshuas Rucksack.

»Ist die Vollmacht für mich als Begleitperson dabei?«, fragte Emily sicherheitshalber.

»Ja.«

»Danke.«

»Brauchen Sie sonst noch was?«

»Nein. Mehr ist nicht nötig.«

»Gut!«

Emily packte die Sachen in ein separates Fach in ihrem eigenen Rucksack.

»So, jetzt müssen wir aber wirklich das Gepäck aufgeben«, meinte sie. »Sonst könnte es doch noch ein wenig zu eng werden.«

In diesem Moment fasste sich Joshua plötzlich an den Bauch.

»Aua!«, rief er mit schmerzverzerrtem Gesicht.

»Was ist denn Joshi?«, fragte Valentin und ging in die Hocke.

»Mein Bauch ... der tut so weh!«, jammerte der Kleine.

Auch Emily beugte sich zu dem Jungen.

»Musst du vielleicht aufs Klo?«, fragte sie pragmatisch und auch ein wenig besorgt. Für ein krankes Kind, das sie noch keine fünf Minuten kannte, wollte sie eigentlich nicht verantwortlich sein.

Joshua schüttelte den Kopf.

»Ich vermute, dass die Bauchschmerzen bald wieder verschwinden«, sagte Valentin Brandes ein klein wenig zu gelassen für Emilys Geschmack. Doch in diesem Moment bemerkte sie, dass der Junge sich offenbar bemühte, nicht zu grinsen. Täuschte er die Schmerzen nur vor? Aber wieso sollte er das tun?

»Wo ist denn Stella hin?«, fragte Valentin plötzlich. Er stand auf und sah sich um. Sie waren so von Joshua abgelenkt gewesen, dass sie gar nicht auf seine Zwillingsschwester geachtet hatten.

»Das darf doch nicht wahr sein!«, rief Valentin. »Sie kann doch nicht einfach so verschwinden.«

»Eben war sie doch noch da!«

»Sie sind mir ja eine schöne Personenschützerin!«, zischte er in ihre Richtung.

»Weit kann sie nicht sein«, sagte Emily, ärgerte sich jedoch über sich selbst, dass sie eines der Kinder schon nach wenigen Minuten aus den Augen verloren hatte. So etwas durfte tatsächlich niemals passieren!

»Stella? Stella!«, rief Valentin, und einige Leute drehten sich nach ihm um.

Glücklicherweise war so früh am Morgen noch nicht ganz so viel los.

Valentin wandte sich an seinen Sohn.

»Weißt du, wo Stella hingegangen ist?«, fragte er eindringlich.

»Keine Ahnung.«

Joshua schien das Verschwinden seiner Schwester locker zu nehmen.

»Hör mal, das ist kein Spaß, Joshi!«

Der Junge zuckte nur unschuldig mit den Schultern.

»Aber ich weiß doch nicht, wo sie gerade ist!«, beteuerte er.

»Wenn wir sie nicht bald finden, müssen wir die Polizei rufen«, sagte Valentin zu ihm.

»Die Polizei?«

Joshua schluckte. Das hatte er in seinen Plan nicht einkalkuliert.

»Jetzt mal langsam. Ich sehe nach, ob sie vielleicht nur auf die Toilette musste«, sagte Emily rasch. »Bleiben Sie bitte hier, falls sie zurückkommt.«

»Okay …«

Und schon war sie unterwegs und suchte dabei die Umgebung nach einem Kind in einer grünen Jacke mit beigefarbener Bommelmütze und einem grauen Rucksack ab. Sie mahnte sich, Ruhe zu bewahren. Falls jemand Stella entführt hätte, wäre ihnen das sicherlich aufgefallen. Das Mädchen war ja direkt neben ihnen gestanden. Trotzdem machte sie sich Vorwürfe wegen ihrer Unachtsamkeit.

»Da ist sie ja!«, murmelte sie erleichtert, als sie Stella hinter einem geschmückten Weihnachtsbaum hervorkommen sah, und eilte in ihre Richtung. Doch wie ein kleiner Kobold huschte die Kleine davon, bis Emily sie schließlich zu fassen bekam.

»Sag mal, was machst du denn? Warum rennst du denn vor mir weg?«, fragte sie ein wenig streng und hielt sie sicherheitshalber am Arm fest.

»Tu ich doch gar nicht!«, protestierte das Mädchen.

»Wo wolltest du denn hin?«

»Nirgendwohin … Lass mich los.«

»Nein, womöglich verschwindest du dann wieder.«

»Aber ich will nicht fliegen!«, erklärte Stella und stemmte die Hände in die Hüften.

»Warum denn nicht?«

»Ich habe Angst!«

»Bist du noch nie geflogen?«

»Doch.«

»Dann weißt du ja, wie das ist, und musst gar keine Angst haben. Komm, wir gehen zurück zu deinem Papa und deinem Bruder.«

»Gott sei Dank!«, rief Valentin, als Emily mit Stella zurückkam. Sofort zog er seine Tochter an sich und drückte sie fest.

»Du darfst doch nicht einfach von uns weggehen, ohne was zu sagen, Stella. Was meinst du, was du uns gerade für einen Schrecken eingejagt hast?«, tadelte ihr Vater sie, auch wenn ihm die Erleichterung ins Gesicht geschrieben stand.

»Entschuldigen Sie, aber wir haben wirklich kaum mehr Zeit, das Gepäck aufzugeben«, erinnerte Emily.

»Okay … Beeilen wir uns.«

»Nein. Ich will nicht.«

»Stella, was ist denn los mit dir?«, fragte Valentin.

»Ich will einfach nicht fliegen!«, sagte Stella trotzig und machte keinerlei Anstalten zu gehen.

»Ich auch nicht!«, sagte nun auch Joshua, dessen Bauchschmerzen offenbar wie von Zauberhand wieder verschwunden waren. »Wir steigen nicht ins Flugzeug.«

Inzwischen wurden schon einige Leute auf die protestierenden Zwillinge aufmerksam.

Emily wusste nicht, was sie dazu sagen sollte. Das musste der Vater mit seinen Kindern klären. Jedenfalls gestaltete sich alles schwieriger als gedacht. Niemals durfte man einen

Auftrag grundsätzlich als *einfach* einstufen, mahnte sie sich selbst.

»Dann wollt ihr also, dass ich eure Mama anrufe und ihr sage, dass ihr nicht zu ihr kommen möchtet?«, fragte Valentin. »Wollt ihr sie denn nicht sehen?«

»Doch! Ich möchte sie schon sehen!«, sagte Joshua, der seine Mama sehr vermisste. Die Kinder waren es zwar von klein auf gewohnt, ihre Mutter oft auch mal über einen längeren Zeitraum nicht zu sehen, wenn sie zum Beispiel bei Dreharbeiten oder Promotiontouren im Ausland war, doch seit der Scheidung und Hannahs Umzug nach London mussten sie damit klarkommen, noch öfter auf ihre Mutter zu verzichten. Trotzdem bemühte Hannah sich wirklich, jede sich bietende Gelegenheit zu nutzen, um bei den Kindern zu sein. Und die eiserne Regel war, täglich mindestens ein Telefonat und regelmäßige Videogespräche. Doch den Kindern war das natürlich viel zu wenig.

»Ich will Mama auch sehen. Aber sie soll zu uns nach Hause kommen!«, forderte Stella, und nun kullerten tatsächlich echte Tränen über ihre Wangen.

»Wir wollen doch alle zusammen Weihnachten feiern!«, erklärte Joshua, der sich offensichtlich bemühte, nicht ebenfalls zu weinen.

Emily spürte, wie neben dem Mitleid für die Geschwister vor allem Ärger in ihr hochkochte. Genau das kam dabei heraus, wenn Kinder plötzlich zum Spielball der geschiedenen Eltern wurden. Und genau aus diesem Grund hatte sie schon vor langer Zeit beschlossen, keine eigene Familie zu haben. Sie wollte nicht dafür verantwortlich sein, Kinder unglücklich zu machen, nur weil sie und ein Partner es womöglich nicht schafften, eine dauerhaft glückliche Ehe zu führen und sich treu zu bleiben.

»Hey, ihr Süßen, ihr wisst doch genau, dass das nicht geht!«, sagte Valentin zu den Zwillingen und wirkte plötzlich ein wenig hilflos. Er wollte sie an sich ziehen, doch die Kinder drehten sich weg. »Ich habe eine Idee. Vielleicht komme ich einfach einen Tag früher nach Berchtesgaden, wenn ich euch abhole. Dann können wir gemeinsam mit eurer Mami noch was Tolles in den Bergen unternehmen, wenn sie Zeit hat … Aber jetzt beeilt euch bitte, damit wir es noch schaffen mit dem Gepäck.«

»Ich will aber nicht fliegen! Ich hab Angst!«, beteuerte Stella, die sich von ihrem Vater nicht überreden ließ.

»Angst? Ach, Mäuschen. Ihr seid doch schon öfter geflogen, und bisher hat es euch immer super gefallen!«, erinnerte Valentin sie.

»Aber nur mit dir und Mami!«, sagte Joshi. »Ich hab auch Angst. Genau wie Stella!«

Valentin war hin- und hergerissen. Natürlich war ihm klar, dass die Kinder alle Register zogen, um den Flug zu verpassen, damit Hannah doch noch selbst nach Hamburg kommen musste. Schon seit dem Aufstehen hatten die beiden alles Mögliche getan, um sich zu verspäten. Dann hatte Joshua sie vorhin mit angeblichen Bauchschmerzen abgelenkt, damit seine Schwester verschwinden konnte. Tatsächlich hatten beide ein gewisses schauspielerisches Talent ihrer Mutter geerbt. Andererseits spürte Valentin aber auch die Traurigkeit, die dahintersteckte. Den Zwillingen fiel es schwer zu akzeptieren, dass ihre Eltern kein Paar mehr waren.

»Tut mir leid, wenn ich mich einmische, aber ich weiß nicht, ob es eine gute Idee ist, mit den Kindern ins Flugzeug zu steigen, wenn sie in so einem Zustand sind«, gab Emily zu bedenken.

Das fehlte gerade noch, dass die beiden in über 10 000 Metern Höhe Theater machten und die Leute am Ende doch auf sie aufmerksam wurden und sie als Kinder der Schauspielerin Hannah Beck erkannten. Genau das sollte nämlich nicht passieren!

Sie warf einen Blick auf die Uhr.

»Außerdem ist es für die Gepäckaufgabe inzwischen schon zu spät.«

Valentin seufzte.

»Mist! Aber bestimmt kann man hier am Flughafen noch schnell kleinere Koffer besorgen, die als Handgepäck erlaubt sind, und zumindest die wichtigsten Sachen umpacken!«, überlegte er laut. »Oder ich versuche, die Koffer mit dem nächsten Flugzeug aufzugeben. Das geht doch auch, oder?«

Er sah Emily fragend an. Doch bevor sie ihm antworten konnte, dass er das Gepäck selbstverständlich als Luftfracht aufgeben konnte, schüttelte Stella wieder den Kopf.

»Ich will aber nicht ohne dich fliegen!«

»Ich auch nicht!«

Valentin vermeinte dem vorwurfsvollen Blick der Personenschützerin zu entnehmen, dass sie sich fragte, warum er die Kinder nicht gleich selbst zu seiner Ex-Frau brachte.

»Ich bin heute den ganzen Tag mit einem großen Auftrag beschäftigt. Und habe auch morgen noch Termine. Hannah hätte die Kinder eigentlich selbst abholen wollen, musste aber die ganze letzte Nacht drehen«, erklärte er ungefragt. »Deswegen hat meine Ex-Frau Sie engagiert, die Kinder zu begleiten. Wir sind sicher keine Unmenschen!«

»Natürlich sind Sie das nicht!«, beteuerte Emily rasch. Sie sollte den Vater der Zwillinge unterstützen und alles tun, damit sie den Auftrag ausführen konnte, für den sie engagiert worden war.

»Hört mal, Kinder«, wandte sie sich deswegen an Joshua und Stella, um sie vielleicht doch noch zu überreden. »Ich weiß, dass ich für euch eine fremde Frau bin, und ich verstehe es total, dass ihr viel lieber mit eurem Papa oder eurer Mama geflogen wärt, aber wir könnten uns doch vielleicht …«

»Ich steige nicht in das blöde Flugzeug! Niemals!«, unterbrach Stella sie und verschränkte die Arme.

Ihr Bruder tat es ihr gleich und nickte zustimmend.

Valentin sah Emily an und zuckte dann hilflos mit den Schultern. Er musste sich wohl oder übel geschlagen geben.

»Tut mir leid, Frau Falter, aber ich fürchte, dass wir das Ganze an dieser Stelle abblasen müssen. Es hat keinen Sinn. Ich muss mich mit meiner Ex-Frau besprechen. Aber natürlich bekommen Sie Ihr Honorar trotzdem.«

»Es tut mir auch leid«, beteuerte Emily.

Vor allem für die Kinder!

Sie ging in die Hocke und sah die Zwillinge an.

»Ich weiß ganz genau, wie sich das anfühlt, wenn die Eltern nicht mehr zusammen sind«, sagte sie leise. »Aber ihr schafft das schon! Macht es gut ihr zwei!«

Sie lächelte ihnen aufmunternd zu und stand wieder auf.

In diesem Moment fiel Valentin erstmals auf, was für ein

hübsches Gesicht die Personenschützerin hatte und wie ungewöhnlich die Farbe ihrer Augen war. Wie graue Kieselsteine in einem flachen klaren Bach, die im Sonnenlicht funkelten. Er stellte sich für einen Moment vor, wie er dieses Gesicht fotografieren würde, um diese seltenen Augen ganz besonders in den Fokus zu stellen.

»Wiedersehen, Herr Brandes. Und entschuldigen Sie bitte nochmals, dass ich Ihre Tochter vorhin aus den Augen verloren habe«, sagte Emily und reichte ihm die Hand.

»Na ja, die beiden haben es absichtlich so eingefädelt. Damit konnten wir nicht rechnen«, winkte er ab.

»Trotzdem … Ich hätte besser aufpassen müssen.«

»Machen Sie sich darüber mal keinen Kopf. Es ging ja alles gut. Wiedersehen, Frau Falter, und schöne Feiertage!«, wünschte er ihr.

»Danke. Ihnen auch. Und tschüss ihr beiden!«

Sie winkte ihnen noch mal zu, zog den Reißverschluss ihrer Winterjacke hoch und verschwand in Richtung Ausgang.

Kapitel 5

Planänderungen

Valentin sah Emily hinterher und empfand ein seltsames Bedauern, dass sie nach einer so kurzen Begegnung schon wieder verschwand. Er war überrascht, dass er sich plötzlich wünschte, mehr über diese Frau zu erfahren. Über ihren ungewöhnlichen Beruf, ihr Leben. Doch darüber konnte er sich gerade keine Gedanken machen, mit seinen beiden Rabauken hatte er genug um die Ohren und musste schnellstens herausfinden, wie er und Hannah ein neues Arrangement finden konnten.

Valentin wandte sich seinen Kindern zu, die ziemlich zufrieden wirkten. Er musste ihnen ernsthaft ins Gewissen reden, im Moment hatte er allerdings keine Energie, mit ihnen über ihr Verhalten zu diskutieren oder gar zu schimpfen.

»Kommt, wir gehen zum Auto und fahren wieder nach Hause«, sagte er.

Stella und Joshua zwinkerten sich zu, während sie zum Parkhaus gingen. Der erste Teil ihres Plans hatte jedenfalls schon gut funktioniert. Jetzt musste nur noch Teil zwei klappen.

»Ich frage eure Großeltern, ob ihr heute und morgen bei ihnen sein dürft, wenn ich arbeite. Aber vorher rufe ich eure Mama an und sage ihr, dass sie euch nicht in Salzburg am Flughafen abzuholen braucht.«

»Sie kommt doch aber zu uns nach Hamburg, oder?«, fragte Joshua.

Valentin blieb stehen und sah abwechselnd seine Kinder an, dann seufzte er.

»Jetzt passt mal auf ihr zwei«, sagte er ruhig. »Ich weiß, ich habe es jetzt schon ein paarmal gesagt, aber ich fürchte, ihr habt es leider immer noch nicht richtig verstanden. Es wird dieses Jahr kein gemeinsames Weihnachten geben. Entweder ihr verbringt die Feiertage mit mir und euren Großeltern in Hamburg oder mit eurer Mama und Rick in den Bergen. Eine andere Möglichkeit gibt es nicht. Vereinbart war, dass ihr die erste Ferienwoche bei eurer Mutter seid, solange sie drehfrei hat. Später hat sie dann leider keine Zeit mehr. Ich muss jetzt mit ihr klären, was wir am besten machen.«

Valentin griff nach dem Handy und wählte die Nummer seiner Ex-Frau. Dann erklärte er in wenigen Sätzen, was passiert war.

Hannah war alles andere als erfreut über die Nachricht.

»Du hättest sie einfach ins Flugzeug setzen sollen!«, sagte sie und klang ein wenig vorwurfsvoll. »Dann wären sie schon bald in Salzburg.«

»Tut mir leid, aber ich fürchte, das wäre ein Fiasko geworden. Stella hat geheult, dass sie ohne dich oder mich nicht fliegen möchte. Und Joshi hat sich auch geweigert, in das Flugzeug zu steigen. Das konnte ich Emily nicht zumuten.«

»Emily?«

»Die Personenschützerin.«

»Ach stimmt … Pass auf, ich versuche, für später noch Flüge zu bekommen, um sie doch selbst abzuholen. Rick und die Produzentin werden allerdings ganz schön enttäuscht sein, weil für heute Nachmittag und den Abend eine Weihnachtsfeier mit der ganzen Crew geplant war. Verbunden mit einem Pressetermin, einer Schlittenfahrt, Glühwein und Punsch und Würstchengrillen im Schnee. Das wäre auch für die Kinder ein tolles Erlebnis gewesen.«

»Es tut mir leid, dass du jetzt wieder Umstände hast und die Feier deswegen versäumst. Und sicherlich hätte das Joshi und Stella auch gefallen. Wenn ich könnte, würde ich die Kinder zu dir bringen. Aber ich steh auch unter Zeitdruck, denn in zwei Stunden fängt mein Fotoshooting an«, sagte Valentin.

»Das weiß ich doch, Vale«, sagte sie nun versöhnlicher. Sie hörte sich ein wenig erschöpft an.

»Alles gut bei dir?«

»Ja, ich habe nur kaum geschlafen, und der Nachtdreh steckt mir noch in den Knochen. Ich melde mich gleich noch mal, wenn ich die Daten für die neuen Flüge habe.«

»Ich übernehme die Hälfte der Kosten dafür«, bot Valentin an. »Schließlich habe ich es nicht auf die Reihe bekommen, die Kinder ins Flugzeug zu kriegen. Oder wir ziehen es Stella und Joshi in den nächsten zehn Jahren von ihrem Taschengeld ab.«

Er warf einen Blick zu den Kindern, die von diesem – natürlich nicht ernst gemeinten – Vorschlag sichtlich nicht begeistert waren.

Hannah lachte.

»Gute Idee!«

»Melde dich einfach, wenn du was weißt.«

»Ja, mache ich. Bis dann.«

Er legte auf, und sie gingen weiter.

»Eure Mama wird neue Flüge buchen, und wenn sie da ist, wird sie euch bei Oma und Opa abholen«, sagte Valentin zu den Zwillingen.

»Bei Oma und Opa?«, fragte Joshua erschrocken.

»Aber wir können doch auch zu Hause auf Mama warten!«, rief Stella.

»Tut mir leid, aber ich bin den ganzen Tag im Studio beschäftigt und muss mich voll auf die Arbeit konzentrieren. Da will ich mir keine Gedanken darüber machen müssen, was ihr gerade anstellt.«

Die Kinder wirkten nun doch etwas kleinlaut und folgten ihrem Vater schweigend. Sie hatten verstanden, dass sie mit ihrer Aktion ziemliche Umstände gemacht hatten. Und so wie es nun aussah, war ihr Plan leider nicht aufgegangen. Wenn ihre Mutter zwar nach Hamburg kam, sie aber bei den Großeltern abholte, dann würden sich ihre Eltern nicht sehen. Und dann würde ihr größter Weihnachtswunsch, gemeinsam als Familie zu feiern, doch nicht in Erfüllung gehen.

Inzwischen waren sie beim Wagen angekommen, hatten das Gepäck verstaut und waren gerade eingestiegen, da rief

Hannah an. Valentin schaltete das Gespräch auf Lautsprecher, damit die Kinder mithören konnten.

»Es tut mir leid, Valentin, alle Flüge von Hamburg nach Salzburg sind bis Weihnachten ausgebucht. Ich habe es auch mit München versucht. Dort gibt es aber nur noch einzelne Plätze in verschiedenen Flugzeugen, was uns auch nicht weiterhilft«, sagte sie frustriert.

»Das gibt es doch nicht!«, rief Valentin.

»Ich konnte es auch kaum glauben. Es ist wie verhext. Und wenn ich mit dem Zug fahre oder mir einen Wagen leihe, um die Kinder in Hamburg abzuholen, wäre ich mit Hin- und Herfahren zwei Tage nur unterwegs … Sag mal, diese Emily, die Personenschützerin, denkst du, sie könnte die Zwillinge vielleicht mit dem Auto zu mir in die Berge bringen? Ich weiß, es ist eine lange Fahrt, aber wenn sie sich bald auf den Weg machen, dann wären die Kinder doch schon heute Abend bei mir.«

»Nun ja, grundsätzlich traue ich es ihr schon zu«, sagte Valentin und warf einen Blick zu den Zwillingen auf der Rückbank.

»Joshi, Stella? Was meint ihr? Wäre das eine Lösung?«

»Ihr wollt doch zu mir kommen an Weihnachten, oder?«, fragte Hannah.

»Ja, Mami!«, rief Joshua sofort.

»Ich auch!«, sagte Stella.

Auch wenn ihr Plan nicht funktioniert hatte, so wollten sie doch endlich auch wieder mit ihrer Mutter zusammen sein.

»Versprecht ihr mir, dass ihr dieser Frau keine Schwierigkeiten macht, sollte sie Zeit haben und euch fahren?«, fragte Valentin und sah die Zwillinge streng an.

»Ja!«, sagten die beiden.

»Na gut. Hannah, ich versuche schnell mal, diese Emily zu erreichen. Sie kann noch nicht allzu weit sein. Ich melde mich gleich wieder.«

»Danke! Und ich hoffe sehr, dass es funktioniert.«

»Ich auch!«, sagte Valentin und freute sich insgeheim, dass er Emily nun vielleicht doch noch mal sehen würde.

Eine halbe Stunde später fuhr Emily mit ihrem SUV, den sie auch dienstlich für Einsätze nutzte, in den freien Parkplatz schräg gegenüber Valentins Wagen. Als Valentin Brandes angerufen hatte, wollte sie zunächst ablehnen, weil sie die Sache emotional mehr aufwühlte, als es sollte. Doch gleichzeitig wollte sie beschäftigt sein, auch wenn das bedeutete, zwei Kinder von einem Elternteil zum nächsten zu kutschieren, was ihr im Grunde genommen nicht sonderlich behagte, weil da zu viele unschöne Erinnerungen wach wurden. Jedenfalls hatte sie doch zugesagt und Susi bereits telefonisch Bescheid gegeben, dass der Auftrag sich um einen Tag verlängerte und sie die vertraglichen Details mit Hannah Beck, der ursprünglichen Auftragsgeberin, noch abklären sollte.

»Danke, dass Sie noch mal gekommen sind«, sagte Valentin mit einem Lächeln.

»Ich war glücklicherweise noch nicht so weit weg!«, erklärte Emily.

Sie hatte unterwegs angehalten und sich einen großen Becher Milchkaffee besorgt.

»Tut mir leid für das Hin und Her. Natürlich werden wir die Kosten für eine Übernachtung in einem Hotel Ihrer

Wahl und sämtliche Ausgaben, die Sie zusätzlich haben, übernehmen und Ihnen noch einen Bonus zahlen«, versprach er. »Und Sie sind morgen Abend zurück, rechtzeitig einen Tag vor Heiligabend, Frau Falter.«

Es hätte ihr auch nichts ausgemacht, wenn sie an Weihnachten selbst die Strecke von Bayern nach Hamburg mit dem Auto gefahren wäre.

»Emily bitte, sonst komme ich mir immer vor wie meine Mutter«, bat sie.

Er grinste.

»Okay, Emily. Und ich bin Valentin. Übrigens, während wir auf dich gewartet haben, habe ich im Flughafen noch schnell ein wenig Proviant für unterwegs besorgt«, sagte Valentin und reichte ihr eine gut gefüllte Tüte mit Sandwiches, Obst, Keksen und Getränken.

»Danke!«

Emily stellte die Tüte auf den Beifahrersitz.

»Aber wir werden natürlich auch unterwegs öfter mal Rast machen und können was essen, wenn die Kinder möchten«, sagte sie.

»Soll ich dir Bargeld mitgeben?«, fragte er, weil er nicht wusste, wie das in einem solchen Fall gehandhabt wurde.

»Nein, das ist nicht nötig. Ich rechne alles nach meiner Rückkehr ab.«

»Du kommst aus Bayern, nicht wahr?«, fragte Valentin neugierig, dem eine süddeutsche Färbung in ihrer Aussprache vorhin schon aufgefallen war.

»Ja. Aus München. Egal, wie sehr ich mich bemühe, ganz kann ich es wohl doch nicht verbergen«, sagte Emily mit einem Grinsen.

»Ist doch ein sympathischer Dialekt«, meinte er. »Ich mag Bayern. Hannah und ich haben mal ein halbes Jahr in München gelebt in einer ganz kleinen Wohnung in Schwabing. Das war … Moment … es war in der Isabellastraße. Damals hatten wir noch keine Kinder. Hannah spielte eine Nebenrolle in einem Mehrteiler, der zum Teil in den Bavaria Studios gedreht wurde. Im Sommer waren wir gern an der Isar und, sooft es ging, im Biergarten. War eine schöne Zeit dort«, schwärmte er mit einem Lächeln.

Emily wusste nicht, was sie darauf antworten sollte. Ihr war aufgefallen, wie freundlich und respektvoll er immer wieder von seiner Ex-Frau sprach, und das überraschte sie.

»Gibt es etwas, das ich noch über die Kinder wissen sollte, wenn ich jetzt doch viel länger mit ihnen unterwegs bin?«, fragte sie. »Allergien auf Lebensmittel? Nehmen sie Medikamente? Gibt es außer einer partiellen Flugangst irgendwelche Phobien?«

Valentin grinste.

»Partielle Flugangst – nett ausgedrückt. Und nein. Keine Medikamente. Keine Allergien oder Phobien. Und wenn die beiden nicht gerade einen Plan aushecken, um eine Flugreise zu sabotieren, sind sie normalerweise wirklich sehr unkompliziert.«

Emily lächelte.

»Na gut. Dann dürfte ja nichts mehr schiefgehen. Wir kommen schon klar miteinander, oder?«

Sie sah die Kinder fragend an.

»Klar!«, sagten beide unisono und nickten.

»Super!«

Sie luden das Gepäck um und befestigten die Kindersitze

auf der Rückbank in Emilys Wagen. Inzwischen war es kurz nach sieben Uhr. Wenn sie einige kleine Pausen einrechnete und ansonsten nichts mehr dazwischenkäme, wären sie hoffentlich am Abend in Berchtesgaden.

Valentin drückte die beiden Kinder noch einmal, bevor sie einstiegen.

»Ich hab euch ganz fest lieb! Und ihr versprecht mir bitte, dass ihr absolut brav und nett seid zu Emily. Ich weiß, dass ihr das könnt«, ermahnte er sie eindringlich. »Blamiert mich bitte nicht!«

»Wir sind brav, Papa! Wirklich«, versprach Stella, und Joshi nickte.

»Sehr gut! Und sagt eurer Mami ganz viele Grüße von mir. Ich hole euch in einer Woche ab. Und vielleicht schaffe ich es ja, einen Tag früher zu kommen, wenn Hannah das auch möchte. Dann können wir gemeinsam etwas unternehmen.«

»Das wäre toll!«, sagte Stella.

»Oh ja! Tschüss, Papi!«

»Tschüss, ihr zwei!«

»So, jetzt aber einsteigen!«, forderte Emily sie freundlich auf.

Die beiden kletterten in ihre Kindersitze, und Valentin kontrollierte, ob sie auch richtig angeschnallt waren. Er reichte ihnen die Rucksäcke, in denen sich unter anderem Bücher für Joshua und Stellas Kuscheltier befanden. Dann wandte er sich an Emily.

»Entschuldige bitte noch mal die Umstände, die wir gemacht haben. Und vielen Dank, dass du so kurzfristig umdisponiert hast!«, sagte er.

»Ach, flexibel zu sein gehört zu meinem Job!«, erklärte sie.

»Das kann ich mir vorstellen.«

»Mach dir keine Sorgen um die Zwillinge. Wir werden schon klarkommen. Ich bin ja jetzt vorgewarnt und weiß, dass ich besonders gut auf sie aufpassen muss«, sagte sie und zwinkerte den beiden zu.

»Ich denke, sie haben verstanden und akzeptiert, dass Weihnachten zukünftig nun mal etwas anders ablaufen wird, als das bisher der Fall war«, meinte er. »Aber trotzdem wird es schön für euch werden! Ganz bestimmt«, gab er den Kindern noch mit auf den Weg.

»Okay. Dann düsen wir jetzt mal los«, sagte Emily und stieg in den Wagen.

Weder Valentin noch Emily bemerkten den verschwörerischen Blick, den die Zwillinge sich zuwarfen. Während ihr Vater vorhin damit beschäftigt gewesen war, Proviant einzukaufen, hatte Joshua mit seiner Schwester einen neuen Plan ausgeheckt, der ziemlich leicht umzusetzen war. Den Traum vom gemeinsamen Weihnachtsfest mit beiden Elternteilen wollten die Kinder nämlich immer noch nicht aufgeben. Schließlich waren es noch zwei Tage bis Heiligabend.

»Gute Fahrt!«, wünschte Valentin und war einerseits erleichtert, dass doch noch eine Lösung gefunden worden war. Trotzdem hätte er seine Kinder am liebsten selbst in die Berge gebracht. Immerhin hatte er bei Emily ein gutes Gefühl. Sie würde sorgfältig auf die beiden aufpassen.

Er winkte ihnen noch mal zu, als sie an ihm vorbeifuhren, und griff nach seinem Handy.

»Hallo, Hannah, sie sind gerade losgefahren. Emily wird

uns zwischendurch informieren, ob sie gut vorankommen und bis wann sie etwa bei dir ankommen werden. Und wir können jederzeit bei ihr auf dem Handy anrufen, wenn wir mit den Kindern sprechen wollen.«

»Super. Du glaubst gar nicht, wie erleichtert ich bin, dass es doch noch klappt, ohne dass ich nach Hamburg fliegen muss. Dann kann ich mich jetzt noch ein wenig schlafen legen.«

»Mach das. Und ich muss jetzt schleunigst nach Hause in mein Studio. Die Arbeit ruft. Habt eine schöne Zeit zusammen, Hannah.«

»Du auch, Vale. Und grüße deine Eltern und deinen Bruder von mir.«

»Werde ich.«

»Ich melde mich bei dir, sobald die Kinder hier angekommen sind.«

»Danke. Und es geht doch klar, dass ich mit den Kindern an Heiligabend mal per Video spreche?«

»Aber klar doch! Es ist schließlich das erste Weihnachten, das wir nicht als Familie zusammen sind, aber trotzdem soll es für die beiden so schön wie möglich sein.«

»Sehr gut. Das kriegen wir hin. Tschüss, Hannah.«

»Ciao, Vale.«

Kaum hatte Valentin aufgelegt, fiel ihm ein, dass er vergessen hatte, mit ihr zu besprechen, ob er einen Tag früher nach Berchtesgaden reisen konnte. Doch das würde er einfach in den nächsten Tagen mit ihr klären. Er warf einen Blick auf die Uhr. Nun musste er sich echt sputen, um pünktlich nach Hause zu kommen, bevor die Band und ihre Managerin eintrafen.

Kapitel 6

Neugierige Fragen

Da Emily als Personenschützerin auf alles Mögliche eingestellt sein musste, unter anderem auch auf Planänderungen, hatte sie für den Notfall im Kofferraum immer eine Tasche mit ein wenig Reservekleidung, Waschzeug und ein zweites Paar Schuhe zum Wechseln dabei. So musste sie vor der Fahrt nach Bayern nicht mehr in ihre Wohnung, um für die unvorhergesehene Übernachtung zu packen. Susi würde sich darum kümmern, ein Hotelzimmer in Berchtesgaden zu reservieren, und wollte ihr die Daten im Lauf des Tages zuschicken.

Sie waren schon fast zwanzig Minuten unterwegs, doch die Zwillinge hatten bisher noch kein Wort gesprochen. Schweigend saßen sie in ihren Kindersitzen und schauten aus dem Fenster in die Dunkelheit. Der Tag war immer noch nicht angebrochen, und vom Himmel fielen nur ganz vereinzelt winzige Flocken, so als ob das Wetter sich nicht für oder gegen Schneefall entscheiden könnte.

Im Radio lief leise Musik. Emily hatte den Kindern zunächst ein wenig Zeit geben wollen, sich mit der spontanen Planänderung anzufreunden und sich darauf einzustellen, mit einer ihnen bis zum heutigen Tag völlig fremden Frau den ganzen Tag unterwegs zu sein. Sicherlich war das für die siebenjährigen Geschwister eine ungewohnte Situation. Und dass sie nicht glücklich darüber waren, Weihnachten mit nur einem Elternteil zu verbringen, hatten sie mit der Aktion am Flughafen mehr als deutlich gemacht. Im Grunde konnte Emily sich mehr in die Kinder hineinversetzen, als diese das wohl ahnen konnten.

»Ist es euch warm genug da hinten?«, fragte sie schließlich, um ein Gespräch zu beginnen.

Die beiden nickten wortlos.

»Ihr meldet euch einfach, wenn ihr eine Pause machen wollt oder aufs Klo müsst, ja?«

»Klar doch!«, sagte Stella, und Emily sah im Rückspiegel, dass Joshua nickte. »Wir sind doch schließlich keine Babys mehr.«

»Natürlich nicht.« Emily verkniff sich ein Lächeln.

Nun, ohne ihre Mützen, war die Ähnlichkeit zu ihrer berühmten Mutter deutlich zu sehen. Beide hatten braune Augen und dunkle Locken, die bei Joshua bis zu den Schultern und bei Stella zusammengebunden fast bis zu den Hüften reichten.

»Stimmt es, dass wir um 18.09 Uhr bei Mama ankommen?«, fragte der Junge, der einen Blick auf die Anzeige am Navi geworfen hatte.

»Das würden wir, wenn wir keine Pause machen und es im Lauf des Tages keinen Stau gibt. Aber wir müssen irgendwann auch mal tanken und uns ein wenig die Beine vertreten«, erklärte Emily. »Ich denke mal, wenn alles gut läuft, können wir vielleicht um halb acht oder acht Uhr bei eurer Mama sein.«

»Okay!« Joshua nickte.

»Das ist aber noch ganz schön lange, oder?«, murmelte Stella.

»Ist doch egal!«, meinte Joshua. »Wo ist denn ungefähr die Mitte?«

»Wie meinst du das?«, fragte Emily.

»Die Hälfte vom Weg in die Berge.«

»Hm…«, Emily warf einen Blick auf das Navi. »Ich würde mal sagen etwa bei Fulda.«

»Danke, Emily.«

Der Junge war wirklich sehr interessiert und höflich.

Eine Weile lang herrschte wieder Stille im Auto.

»Hast du auch Kinder?«, fragte Stella plötzlich.

»Nein.«

»Und einen Mann?«

»Auch nicht.«

»Einen Freund oder Freundin?«

»Nein.«

»Bist du geschieden?«, ließ das Mädchen nicht locker.

»Nein. Ich war noch nie verheiratet.«

Ihre letzte Partnerschaft mit einem Kollegen war kurz nach ihrem Ausscheiden aus dem Polizeidienst in die Brüche gegangen. Da sie vorher noch kein halbes Jahr zusammen gewesen waren, hatte sie ihm jedoch nicht sonderlich nachgetrauert. Letztlich war es in ihrem Beruf, der kaum reguläre Arbeitszeiten kannte, einfacher, Single zu sein. Und die große Liebe war ihr sowieso noch nie über den Weg gelaufen. Vermutlich deswegen, weil es die große Liebe gar nicht gab!

»Mit wem feierst du denn dann Weihnachten?«, wollte Joshi wissen.

Irgendwie war es Emily unangenehm, den Kindern diese Frage zu beantworten. Zu erklären, dass sie mit Weihnachten überhaupt nichts am Hut hatte und froh war, an den Feiertagen allein zu sein, würde die Kinder sicherlich etwas irritieren.

»Ihr seid ja ganz schön neugierig«, sagte sie deswegen ausweichend. »Wollt ihr nicht vielleicht ein wenig schlafen? Ihr seid ja heute schon ziemlich früh aufgestanden.«

»Nö«, kam es unisono von der Rückbank. Da waren die beiden sich wohl einig.

Emily drehte die Musik im Radio ein wenig lauter.

»Können wir uns vielleicht ein Hörbuch anhören?«, fragte Joshua ein paar Minuten später.

»Leider habe ich keines«, antwortete Emily bedauernd.

»Schade. Dann lese ich ein wenig!«, meinte er und öffnete seinen Rucksack, aus dem er ein Buch holte.

»Das sollst du doch im Auto nicht machen, sonst wird dir wieder schlecht, und du musst kotzen«, ermahnte Stella ihren Bruder. Er warf ihr einen genervten Blick zu.

Emily sah in den Rückspiegel.

»Stimmt das? Wird dir schlecht beim Autofahren, Joshua?«, wollte sie wissen.

»Nur manchmal, wenn ich lese«, gab er widerwillig zu.

»Dann lässt du es besser bleiben«, riet Emily.

Er seufzte, steckte das Buch aber wieder zurück in den Rucksack.

»Habt ihr denn kein Gerät dabei, auf dem ihr euch Geschichten anhören könnt?«, fragte Emily verwundert. Einige Kinder in diesem Alter hatten sogar schon die neuesten Handys oder kleine Tabletts, wie Emily bei ihren Aufträgen manchmal mitbekam.

»Die Tonieboxen haben wir daheim gelassen«, erklärte Stella.

Emily wusste von Victors kleiner Tochter, dass eine Toniebox ein besonderes Abspielgerät für Kinder war. Statt Kassetten oder CDs gab es als Tonträger kleine, zu den jeweiligen Geschichten passende Figuren, die man zum Abspielen auf das Gerät setzen konnte.

In diesem Moment klingelte Emilys Handy. Ihre Schwester Laura! Was wollte die denn schon so früh am Morgen?

»Guten Morgen, Laura!«, meldete sie sich über die Freisprechanlage.

»Hallo, Emily … Hast du einen Moment Zeit?«, fragte ihre ältere Schwester.

»Ich bin gerade im Auto unterwegs mit zwei Kindern, die ich zu ihrer Mutter bringen muss, aber wir können schon reden. Was gibt es denn?«

»Das besprechen wir dann doch besser, wenn du ungestört bist.«

»Was ist denn? Geht es vielleicht um Vater? Ist er sauer, weil ich an Weihnachten nicht kommen kann?«

»Das ist ja nichts Neues für ihn. Aber natürlich ist er enttäuscht. Und ich auch, dass wir dich an den Feiertagen nicht sehen.«

»Tut mir leid, aber es geht halt leider nicht«, beteuerte Emily.

Laura lachte humorlos.

»Bei dir geht es doch nie«, sagte sie vorwurfsvoll.

Doch gleichzeitig meinte Emily, noch etwas anderes in der Stimme zu hören. War das Traurigkeit? Sorge?

»Sicher bereust du es irgendwann mal sehr, dass du so stur bist«, sagte Laura. »Und vielleicht sogar früher, als dir lieb ist!«

»Wie meinst du das?«, fragte Emily alarmiert.

»Darüber reden wir, wenn du allein bist. Ruf mich auf jeden Fall bald an, ja?«

»Aber ich bin heute den ganzen Tag …«

»Melde dich einfach bald!«, unterbrach Laura sie jedoch und legte auf.

Emily hatte plötzlich ein mulmiges Gefühl. Was hatte ihre Schwester damit gemeint? War irgendwas mit ihrem Vater nicht in Ordnung? Oder mit Laura selbst? Oder war das mal wieder der moralisch erhobene Zeigefinger, weil sie auch dieses Weihnachten nicht nach München kommen würde? Vermutlich war es Letzteres. Laura hatte schon immer das Talent, ihr ein schlechtes Gewissen zu machen.

Sie versuchte, Laura noch mal anzurufen, um ihr zu sagen, dass sie sich erst am Abend melden konnte, doch sie erreichte nur die Mailbox. Sobald sie die Kinder bei der Mutter abgeliefert hatte, würde sie bei ihr anrufen und die Sache klären. Erst jetzt wurde ihr so richtig bewusst, dass München auf ihrer Strecke in die Berge lag. Eigentlich könnte sie die Gelegenheit sogar nutzen, um auf der Rückfahrt einen kurzen Abstecher bei ihrem Vater und ihrer Mutter zu machen. Die Wohnungen der beiden lagen tatsächlich keine fünfhundert Meter voneinander entfernt. Wobei es auch fünfhundert Kilometer hätten sein können, denn ihre Eltern waren sich seit der Scheidung nur noch dann begegnet, wenn es sich wirklich gar nicht vermeiden ließ. Wie zum Beispiel bei den Schulabschlussfeiern der Kinder oder Lauras Hochzeit vor fünf Jahren, wobei die Ehe der Physiotherapeutin inzwischen schon wieder geschieden war.

»Mit wem hast du denn da telefoniert?«, riss Stella sie aus ihren Gedanken.

»Mit meiner Schwester Laura«, antwortete Emily.

»Wieso besuchst du denn deinen Papa nicht an Weihnachten?«, wollte Joshua wissen.

Die Kinder hatten das Gespräch zwischen ihr und Laura natürlich mitverfolgt.

»Das ist alles ein wenig schwierig zu erklären«, sagte Emily ausweichend. »Manchmal geht es eben nicht, dass man mit den Menschen feiert, die einem wichtig sind. Genauso wie ihr euren Papa leider an Weihnachten nicht sehen könnt.«

»Und was ist mit deiner Mama?«

Die Kinder ließen nicht locker.

»Das klappt leider auch nicht.«

»Ich finde das total doof!«, erklärte Joshua.

Emily nickte.

»Ja … das ist irgendwie doof!«, stimmte Emily ihnen zu.

Langsam brach der Tag an, der schon jetzt düster und grau zu werden versprach.

»Erzählst du uns eine Geschichte, Emily?«, bat Joshua.

»Hm. Ich weiß leider keine Geschichte«, sagte Emily.

»Quatsch. Jeder kennt doch eine Geschichte«, behauptete Stella.

Emily überlegte fieberhaft. Doch auf die Schnelle fiel ihr absolut nichts ein, was kindgerecht wäre. Schließlich konnte sie den beiden nicht von ihren Einsätzen als Personenschützerin erzählen.

»Ich leider nicht«, beteuerte sie.

Sie nahm sich vor, beim ersten Halt an der Tankstelle ein paar Hörbücher auf ihr Handy zu laden, damit die Kinder auf der langen Fahrt Unterhaltung hatten.

»Schade … Papa und Mama wissen immer ganz viele Geschichten«, meinte Joshua und seufzte.

Emily wusste nicht, was sie darauf antworten sollte.

Eine Weile lang herrschte wieder Stille.

»Emily?«

»Ja, Joshua?«

»Du kannst Joshi zu mir sagen.«

»Okay … Also Joshi, was möchtest du mich fragen?«

»Was war das schönste Weihnachtsgeschenk, das dir das Christkind jemals gebracht hat?«

»Mein schönstes Weihnachtsgeschenk?«, fragte Emily überrascht und schluckte. Die Kinder wollten tatsächlich ausgerechnet über Weihnachten mit ihr sprechen? Genau das Thema, das sie, so gut es ging, vermied.

»Hm. Das weiß ich echt nicht mehr«, sagte sie ausweichend.

»Du weißt aber wirklich gar nichts«, brummte Stella enttäuscht. »Das ist total langweilig mit dir.«

Aus der Sicht der Kinder war sie wohl tatsächlich nicht sonderlich unterhaltsam.

»Also, wenn meinen Geschwistern und mir auf Autofahrten fad war, haben wir immer *Ich packe meinen Koffer* gespielt. Habt ihr Lust auf eine Runde?«, fragte Emily in der Hoffnung, die Kinder abzulenken. Und tatsächlich waren sie damit eine Weile beschäftigt. Doch trotzdem hatten sie noch nicht aufgegeben.

»Ist dir immer noch nicht eingefallen, was dein schönstes Weihnachtsgeschenk war?«, fragte Stella.

»Nein!«

»Also mein schönstes Weihnachtsgeschenk war ein Experimentierkasten und ein Mikroskop«, verriet Joshua. »Damit kann man coole Experimente machen. Da kann man sogar sehen, dass meine Haare ein kleines bisschen dicker sind als die Haare von Stella.«

»Das ist ja interessant«, sagte Emily, tatsächlich ein wenig beeindruckt.

»Und mein schönstes Weihnachtsgeschenk war eine Carrera-Bahn«, erklärte nun das Mädchen. »Papa verliert immer, wenn er gegen mich spielt.«

Sie lachte, zum ersten Mal, seitdem Emily sie heute früh kennengelernt hatte.

»So eine Carrera-Bahn hätte ich auch gerne gehabt«, verriet Emily.

»Und du hast keine bekommen?«, fragte Stella.

»Nein.«

»Das ist ja blöd!«, sagte Joshua.

»Hast du denn keinen Brief ans Christkind geschrieben?«, fragte Stella.

»Doch. Aber auf dem Brief standen auch noch andere Wünsche. Ich glaube, das war für das Christkind ein wenig zu viel auf einmal.«

»Ach so«, sagte Stella. »Dann hättest du vielleicht die

Carrera-Bahn im nächsten Jahr wieder auf den Wunschzettel schreiben sollen.«

Da habe ich mir etwas anderes gewünscht. Und zwar, dass meine Eltern wieder zusammenkommen, dachte Emily. Ein Wunsch, der sich ebenfalls nicht erfüllt hatte. Doch das wollte sie den Kindern nicht erzählen.

In diesem Moment musste sie an ein Weihnachten in ihrer Kindheit denken. Und an ein Geschenk, das tatsächlich etwas Besonderes gewesen war. Zu ihrer eigenen Überraschung hatte sie plötzlich Lust, den Kindern diese Geschichte zu erzählen.

»Hört mal, jetzt ist mir doch etwas eingefallen«, sagte sie. »Wollt ihr die Geschichte hören?«

»Ja!«, riefen die beiden.

Kapitel 7

Es war einmal das schönste Weihnachtsgeschenk

München – Heiligabend vor 24 Jahren

Es war noch früh am Nachmittag. Laura und Markus saßen im Kinderzimmer der Mädchen auf einer Decke am Boden und bereiteten alles für eine Runde Monopoly vor. Zuvor hatten sie schon Uno gespielt, um sich die lange Wartezeit bis zum Abend zu vertreiben. Emily stand am Fenster und sah nach unten in den Hinterhof.

»Kommst du endlich, Emily!«, rief Markus. »Wir wollen anfangen.«

»Gleich!«

»Warum schaust du denn ständig zum Fenster raus?«, fragte Laura.

»Da sitzt eine Katze.«

»Echt?«

Markus und Laura standen auf und kamen zum Fenster.

»Wo denn?«, fragte Markus.

»Dort hinten ist sie!« Emily deutete mit dem Finger zu

einem Gebüsch vor der Treppe zum Kellereingang im Haus gegenüber. »Die war gestern auch schon da.«

»Ich sehe nichts!«, sagte Laura.

Und tatsächlich konnte man die dunkelgrau getigerte Katze nur entdecken, wenn man ganz genau hinsah.

»Ich auch nicht! Meinst du vielleicht die Minka von Frau Wollinger?«, überlegte Markus. Die alte Dame wohnte im Parterre.

Emily schüttelte den Kopf.

»Nein. Die Minka schaut anders aus ... Aber jetzt sehe ich die Katze auch nicht mehr. Bestimmt hat sie sich im Gebüsch versteckt.«

»Vielleicht hast du es dir aber nur eingebildet, dass da was ist?«, vermutete Laura. »Komm, wir spielen jetzt endlich Monopoly.«

Emily suchte noch einmal den Hof ab, doch das Tier war verschwunden.

Eineinhalb Stunden später hatten Markus und Emily gegen Laura aufgegeben, nachdem sie ihren jüngeren Geschwistern die teuersten Straßen und alle vier Bahnhöfe abgeknöpft hatte.

»Spielen wir lieber Uno!«, meinte der neunjährige Markus, während sie die Geldscheine, Spielfiguren und Häuser in die Schachtel sortierten.

»Oder wir hören uns eine Bibi-Blocksberg-CD an«, schlug Emily vor.

»Ach nö!«, winkte Markus ab. »Ich mag lieber Benjamin Blümchen.«

»Aber ich nicht.«

In diesem Moment wurde von draußen die Tür geöffnet.

»Weihnachtskuchenzeit!«, rief ihre Mutter mit einem breiten Lächeln und trug ein Tablett mit vier dampfenden Tassen und einem großen Teller mit Kuchenstücken herein. Sofort war das Kinderzimmer mit dem Duft von Zimt, Kardamom, Vanille und Schokolade erfüllt.

»Fangt bloß nicht ohne mich an!«, hörten sie ihren Vater rufen. »Ich bin gleich da.«

»Bring bitte noch Servietten mit, Karl!«, rief Luise in den Flur. »Sie liegen auf dem Küchentisch.«

»Mache ich.«

Luise stellte das Tablett vorsichtig auf Lauras Schreibtisch ab.

»Bitte passt auf, dass ihr nicht zu sehr bröselt und nichts verschüttet«, mahnte sie.

»Klar, Mama!«, versprach Markus.

»Hier bin ich schon!«, sagte Karl und kam mit den Servietten.

»Danke, Schatz!« Luise gab ihrem Mann einen Kuss auf die Wange. Dann ging sie zur Tür.

»Magst du keinen Kuchen, Mama?«, fragte Emily.

»Doch. Mein Stück wartet in der Küche auf mich, das esse ich, während ich nebenbei aufräume«, sagte die Mutter. »Es gibt noch so viel zu tun, bis das Christkind heute Abend kommt.«

»Das dauert ja noch ewig«, sagte Laura und sah auf den Wecker an ihrem Bett. »Es ist erst halb drei.«

»Am Tag von Heiligabend dauern die Stunden eben viel länger als sonst!«, erklärte ihr Vater und stellte den Teller mit dem Kuchen auf die Decke am Boden. »Kommt, setzt euch und nehmt euch Servietten. Ich habe schon so einen großen Kuchenhunger.«

»Lasst es euch schmecken!«, sagte Luise. »Aber in einer halben Stunde brauche ich dich wirklich ganz dringend, Karl.«

»Natürlich, Schatz«, antwortete ihr Mann und zwinkerte ihr zu.

Während Luise das Zimmer verließ, reichte er jedem Kind eine Tasse heiße Schokolade.

Sie saßen auf der Decke, ließen sich den Kuchen schmecken und nippten vorsichtig an den Tassen.

»Hm … Ich sag euch mal was. Wenn ich diesen Kuchen esse, dann erinnert mich der Geschmack immer an meine Kindheit mit meinen Geschwistern«, schwärmte Karl. »Wir mussten genau wie ihr immer im Zimmer bleiben und bis zur Bescherung warten. Allerdings war unser Zimmer nur halb so groß wie dieses hier«, sagte er und biss dann wieder in den Kuchen.

»Ihr hattet so ein kleines Zimmer?«, fragte Laura.

»Ja. Aber das hat uns nichts ausgemacht … Markus, mach doch bitte mal das Radio an, damit wir ein wenig Musik hören können«, sagte er mit vollem Mund zu seinem Sohn, der neben dem tragbaren CD-Player saß.

Markus drückte auf den Knopf. Gleich darauf erklang das Weihnachtslied *Feliz Navidad* von José Feliciano aus dem Radio und sorgte für eine vergnügliche Stimmung.

»Hast du mal das Christkind gesehen, Papa?«, fragte Emily neugierig.

»Nein. Keine Chance. Obwohl ich echt immer Ausschau gehalten habe.«

»Kennst du jemanden, der es schon mal gesehen hat?«, wollte Markus wissen.

Karl wiegte unschlüssig den Kopf hin und her.

»Na ja, meine Mama, also eure Oma, hat uns einmal erzählt, dass ihr Bruder angeblich gesehen hat, wie das Christkind aus dem Wohnzimmer davongeflogen ist.«

»Echt?« Emily sah ihn mit großen Augen an.

»Das ist doch sicher geflunkert!«, meinte Laura.

Karl zuckte mit den Schultern.

»Keine Ahnung … Aber eines weiß ich ganz bestimmt. Dass eure Oma sich sehr freuen würde, wenn sie uns jetzt sehen könnte, wie wir ihren Weihnachtskuchen verputzen und dazu heiße Schokolade trinken.«

Er nahm den letzten Schluck aus der Tasse, dann stellte er sie weg. Nun begann ein neues Weihnachtslied im Radio: *Jingle Bell Rock* von Bobby Helms.

»Kommt, Kinder! Tanzen!«, sagte er und stand auf.

Die Mädchen stellten die Tassen ebenfalls weg und hüpften mit ihrem Vater durchs Zimmer.

»Du auch, Markus!«, forderte Karl seinen Sohn auf, der sich widerwillig erhob und schließlich doch mitmachte.

Als nächstes Lied kam *Hey Santa!* von Carnie & Wendy Wilson. Karl nahm Emily auf den Arm und wirbelte lachend mit seiner jüngsten Tochter herum.

Die Tür öffnete sich, und Luise kam herein.

»Hey, was ist denn hier los?«, fragte sie. »Weihnachtliche Tanzparty?«

»Ganz genau!«, sagte Karl vergnügt. Er setzte Emily ab, die mit ihren Geschwistern weitertanzte, und griff nach der Hand seiner Frau.

»Darf ich bitten, liebe Luise?«

»Gern, lieber Karl.«

Er legte den Arm um sie.

Last Christmas von Wham! erklang.

»Mein Lieblingsweihnachtslied!«, rief Luise und drehte sich mit Karl fröhlich zur Musik.

Emily war glücklich. Was für ein wunderschöner Tag! Und später würde er noch viel besser werden, wenn das Christkind da gewesen war und sie die Geschenke öffnen durften.

Als das Lied zu Ende war und die Nachrichten begannen, drückte Karl seine Frau kurz an sich und gab ihr einen Kuss.

Markus verdrehte peinlich berührt die Augen, doch die Eltern lachten nur.

»So ist das eben, wenn man glücklich verheiratet ist«, sagte Karl.

»Aber jetzt kommst du Glücklicher mit und hilfst mir«, forderte Luise ihren Mann auf. »Und ihr drei spielt wieder allein«, sagte Luise zu ihren Kindern.

»Ich muss aber aufs Klo«, sagte Markus.

»Dann raus mit dir. Aber nur ins Bad, und danach gehst du sofort wieder zurück ins Zimmer«, erinnerte sie ihn mahnend.

Der Junge nickte und flitzte hinaus.

Luise stellte das Geschirr aufs Tablett und ging aus dem Zimmer.

»Ich komme gleich nach, Luise«, rief Karl ihr hinterher.

»Das will ich dir auch geraten haben!«

»Die Katze … sie ist wieder da!«, rief Emily, die am Fenster stand.

»Echt? Oder bildest du es dir nur ein?«, fragte Laura, die es sich auf ihrem Bett gemütlich gemacht hatte.

»Sie ist echt da!«

»Welche Katze denn, Schätzchen?«, fragte Karl.

»Eine graue. Ich habe sie schon ein paarmal gesehen. Aber sie versteckt sich immer. Schau doch, Papa!«

Karl trat neben sie und sah hinunter in den Hof. Und tatsächlich. Da war sie! Die Katze kam aus dem Gebüsch und lief zu einer der Treppen, die in den Keller führten, und verschwand dann durch die offene Tür.

»Es sieht so aus, als ob sie humpeln würde!«, stellte ihr Vater fest. »Hoffentlich ist sie nicht verletzt.«

»Die arme Katze!«, sagte Emily.

»Bestimmt gehört sie jemandem, der sich darum kümmert«, sagte ihr Vater.

»Und wenn nicht?«

»Ich weiß auch nicht …«

»Karl!«, rief Luise nun drängend. »Bitte komm jetzt endlich!«

»Ihr habt eure Mutter gehört! Ich muss euch leider wieder allein lassen.«

Lächelnd verließ er das Zimmer.

Emily sah noch mal in den Hof, doch die Katze war wieder weg.

Markus kam zurück, und nach einigen Diskussionen einigten sie sich darauf, zuerst Bibi Blocksberg und dann Benjamin Blümchen anzuhören.

Drei Stunden später war es endlich so weit. Die Kinder standen zusammen mit ihrer Oma Margot und ihrem Vater im

Flur und warteten ungeduldig darauf, dass sie endlich das Glöckchen im Wohnzimmer hörten.

»Wieso darf Mama eigentlich im Wohnzimmer sein?«, fragte Markus die Oma. »Kann da das Christkind überhaupt kommen, wenn sie drin ist?«

»Ich glaube, das Christkind kommt genau in dem Moment, wenn sich eure Mutter mal umdreht«, sagte Margot, und Karl nickte bestätigend.

»Ja, genau so ist es.«

»Jetzt!«, rief Laura.

Endlich klingelte das Glöckchen, und gleich darauf ging die Tür auf.

»Stellt euch vor, das Christkind war da! Schnell rein mit euch«, sagte Luise feierlich, und die Kinder gingen mit großen Augen ins Wohnzimmer, wo der kunterbunt geschmückte Weihnachtsbaum nur so funkelte. Auf dem Tisch und der Kommode standen zwischen Tannenzweigen und Weihnachtsfiguren Dutzende von Kerzen, die ein warmes Licht und einen heimeligen Duft verbreiteten. Emily war überglücklich. Weihnachten war das Schönste, was es gab.

Sie stellten sich alle um den Baum. Luise drückte auf den Knopf der Stereoanlage, *Stille Nacht* erklang, und die ganze Familie sang mit. Wobei Karl eher laut und mit Freude dabei war als mit Talent. Doch das tat der feierlichen Stimmung keinen Abbruch. Als das Lied zu Ende war, umarmten sie sich und wünschten sich frohe Weihnachten. Und dann durften die Kinder endlich die Geschenke auspacken.

Emily war ganz aus dem Häuschen. Sie hatte ein dickes Malen-nach-Zahlen-Buch und eine riesige Packung Buntstifte bekommen, eine Barbiepuppe und das größte Geschenk:

ein Einrad. Genau das, was sie sich vom Christkind sehnlich gewünscht hatte. Und dann hatten sie und die anderen noch Strümpfe bekommen. Aber Emily wusste, dass die nicht vom Christkind waren, sondern von ihrer Oma.

Nachdem alle Geschenke geöffnet waren und Oma Margot das Geschenkpapier sorgfältig wieder zusammengelegt hatte, hockten die Kinder am Boden und bestaunten gegenseitig ihre Geschenke.

»Kommst du mal mit mir, Schätzchen?«, fragte Karl plötzlich.

Emily nickte und folgte ihrem Vater in die Küche. Der holte eine Dose Thunfisch aus dem Regal und ein paar kleine Portionsdosen Kaffeesahne sowie zwei Unterteller.

»Und jetzt gehen wir beide mal in den Keller.«

Emily sah ihren Vater verdutzt an.

»Warum denn?«

»Lass dich überraschen.«

Als sie das Kellerabteil aufsperrten, hörte Emily ein lautes Maunzen und Miauen.

»Die graue Katze!«, rief Emily ganz aufgeregt.

»Schnell, mach die Tür zu, damit sie nicht verschwindet.«

Rasch schlüpften sie in den kleinen Raum, in dem sich an der Rückseite einige Kisten und Kartons mit alten Sachen der Familie stapelten.

»Ich habe sie vorhin gefunden, als ich den Müll rausgetragen habe. Sie scheint leider wirklich verletzt zu sein«, sagte Karl.

»Sie ist viel dünner als die Katze von Frau Wollinger«, meinte Emily. Das Tier sah ziemlich abgemagert aus.

»Ja … Vermutlich hat die Katze leider tatsächlich kein richtiges Zuhause.«

»Das arme Kätzchen.«

Karl hatte vor der Bescherung bereits einen Karton mit einer alten Decke ausgelegt und in einen anderen Karton eine Plastiktüte gelegt und mit Sand gefüllt, damit die Katze ihr Geschäft machen konnte. Auch eine Schale Wasser stand schon bereit.

»Hier im Keller hat sie es einigermaßen warm und ruhig. Ich habe ihr vorhin schon ein wenig Wurst gegeben«, sagte er. Doch die ausgehungerte Katze fiel über den Thunfisch her und schleckte danach mit geschlossenen Augen die mit Wasser verdünnte Kaffeesahne. Schließlich humpelte sie zur Decke und begann, sich ausgiebig zu putzen.

»Heute Nacht darf sie hierbleiben. Und morgen bringe ich sie zum Tierarzt, damit er sie gründlich untersucht«, sagte Karl. »Wenn du magst, kannst du mitkommen.«

Emily nickte. Das wollte sie unbedingt.

»Können wir die Katze behalten, Papa?«, fragte sie. Schon immer hatte sie sich ein Haustier gewünscht.»Ich weiß nicht, Emily. Da muss ich erst den Hausmeister fragen, ob er es erlaubt.«

»Frau Wollinger hat doch auch die Minka.«

»Die wohnt aber im Parterre, da kann die Katze immer raus. Wir sind oben im vierten Stock.«

»Bitte Papa!«

»Wir müssen erst mal in der Gegend Zettel aushängen, ob jemand die Katze vermisst.«

»Und wenn nicht? Darf ich sie dann behalten? Bitte … bitte Papa.«

»Nur wenn der Hausmeister es erlaubt und Mama nichts dagegen hat …«

»Bestimmt nicht!«

»Jetzt freu dich aber bitte noch nicht zu früh, Emily!«, sagte Karl. »Ich kann dir wirklich nicht versprechen, ob es klappt. Nicht dass du dann sehr enttäuscht bist.«

Emily streichelte vorsichtig über das Fell der Katze, die sich das schnurrend gefallen ließ.

»Papa?«

»Ja?«

»Vielleicht hat das Christkind die Katze zu uns geschickt. Damit wir ihr helfen und sie ein Zuhause bekommt.«

Karl lächelte.

»Vielleicht … An Weihnachten passieren tatsächlich immer wieder wunderbare Dinge.«

Kapitel 8
Jojo

Unterwegs im Auto

»Diese Katze war bestimmt dein schönstes Weihnachtsgeschenk, oder?«, rief Joshua, nachdem Emily die Geschichte erzählt hatte.

»Ja … Allerdings stellte sich am nächsten Tag beim Tierarzt heraus, dass die Katze ein schon etwas betagter Kater war. Wir haben ihn Sylvester genannt.«

»Hast du ihn behalten dürfen?«, fragte Stella.

»Wir haben ihn gesund gepflegt und Zettel aufgehängt. Aber es hat sich niemand gemeldet, deswegen durfte Sylvester am Ende bei uns bleiben.«

Dass der Kater eineinhalb Jahre später von einem Auto überfahren worden war, erzählte sie den Kindern besser nicht. Auch sie selbst wollte nicht daran denken.

»Habt ihr auch Haustiere?«, fragte sie.

»Nö. Aber Oma und Opa haben jetzt zwei Kätzchen. Nemo und Dori. Mit denen spielen wir immer, wenn wir dort sind«, erzählte Joshua.

»Die heißen ja wie die Fische im Film!«, sagte Emily amüsiert.

»Die Namen haben Stella und ich uns ausgesucht, weil das unser Lieblingsfilm ist. Nemo ist rot mit weißen Flecken, und Dori ist weiß mit schwarzen Flecken. Unsere Oma hat gesagt, die beiden fressen ihr noch die Haare vom Kopf.«

Emily lachte.

»Ja, so Katzen können schon einiges verputzen.«

»Papa hat versprochen, dass wir mal einen Hund bekommen«, sagte Stella.

»Wie toll. Da freut ihr euch bestimmt schon, oder?«

Emily sah die Kinder im Rückspiegel nicken.

»Was ist eigentlich ein Einrad?«, fragte Joshua, der bei ihrer Geschichte gut aufgepasst hatte.

»Das ist ein Fahrrad mit nur einem Reifen.«

»Und du kannst damit fahren? Nur mit einem Rad?«, fragte Stella ungläubig nach.

»Ja … am Anfang ist das natürlich etwas ungewohnt, und es hat bei mir ein wenig gedauert, bis ich herausgefunden habe, wie ich das Gleichgewicht halten kann, aber dann konnte ich das sogar ziemlich gut. Und es macht auch richtig Spaß«, erzählte Emily. Bis sie mit ihrer Ausbildung zur Polizistin angefangen hatte, war sie sogar Mitglied in einem Verein gewesen.

»Fährst du jetzt auch noch mit dem Einrad?«, wollte Joshua wissen.

»Nein … das habe ich leider schon lange nicht mehr gemacht«, antwortete Emily und fragte sich, ob sie nicht vielleicht wieder damit anfangen sollte.

»Hast du das Einrad noch, das du damals bekommen hast?«, fragte Stella.

Emily überlegte kurz. Dann nickte sie.

»Es müsste noch bei meiner Mama im Keller sein.«

Den ersten Stopp machten sie nach etwa zwei Stunden auf einem Rastplatz bei Hildesheim. Emily war erstaunt, wie vorbildlich die Kinder sich verhielten. Offensichtlich hatten sie sich inzwischen mit der Situation abgefunden, und Emily war sehr erleichtert darüber. Damit auch ihr Vater beruhigt sein konnte, schickte sie ihm eine kurze Nachricht, dass alles gut funktionierte und er sich keine Sorgen machen musste. Nachdem sie getankt hatte und alle auf der Toilette gewesen waren, bedienten sie sich aus der Tüte mit dem Proviant, den Valentin für sie besorgt hatte.

Während sie ein Käsesandwich aß, holte Emily noch einmal ihr Handy heraus.

»Was für ein Hörbuch soll ich denn herunterladen?«

»Kannst du uns nicht lieber wieder eine Geschichte erzählen?«, bat Joshua und biss von der Banane ab.

»Ja, bitte!«

Emily seufzte.

»Ich denke mal nach, ob mir noch was einfällt. Aber wir sind noch ziemlich lange unterwegs, und ich kann ja trotzdem schon mal ein paar Benjamin-Blümchen-Geschichten aufs Handy laden. Soll ich?«

Die Zwillinge stimmten zu.

Zwanzig Minuten später fuhr Emily wieder auf die A7 in Richtung Süden, während Benjamin Blümchen laut sein Törööö trötete.

Auf der Autobahn herrschte zwar viel Verkehr, aber sie kamen trotzdem erstaunlich gut voran und waren bisher noch in keinen einzigen Stau gekommen.

Nach einer Folge von Benjamin Blümchen wollten die Kinder wieder eine echte Geschichte von Emily hören.

»Was Spannendes!«, sagte Joshua.

»Hm. Was Spannendes wollt ihr also hören … Na gut, da fällt mir was ein.«

Diesmal war es keine weihnachtliche Geschichte.

»Dann hört mal zu …«

Sie erzählte den Zwillingen, wie sie in dem Sommer, als sie neun Jahre alt geworden war, mit ihrem Bruder in ein Feriencamp in Österreich hatte fahren dürfen, während Laura wegen einer Mandeloperation im Krankenhaus lag. Markus und sie waren am zweiten Tag bei einer Schnitzeljagd in einem Waldstück verloren gegangen, und es hatte Stunden gedauert, bis man die beiden kurz nach Einbruch der Dunkelheit schließlich wiedergefunden hatte. Glücklicherweise war ihnen nichts passiert. Als sie im Camp zurück waren, wartete dort bereits ihr Vater, der die Kinder mit nach Hause nahm. Um die Kinder zu unterhalten, versuchte sie, die Geschichte so spannend wie möglich zu erzählen. Und es funktionierte. Die beiden hörten gebannt zu.

»Ich würde mich ganz schlimm fürchten, allein im Wald, wenn es dunkel ist«, meinte Joshua beeindruckt, als Emily zu Ende erzählt hatte.

»Ich mich auch!«, sagte Stella.

»Deswegen sollte man nicht …«, begann Emily, doch in diesem Moment klingelte das Handy.

Die Mutter der Kinder rief an, um nachzufragen, ob alles in Ordnung war.

»Ja. Wir kommen gut voran, Frau Beck!«, beteuerte Emily über die Freisprechanlage.

»Das freut mich. Und ihr, Joshi und Stella, seid ihr auch brav?«

»Klar, Mama!«, riefen die Zwillinge gleichzeitig.

»Super. Ich kann es schon kaum mehr erwarten, euch zu sehen. Hier in den Bergen liegt ganz viel Schnee, und ich bin mir sicher, dass es euch sehr gut gefallen wird. Ricks Tochter Bonnie findet es auch ganz toll hier. Sie ist vorhin angekommen und ist schon gespannt, euch kennenzulernen.«

Emily beobachtete im Rückspiegel die Reaktion der Kinder auf diese Nachricht. Beide wirkten nicht sonderlich begeistert.

»Bonnie ist übrigens nur ein Jahr älter als ihr. Ihr werdet euch sicher gut verstehen.«

»Okay«, sagte Joshua bemüht, während seine Schwester sich einen Kommentar sparte.

»Wir werden alle eine ganz tolle Zeit haben!«, versprach Hannah. »Bis bald, meine Süßen, und noch eine gute Fahrt, Frau Falter.«

»Danke. Ich melde mich, kurz bevor wir ankommen«, versprach sie. »Oder falls sich die Fahrt doch noch länger verzögern würde.«

»Perfekt! Bis später!«

»Bis später!«

Nach dem Telefonat war die fröhliche Stimmung von vorhin verschwunden. Die Kinder saßen ruhig in ihren Sitzen und schauten aus den Fenstern. Emily konnte verstehen, dass die Aussicht darauf, Weihnachten ohne ihren Vater und stattdessen mit dem neuen Freund der Mutter zu verbringen, schon schwierig genug war. Nun würden sie die Aufmerksamkeit der Mutter auch noch mit einem weiteren Kind teilen müssen, das sie offenbar noch nicht kennengelernt hatten.

»Sollen wir uns noch eine Folge Benjamin Blümchen anhören?«, fragte Emily, um sie abzulenken. Doch die beiden schüttelten nur den Kopf.

»Wie lange brauchen wir denn noch bis Fulda?«, fragte Joshua.

»Das ist nicht mehr weit. Nur noch etwa fünf Minuten«, sagte sie.

Emily sah im Rückspiegel, wie Joshua seiner Schwester zunickte und lächelte. Gleich darauf gähnte das Mädchen.

»Bist du müde, Stella?«, fragte Emily.

»Ein bisschen.«

»Dann schlaf doch ein wenig. Und du auch, Joshi. Und wenn ihr später aufwacht, haben wir es bestimmt gar nicht mehr weit bis zu eurer Mama.«

»Na gut!«, sagte Joshua.

Stella griff nach ihrem Rucksack und öffnete ihn.

»Er ist nicht da!«, rief sie plötzlich.

»Wer ist nicht da?«, fragte Emily.

»Jojo!«

»Wer ist denn Jojo?«

»Mein Kuschelschafbock.«

»Kuschelschafbock?«, fragte Emily irritiert.

»Mein Kuscheltier. Es ist ein kleines Schaf«, erklärte Stella aufgeregt.

»Ach so. Hast du Jojo nicht eingepackt?«

»Doch!«

»Dann muss er ja da sein!«

»Ist er aber nicht!«

»Vielleicht hat Joshi ihn versehentlich in seinen Rucksack gepackt?«

»Habe ich nicht!«, sagte der Junge.

»Schau doch trotzdem bitte mal nach!«, forderte Emily ihn auf.

»In meinem Rucksack ist Jojo auch nicht«, sagte er wenig später.

»Aber ich brauche meinen Jojo!«, rief Stella unglücklich. »Sonst kann ich nicht einschlafen. Jojo schläft immer bei mir!«

»Vielleicht ist dein Jojo in einem der Koffer?«, überlegte Emily.

»Keine Ahnung.«

»Wir fahren einfach auf den nächsten Parkplatz, und dann suchen wir alles gründlich ab.«

Zwanzig Minuten später standen sie auf dem Parkplatz vor dem geöffneten Kofferraum. Emily hatte nach den Rucksäcken auch die Koffer der Kinder gründlich durchsucht. Allerdings vergeblich.

»Tut mir sehr leid, Stella. Aber du hast dein Kuscheltier vermutlich nicht eingepackt«, sagte sie.

Stella sah aus, als würde sie jeden Moment anfangen zu heulen.

»So schlimm ist das doch nicht«, versuchte die Personenschützerin, das Mädchen zu beruhigen.

»Doch. Das ist sogar ziemlich schlimm. Meine Schwester schläft nämlich nie ohne Jojo ein!«, erklärte Joshua ganz sachlich.

»Wirklich nicht?«

»Nein!«

»Ich brauche meinen Jojo!«, heulte Stella, und einige Leute auf dem Parkplatz wurden bereits auf sie aufmerksam.

»Okay … wir werden sicher eine Lösung finden«, sagte Emily, fühlte sich jedoch gerade etwas überfordert. Sie konnte doch nicht fast auf der Hälfte der Strecke wieder umkehren, nur um ein Kuscheltier zu holen! Und wer weiß, vielleicht hatte Stella es sogar am Flughafen verloren? Wie sollten sie das Kuscheltier dann jemals finden können?

Mit einem Seufzen schloss sie den Kofferraumdeckel.

»Steigt bitte in den Wagen ein. Dann überlegen wir, was wir machen werden.«

Kapitel 9

Ein spontaner Entschluss

Hamburg

Valentin versuchte, sich nicht anmerken zu lassen, wie genervt er schon nach wenigen Stunden war. Er hatte sich so beeilt, um rechtzeitig vom Flughafen zurück zu sein, nur um dann über eine Stunde auf die Band, ihre Managerin und die Maskenbildnerin zu warten. Sie hatten es noch nicht einmal für notwendig befunden, Valentin darüber zu informieren, dass sie sich verspäteten, geschweige denn sich zu entschuldigen, als sie schließlich eintrafen.

Die *Grey Apple Band* bestand aus drei jungen Frauen und einem Mann, die im vergangenen Herbst bei einer großen Castingshow in einem spektakulären Finale ganz knapp die Siegertrophäe gewonnen hatten. Mit ihrem selbst komponierten Siegerlied standen sie seither ganz oben in den Charts und sorgten vor allem mit provokanten Beiträgen für ständige Social-Media-Präsenz. Im Frühjahr würde ihr erstes Album *Fogsongs* erscheinen, und Valentin sollte Fotos für das Cover und die Autogrammkarten machen. Er hatte sich bereits viele Gedanken über die Umsetzung gemacht und der Managerin schon vorab Ideen zukommen lassen. Neben einzelnen Aufnahmen im Studio, die er später mit einem besonderen Hintergrund zusammensetzen wollte, hatte er auch vorgeschlagen, die Band vor einer Mauer im winterlichen Garten zu fotografieren. Mit künstlichem Nebel aus Trockeneis und dem Spiel mit Licht und Schatten wollte er eine mystische Stimmung erzeugen, die durch Details in knalligen Farben gebrochen werden sollte. Doch die Bandmitglieder, allen voran die eigenwillige Leadsängerin, hatten völlig andere Ideen und hielten auch nichts von den Anweisungen des Fotografen, wie sie sich am besten vor der Kamera positionieren sollten.

Die vier Newcomer waren offenbar der Überzeugung, dass jeder selbst mit einer Handykamera die besten Fotos machen konnte und ein Profifotograf deswegen völlig überflüssig war. Entsprechend schwierig gestaltete sich die Zusammenarbeit.

»Tut mir leid, Valentin«, entschuldigte sich die Managerin halbherzig für das Verhalten ihrer Schützlinge, während diese nach draußen gegangen waren, um eine Zigarettenpause zu machen. »Diese Egozentrik ist eben ein wenig ihr spezielles Markenzeichen: *Höre nur auf dein eigenes Bauchgefühl und lass dich niemals von anderen Menschen verbiegen.*«

»Das ist ja alles schön und gut, wenn man auf sein Bauchgefühl hört, aber manchmal muss man auch auf Profis hören. Ich glaube eher, dass denen der schnelle Erfolg zu Kopf gestiegen ist«, vermutete Valentin.

»Na ja. Die Verkaufszahlen schießen tatsächlich durch

die Decke. Nicht nur in Deutschland. Und sie wissen ganz genau, was sie wollen und was nicht. Außerdem sind sie ziemlich gut darin, zu polarisieren und die sozialen Medien für sich zu nutzen.«

»Warum wurde ich dann überhaupt engagiert?«, fragte Valentin. »Sollen sie doch von ihren schrägen Selfies ein Cover machen, wenn das angeblich so gut funktioniert«, sagte er.

»Das Musiklabel hat darauf bestanden. Die wollten unbedingt dich haben«, sagte die Managerin. »Bitte hab einfach ein wenig Geduld mit den jungen Leuten.«

»Jung? Dic sind alle schon Mitte zwanzig, auch wenn sie sich wie trotzige Teenager benehmen.«

»Bitte, Valentin ...«

»Na gut, ich versuche es. Trotzdem werden am Ende nur Fotos freigegeben, hinter denen ich auch stehen kann«, stellte er klar.

»Aber sicher doch! Dann machen wir mal weiter.«

Sie sah auf ihre Uhr. Es war kurz vor zwölf.

»Lohnt sich das noch? Bald müsste das Catering hier eintreffen«, sagte sie. »Allerdings könnte ich jetzt echt noch mal einen Kaffee vertragen.«

»Ich auch ... Komm mit.«

Sie verließen das Studio im Anbau des Hauses und gingen in die Küche. Dort traute Valentin seinen Augen nicht. Die Musiker und die Maskenbildnerin hatten sich breitgemacht und den Kühlschrank geplündert.

»Hallo, ihr könnt euch doch hier nicht einfach ungefragt bedienen!«, rief Valentin und versuchte, nicht so ärgerlich zu klingen, wie er war.

»Sorry, aber wir hatten kein Frühstück und haben echt schon Hunger«, sagte die Sängerin. Sie füllte sich eine Portion Müsli in eine Schale und goss Hafermilch darüber.

»Voll kitschig, dieser Weihnachtskram. Wie früher bei mir daheim«, sagte die Schlagzeugerin und machte ein Handyfoto vom Adventskranz, den die Kinder mit ihren Großeltern gebastelt hatten.

»Poste den bloß nicht als Story, sonst kotzen unsere Fans!«, sagte die Sängerin mit vollem Mund.

»Die sollen sich nicht so anstellen …«

Der Bassist öffnete währenddessen ungeniert eine Flasche Prosecco und befüllte fünf Gläser.

»Leute, was macht ihr denn da? Ich habe extra ein leckeres Catering bestellt!«, sagte die Managerin. »Das müsste bald kommen. Also bitte futtert nicht Valentins ganzen Kühlschrank leer.«

»Das hättest du uns mal eher sagen sollen. Außerdem kann man doch alles nachkaufen. Wo ist das Problem?«, fragte die Sängerin. Offenbar dachte sie wirklich, dass ihr alles zustand, wonach es ihr gerade gelüstete. In Valentin brodelte es innerlich.

»Das Problem ist …«, begann der Fotograf, da spürte er, wie das Handy in seiner Hosentasche vibrierte. Er holte es heraus und sah, dass Emily anrief. Hoffentlich gab es keine Schwierigkeiten mit den Kindern.

»Hallo, Emily«, meldete er sich rasch und ging in die Diele. »Ist bei euch alles gut?«

»Hallo, Valentin. Ja. Es passt alles, und wir kommen auch gut voran. Wir haben schon fast die Hälfte der Strecke hinter uns.«

»Hey, da seid ihr ja schon ganz schön weit gekommen. Haben die Zwillinge wieder was angestellt?«

»Nein. Die beiden sind wirklich super … Wir kommen bestens klar. Allerdings haben wir ein kleines Problem.«

»Was ist denn?« Valentin konnte sich nicht vorstellen, was los war.

»Stella hat offenbar ihr Kuscheltier zu Hause vergessen, und sie heult jetzt, weil sie ohne diesen Jojo nicht schlafen kann«, sagte sie.

»Was? Aber das kann gar nicht sein. Stella hat Jojo ganz bestimmt in ihren Rucksack gepackt. Ich habe sie extra noch mal gefragt.«

»Wir haben alles abgesucht. Das Kuscheltier ist wirklich nicht da. Ist es möglich, dass sie es am Flughafen verloren hat?«

»Hm … keine Ahnung. Mir ist nichts aufgefallen. Aber das wäre eine Katastrophe. Ohne Jojo kann sie wirklich nicht schlafen. Stella hat das Stoffschaf schon, seit sie auf der Welt ist.«

»Puh – dann weiß ich grad echt nicht, was wir machen sollen«, sagte Emily ratlos.

»Gib mir bitte mal Stella.«

»Okay … Moment.«

»Danke.«

»Hallo, Papa!«, sagte das Mädchen, und er konnte hören, wie aufgeregt sie war. »Mein Jojo ist nicht da.«

»Aber Schatz. Wie kann das denn sein? Du hast mir doch gesagt, dass du Jojo in den Rucksack gepackt hast«, sagte er.

»Aber da ist Jojo nicht. Wirklich!«

»Okay. Vielleicht hast du ihn dann doch nicht eingepackt … ich gehe jetzt mal hoch in dein Zimmer und schau dort nach. Ich rufe gleich zurück, ja?«

»Ja! Bis gleich, Papa!«

Valentin suchte das ganze Kinderzimmer ab, auch unter dem Bett, doch von Jojo war weit und breit keine Spur. Auch nicht in Joshuas Zimmer. Plötzlich kam ihm ein Gedanke, und er eilte nach unten und ging in die Garage, um im Auto nachzusehen. Und tatsächlich! Jojo lag unter dem Fahrersitz. Womöglich war das Stofftier aus dem Rucksack gefallen, als seine Tochter etwas herausgeholt hatte. Valentin atmete erleichtert auf, das Kuschelschaf war zum Glück nicht am Flughafen verloren gegangen. Gleichzeitig wurde ihm bewusst, dass Stella ohne Jojo große Probleme beim Einschlafen haben würde. Noch dazu, wenn sie in einer ganz fremden Umgebung war. Verdammt. Und er konnte hier nicht weg, weil er sich mit diesen selbstgefälligen Idioten der Grey Apple Band herumschlagen musste.

Er seufzte ratlos und fuhr sich durch die dunkelblonden kurz geschnittenen Haare. Dann hielt er inne.

Musste er das wirklich? Plötzlich fasste er einen Entschluss. Er würde es nicht zulassen, dass seine kleine Tochter traurig war und nicht einschlafen konnte. Und schon gar nicht an Weihnachten!

Entschlossen ging Valentin in die Küche und erklärte das Fotoshooting in wenigen Worten für beendet.

Die Bandmitglieder und die Managerin sahen ihn entgeistert an. Endlich hatte er ihre volle Aufmerksamkeit.

»Hä? Beendet. Soll das ein Scherz sein? Was soll das denn jetzt bedeuten?«, fragte die Sängerin und fuhr mit der Hand durch ihre wilde Lockenmähne.

»Das ist kein Scherz!«

»Valentin! Das kannst du doch nicht machen!«, sagte die Managerin ungläubig. »Du bist für diese Fotosession fest gebucht.«

»Tut mir leid. Es gibt einen familiären Notfall.«

»Okay … Dann müssen wir wohl in die Woche nach Weihnachten verschieben!«, sagte die Managerin und wirkte extrem genervt.

»Das geht nicht! Da bin ich auf den Kanaren«, protestierte der Bassist, dem familiäre Notfälle anderer offensichtlich völlig egal waren.

»Ich hab sowieso keinen Bock mehr. Wir machen die Fotos selbst«, erklärte die Sängerin.

»Tja. Wie auch immer ihr das löst – ihr müsst jetzt alle gehen. Und zwar sofort.«

»Aber das Honorar für die Aufnahmen kannst du dann vergessen und …«, begann die Managerin.

In diesem Moment klingelte es an der Haustür. Als Valentin öffnete, standen zwei Leute von einer Cateringfirma, beladen mit großen Warmhalteboxen, draußen.

»Wir sollen hier anliefern«, sagte einer der beiden.

»Der Auftrag hat sich geändert. Packen Sie das Essen in den Wagen dieser Dame.«

Er deutete auf die Managerin.

»Was? Doch nicht in mein Auto«, empörte sie sich. »Was soll ich denn damit?«

»Ihr könnt ja auf einen Spielplatz fahren und dort Selfies machen und nebenbei essen. Oder rauchen. Oder was auch immer. Vielleicht kommen dabei ja coole Fotos raus. Ich muss jedenfalls so schnell wie möglich los!«

Als alle ihre Sachen aus dem Studio geholt und das Haus gerade verlassen hatten, rief Valentin ihnen noch hinterher: »Wartet mal kurz.«

Sie blieben stehen und drehten sich noch mal zu ihm um.

»Ich muss noch was loswerden, bevor ihr geht.«

»Aber mach es kurz!«, sagte die Sängerin.

»Vielleicht seid ihr gerade auf einem Höhenflug, und eure Fans finden euch ziemlich cool. Auch wenn ihr euch das jetzt nicht vorstellen wollt, nur bei ganz wenigen Künstlern hält dieser Erfolg auch dauerhaft an. Die meisten kommen und gehen. Die, die dauerhaft bleiben, sind die ganz Großen. Und ich durfte schon mit vielen dieser besonderen Menschen zusammenarbeiten. Hochkarätige Künstler aus allen Bereichen, Sportler, Topmodels, Politiker, Aktivisten. Zugegeben, nicht mit allen war die Arbeit immer einfach. Aber trotzdem hatten alle eines gemeinsam: Sie waren hochprofessionell. Im Gegensatz zu euch. Es war mir keine Freude, mit euch zu arbeiten … Ach ja, und sollte auch nur ein einziges Foto oder Video aus meinem Haus unerlaubt auf Twitter, TikTok, Instagram oder sonst wo landen, wird das ein Nachspiel haben. Und tschüss.«

Er schloss die Tür, ohne eine Reaktion abzuwarten. Dann atmete er einmal erleichtert tief durch und lächelte. Auch wenn der Kunde bekanntlich König war und er seine Verpflichtungen normalerweise immer zuverlässig erfüllte, musste man nicht alles mitmachen. Dafür war die Lebenszeit zu schade. Außerdem ging es nun um das Glück seiner kleinen Tochter, die durch die Scheidung ohnehin einiges mitgemacht hatte. Kein Auftrag der Welt durfte wichtiger sein als seine Familie. Er griff nach seinem Handy und suchte online nach einem freien Platz im nächstmöglichen Flugzeug nach München oder Salzburg. Und er hatte Glück. In zweieinhalb Stunden würde ein Flug nach München gehen. Und mit der letzten Maschine würde er zurückfliegen können. Das war perfekt! Damit musste er noch nicht einmal den Termin für morgen absagen.

Während er in der Küche eilig zumindest notdürftig den Tisch abräumte und die Lebensmittel zurück in den Kühlschrank stellte, rief er Emily an.

»Emily … Ich habe Jojo gefunden. Er lag im Wagen auf dem Boden.«

Stella jubelte.

»Gott sei Dank! Aber was machen wir denn jetzt? Soll ich wieder zurückkommen?«, fragte Emily.

»Auf keinen Fall. Ich bringe Jojo zu euch.«

»Wirklich, Papa?«, fragte Stella glücklich über den Lautsprecher.

»Ja, mein Mäuschen.«

»Danke, Papa. Du bist superlieb!«

»Klar bin ich das. Es geht doch nicht, dass du ohne deinen Jojo schläfst!«

»Wo sollen wir uns denn treffen?«, fragte Emily.

»Ich habe bereits einen Flug nach München gebucht. Er geht in zweieinhalb Stunden. Emily, du müsstest nur einen kurzen Abstecher zum Flughafen machen. Aber der liegt ja fast auf dem Weg. Dann kann ich Stella das Stofftier geben, und ihr könnt von dort nach Berchtesgaden weiterfahren, ohne zu viel Zeit zu verlieren.«

»Wow. Das ist ja super, dass du das machst! Vermutlich

werden wir sogar ungefähr zur gleichen Zeit in München ankommen«, sagte Emily, ziemlich verdattert darüber, dass er das wirklich auf sich nahm, nur um seiner Tochter das Stofftier zu bringen.

»Ja. Das kann zeitlich etwa so hingehen … Wir sehen uns bald in München.«

Kapitel 10

Wetterkapriolen

Emily und die Kinder standen ein wenig abseits in der Ankunftshalle und warteten auf die Maschine aus Hamburg, die bereits im Landeanflug war. An diesen Tagen vor Weihnachten war ziemlich viel los. Die halbe Welt schien unterwegs zu sein, um über die Feiertage zu Familie und Freunden zu fliegen, zu Menschen, die einem ganz besonders wichtig waren. Oder um genau das Gegenteil zu tun und in eine andere Stadt oder ein anderes Land zu flüchten und dort abseits des Weihnachtstrubels Urlaub zu machen.

Die Zwillinge wirkten äußerst gut gelaunt, und Emily hatte inzwischen den leisen Verdacht, dass Jojo nicht zufällig im Wagen ihres Vaters unter den Sitz gerutscht war.

»Sagt mal, habt ihr das absichtlich gemacht?«, fragte sie schließlich.

»Was denn?«, fragte Joshua mit einer Miene, als könnte er kein Wässerchen trüben.

»Na, das Stofftier im Auto gelassen, als ich euch abgeholt habe. Und ihr braucht mich gar nicht anzuschwindeln. Ich sehe euch nämlich an der Nasenspitze an, dass es genau so war.«

»Na gut, wir haben uns gedacht …«, begann Joshua, doch Stella hielt ihm mit der Hand den Mund zu.

»Nichts sagen!«, fuhr sie ihn an, doch ihr Bruder machte sich los.

»Lass mich!«

Emily verkniff sich ein Lächeln, dann ging sie in die Hocke, um auf gleicher Höhe mit den beiden zu sein.

»Ihr seid echt ganz schön ausgebuffte Schauspieler, ihr zwei.«

Die Zwillinge zuckten mit den Schultern. Doch abstreiten war zwecklos.

»Ihr wolltet, dass euer Vater kommt, nicht wahr? Und deswegen habt ihr lange genug gewartet mit der Sache mit Jojo, bis wir im Auto schon zu weit waren, um wieder umzukehren.«

Joshua nickte.

»Aber was versprecht ihr euch denn davon, ihn von seiner Arbeit wegzuholen? Für euren Vater ist das ein riesiger Aufwand. Und das ist auch richtig teuer! Außerdem fliegt er doch heute Abend schon wieder zurück nach Hamburg.«

»Aber das darf er nicht!«, rief Stella. »Er muss mit uns zu Mama kommen. Damit wir alle gemeinsam Weihnachten feiern können.«

Emily seufzte.

»Ach, ihr zwei. Ich weiß ganz genau, wie ihr euch fühlt und warum ihr euch das so sehr wünscht. Wisst ihr, meine Eltern haben sich auch scheiden lassen, da war ich nur ein wenig älter als ihr. Und für mich und meine Geschwister war das auch nicht schön.«

Vor allem an Weihnachten. Emily versuchte, die Gedanken an den unglückseligen Heiligabend zu verdrängen, der damals das Leben ihrer Familie komplett verändert hatte.

»Stimmt das wirklich? Deine Eltern sind auch geschieden?«, fragte Stella.

»Ja. Leider.«

»Habt ihr auch nicht mehr zusammen Weihnachten gefeiert?«, fragte sie.

»Nein. Meine Eltern waren ziemlich zerstritten. Die haben so schon kaum mehr miteinander gesprochen. Und an Weihnachten ging es gar nicht.«

Es war eigenartig, ausgerechnet mit zwei Kindern darüber zu reden.

»Aber unsere Mama und unser Papa streiten doch gar nicht. Sie mögen sich immer noch!«, beteuerte Stella.

»Ja, genau. Papa hat gesagt, dass er Mama immer noch lieb hat. Wenn nur dieser blöde Rick nicht wäre!«, schimpfte Joshua aufgebracht. »Dann würden Mama und Papa bestimmt wieder zusammenkommen.«

»Ach Kinder …« Emily wusste gar nicht, was sie dazu sagen sollte. Träumten nicht fast alle Kinder in einem solchen Fall davon, dass ihre Eltern sich auf wunderbare Weise wieder versöhnten?

»Doch. Ganz bestimmt. Außerdem haben wir uns das vom Christkind gewünscht! Dass wir alle zusammen Weihnachten feiern und wieder eine glückliche Familie sind«, erklärte Stella. »Und Weihnachtswünsche gehen in Erfüllung, wenn man ganz fest daran glaubt. Nicht wahr?«

»Oft schon. Aber manchmal eben leider auch nicht«, sagte Emily diplomatisch.

»Wenn es die Wünsche nicht erfüllt, dann wäre das Christkind voll gemein!«, rief Stella, und ihre Wangen wurden vor Aufregung ganz fleckig.

»Oder vielleicht kann es nicht klappen, weil es das Christkind gar nicht gibt«, überlegte Joshua mit einem Stirnrunzeln.

Puh, was sollte sie darauf sagen? Emily war hin- und hergerissen. Es stand ihr nicht zu, den Zwillingen den Glauben an Weihnachten zu nehmen. Gleichzeitig würden die Kinder aber akzeptieren müssen, dass leider nicht alle Wünsche in Erfüllung gingen.

»Passt mal auf«, begann sie. »Das mit dem Christkind ist eine geheimnisvolle und etwas schwierige Sache. Manchmal erfüllt es Wünsche aus einem bestimmten Grund nicht, den man aber nicht sofort versteht.«

»Aber was gibt es denn da nicht zu verstehen?«, Stella mit der bestechenden Logik eines Kindes. »Unser Wunsch ist doch ganz einfach.«

Emily zuckte hilflos mit den Schultern, weil sie nicht wusste, wie sie es ihnen am besten beibringen sollte.

»Kannst du uns denn nicht helfen, Emily?«

Joshua sah sie aus seinen großen dunklen Augen bittend an.

»Aber Joshi. Wie soll ich das denn machen?«

»Du musst uns nur dabei helfen, dass Papa mitkommt zu unserer Mama. Wenn sie sich wiedersehen, dann merken sie, dass sie immer noch zusammengehören.«

Emily hätte den beiden so gern geholfen, aber sie hatte es

ja noch nicht einmal geschafft, ihre eigenen Eltern so weit zu bringen, dass sie zumindest einigermaßen vernünftig miteinander umgingen. Wie sollte ihr das dann bei fremden Leuten gelingen?

»Tut mir leid, Joshi. Aber da kann ich wirklich nichts machen. Ich fürchte, ihr müsst es leider akzeptieren, dass eure Eltern geschieden sind.«

Die Kinder machten enttäuschte Mienen, doch Emily hatte das dumpfe Gefühl, dass sie ihren Plan trotzdem noch nicht aufgegeben hatten.

»Schaut mal, draußen schneit es jetzt wohl ganz schön!«, versuchte sie, die beiden abzulenken, und deutete zu den Leuten, die gerade die Halle betraten und sich den Schnee von den Schultern klopften.

»Da ist Papa!«, rief Joshua plötzlich, und tatsächlich kam Valentin als einer der ersten Passagiere des Fluges aus dem Ankunftsgate in die Halle. Er hatte sie bereits entdeckt und winkte fröhlich.

Die Zwillinge rannten sofort auf ihn zu und umarmten ihn fest.

»Na, ihr zwei. Ihr haltet uns ja ganz schön auf Trab!«, sagte er, nachdem sie sich ausgiebig geknuddelt hatten, als hätten sie sich seit Wochen nicht gesehen.

Dann wandte er sich an Emily.

»Danke, dass du das alles mitmachst, Emily!«, sagte er mit einem schiefen Lächeln.

»Ach, für mich ist das ja kaum ein Umweg. Wie war denn der Flug?«

»Nun ja. Ehrlich gesagt, es war ziemlich wackelig jetzt zum Schluss, und kurz vor dem Landeanflug hat noch dazu heftiger Schneefall eingesetzt. Ich hoffe, das hört bald wieder auf«, sagte er.

»Eigentlich wurde für heute gar kein Schnee angekündigt!«, wunderte sich Emily.

»Da sieht man es leider mal wieder, dass man sich nicht auf die Wettervorhersagen verlassen kann!«, stellte Valentin fest.

Er öffnete seinen Rucksack und schien etwas zu suchen.

»Wo ist denn jetzt …«

Erschrocken sah er zu den Kindern.

»Mist. Wie konnte das denn passieren? Jetzt habe ich Jojo daheim auf dem Küchentisch liegen lassen!«

»Nein! Papa!«, rief Stella, doch da grinste ihr Vater auch schon und zog Jojo heraus.

»Keine Sorge. Natürlich habe ich ihn nicht vergessen! Hier ist dein Jojo!«, sagte er und drückte seiner Tochter den Schafbock in die Hand.

Emily lächelte amüsiert. Offenbar hatte die ganze Familie ein gewisses Talent zur Schauspielerei.

»Danke, Papa!«

Die Kleine umarmte ihren Papa noch mal ganz fest.

»Schon gut, mein Spätzchen!«

»Dann können wir uns jetzt wieder auf den Weg machen!«, meinte Emily.

»Bitte noch nicht!«, bettelte Stella.

»Sollen wir vielleicht noch kurz zusammen einen Kaffee und heiße Schokolade oder Schorle trinken?«, schlug Valentin vor.

»Ja. Warum nicht! Ein Kaffee würde mir jetzt nicht schaden«, stimmte Emily zu, und die Kinder nickten erfreut.

»Wollt ihr auch noch was essen?«, fragte Valentin.

»Ja!«, sagte Joshua.

»Aber wir haben doch vorhin erst den restlichen Proviant aufgegessen«, sagte Emily. »Du kannst echt noch gar nicht hungrig sein.«

»Bin ich aber!«, beteuerte der Junge. Doch Emily war klar, dass es ihm nur darum ging, Zeit zu schinden.

»Ich möchte nur nicht, dass dir beim letzten Stück der Fahrt übel wird, wenn es kurviger wird, Joshi«, mahnte sie ihn.

»Vielleicht lassen wir das mit dem Essen besser. Sicherlich gibt es heute Abend für euch beide was Leckeres bei eurer Mama!«, sagte Valentin.

»Na gut!«, stimmte Joshua zu, der tatsächlich nur Zeit mit seinem Vater herausschlagen wollte.

Sie gingen in eines der kleinen Restaurants, und Valentin holte Getränke für alle.

»Hattest du heute nicht einen Fototermin?«, fragte Emily interessiert.

»Ja. Einen ziemlich wichtigen sogar. Zumindest schien es zunächst für mich so. Aber ich habe die Session nach eurem Anruf abgebrochen. Besser wäre es gewesen, ich hätte den Auftrag gar nicht erst angenommen, aber egal«, er winkte ab, und Emily ahnte, dass mehr dahintersteckte, er aber nicht darüber reden wollte.

»Was tut man nicht alles für das Glück seiner Kinder, nicht wahr? Hast du eigentlich auch welche?«, erkundigte er sich.

»Nein. Hab ich nicht!«, antwortete sie nun schon zum zweiten Mal an diesem Tag auf diese Frage.

»Und ihr beide, wart ihr tatsächlich brav während der

Autofahrt?«, wandte Valentin sich an die Zwillinge, ohne bei Emily weiter mit dem Thema Kinder nachzuhaken.

»Ja!«, antworteten beide gleichzeitig.

»Emily hat uns tolle Geschichten erzählt, nicht wahr, Stella?«

Das Mädchen nickte.

»Wirklich? Wie schön. Die Kinder lieben Geschichten!«, sagte Valentin.

»Ja, das habe ich bemerkt.«

Über die Lautsprecheransage wurde den Passagieren mitgeteilt, dass der Flug nach Amsterdam gecancelt wurde.

»Das ist jetzt schon der dritte Flug kurz hintereinander, der storniert wird«, sagte Emily.

»Liegt wohl am starken Schneefall«, vermutete Valentin. »Ich hoffe, mein Flug wird nicht auch gestrichen. Aber ich habe ja noch ein wenig hin. Sicherlich sind das nur so kleine Wetterkapriolen. Das dauert bestimmt nicht allzu lange, bis es vorbei ist.«

Stella und Joshua warfen sich einen hoffnungsvollen Blick zu, der Emily nicht entging. Sie fragte sich, ob Valentin ahnte, dass die Kinder das Stofftier mit Absicht im Wagen gelassen hatten. Falls das so war, ließ er es sich zumindest nicht anmerken.

»Weiß eigentlich meine Ex-Frau, dass sich eure Ankunft in Berchtesgaden ein wenig verzögert?«, fragte Valentin. »Ich habe vor dem Abflug in Hamburg mal versucht, sie zu erreichen, aber das Handy war aus.«

Emily nickte.

»Ich habe bei unserer Ankunft am Flughafen auch versucht, sie zu erreichen. Aber es ging nur die Mailbox dran.

Ich habe ihr eine Nachricht hinterlassen und die Lage geschildert. Und versprochen, dass ich es noch mal versuche, wenn wir hier losfahren.«

Plötzlich meldete Valentins Handy eine Push-Nachricht der Fluggesellschaft.

»Ach je! Das darf doch nicht wahr sein! Der Rückflug nach Hamburg ist für heute ersatzlos gestrichen …«

»Dann kannst du doch mit uns in die Berge zu Mama fahren!«, rief Stella, und ihre Augen funkelten glücklich.

Auch Joshua lächelte breit.

»Ja, Papa. Du musst jetzt mit uns mitkommen.«

Emily bekam plötzlich eine Gänsehaut. Sollte sich der Weihnachtswunsch der Kinder nun doch auf diese Weise erfüllen?

Emilys Handy klingelte.

»Hallo, Frau Beck!«, meldete sie sich.

»Frau Falter. Ich habe gerade Ihre Nachricht abgehört. Sind Sie noch am Flughafen?«

»Ja, Ihr Ex-Mann ist gerade angekommen, und wir trinken nur noch kurz einen Kaffee und machen uns dann gleich auf den Weg. So weit ist es ja nicht mehr, die Fahrt dauert nur noch gut zwei Stunden.«

»Das geht leider nicht. Sie können nicht fahren. Hier ist vor einer Stunde plötzlich von einer Minute auf die andere das totale Schneechaos ausgebrochen.«

»Okay … Was sollen wir denn jetzt machen?«, fragte Emily. Dieser Auftrag entwickelte sich immer mehr zu einem Abenteuer.

»Können Sie mir bitte mal Valentin geben?«, fragte Hannah.

»Klar.«

»Danke!«

Emily reichte das Handy an Valentin weiter.

»Hallo, Vale. Frau Falter kann die Kinder heute leider nicht mehr zu mir bringen. Das Haus liegt ein wenig außerhalb von Berchtesgaden, und man kommt nur über eine steil ansteigende Privatstraße zu uns hoch, die inzwischen total zugeschneit ist. Außerdem ist die Autofahrt hierher bei dem Wetter viel zu gefährlich. Wir haben hier immer noch einen totalen Schneesturm.«

»Mein Flug wurde auch gerade wegen des Wetters gestrichen. Ich organisiere uns am besten gleich ein Hotel, und wir übernachten alle in München«, erklärte Valentin.

»Danke. Laut aktuellen Meldungen soll der Spuk in der Nacht wieder vorbei sein. Morgen früh dürften die Straßen wieder geräumt sein.«

»Okay ... Dann wird Emily mit den Kindern vermutlich morgen im Laufe des Vormittags bei dir ankommen. Passt das für dich so?«

»Ja klar. Es bleibt uns leider kaum etwas anderes übrig. Danke. So schade, ich hatte mich schon sehr auf den Abend mit den Zwillingen gefreut. Irgendwie scheint diesmal alles wie verhext zu sein mit dem Besuch der Kinder, oder?«, merkte sie noch ein wenig ratlos an.

»Ja ... aber morgen wird sicherlich alles klappen!«, meinte Valentin.

»Ich hoffe es. Wir mussten vorhin schon die Weihnachtsfeier vorzeitig abbrechen. Glücklicherweise hat uns das Wetter nicht schon bei der Schlittenfahrt überrascht. Jetzt muss ich leider aufhören und mich um ein paar Leute kümmern, die es nicht mehr geschafft haben, rechtzeitig vor dem Schneesturm in ihre eigenen Unterkünfte zu kommen oder nach Hause zu reisen. Die werden heute hier übernachten müssen, und ich muss mit der Haushälterin Schlafgelegenheiten vorbereiten.«

»Ach je. Dann lass dich nicht aufhalten, Hannah«, sagte Valentin.

»Sag bitte den Kindern, dass ich sie vor dem Schlafen noch mal anrufe.«

»Okay. Bis dann.«

Er legte auf, gab Emily das Handy zurück und sah seine Kinder an.

»Ihr habt ja mitbekommen, dass ihr bei dem Wetter heute nicht zu eurer Mama fahren könnt. Und ich kann nicht zurück nach Hamburg.«

Die Zwillinge nickten.

»Also bleibst du hier bei uns?«, fragte Stella.

»Ja. Ich bleibe hier.«

Valentin wandte sich an Emily.

»Tut mir sehr leid, dass sich deine Rückfahrt nach Hamburg deswegen leider auch verzögern wird«, sagte er bedauernd.

Emily zuckte mit den Schultern.

»Ach, das macht nichts. Ich hatte ohnehin nichts Wichtiges vor. Ich muss nur in meiner Firma Bescheid geben, dass sie das Hotelzimmer in Berchtesgaden für diese Nacht stornieren.«

»Was für ein Hin und Her … Ich versuche gleich mal, für uns alle hier in der Nähe ein Hotelzimmer zu reservieren und einen Flug für morgen früh zu buchen.«

Kapitel 11

Pizza und Geschichten

Es war schwieriger als gedacht, noch freie Zimmer zu finden. Zu viele Leute saßen unvorhergesehen wegen des Wetters fest und mussten auf einen Flug am nächsten Tag warten. Und die meisten dieser Menschen brauchten kurzfristig eine Unterkunft, wenn sie nicht auf den Bänken am Flughafen übernachten wollten. Schließlich klappte es aber doch noch, in einem kleinen Familienhotel, einige Kilometer vom Flughafen entfernt. Allerdings wurde schon die kurze Fahrt dorthin in dem Schneegestöber zu einer gewaltigen Herausforderung. Innerhalb der letzten Stunde hatte es so viel geschneit, dass Emily die Straße kaum mehr erkennen und sie nur in Schrittgeschwindigkeit fahren konnte, wenn sie nicht im Straßengraben landen wollten. Glücklicherweise war sie eine routinierte und sichere Fahrerin, die nichts so schnell aus der Ruhe bringen konnte. Dennoch brauchten sie für die eigentlich kurze Strecke über eine Stunde.

Für Emily gab es in dem Hotel nur noch ein Einzelzimmer, das sich kaum größer anfühlte als eine Schuhschachtel. Das winzige Badezimmer war so beengt, dass sich die schlanke Personenschützerin gerade umdrehen konnte. Sie musste plötzlich an Victor denken. Ihr bulliger Kollege hätte wohl keine Chance, sich durch die schmale Schiebetür in die Dusche zu zwängen.

Doch für diese eine Nacht war das Zimmer ausreichend. Sie hatte schon in weitaus schlimmeren Unterkünften übernachtet.

Die Kinder schliefen bei Valentin in einem Doppelzimmer, welches wiederum so riesig war, dass eine Großfamilie locker darin Platz gefunden hätte. Leider gab es im Hotel selbst kein Restaurant, doch gleich gegenüber befand sich eine Pizzeria. Als Emily dort einen Tisch reservieren wollte, war jedoch alles ausgebucht.

»Macht nichts. Dann bestellen wir eben Pizzen und Getränke zum Abholen und essen hier auf unserem Zimmer«, schlug Valentin vor.

Eine halbe Stunde später saßen Valentin, Emily und die Kinder um einen niedrigen runden Tisch und ließen sich das Essen schmecken.

»Das hätte ich mir heute früh auch nicht träumen lassen, dass ich heute Abend in einem Hotel in der Nähe von München sitze und aus einem Karton esse«, sagte Valentin und biss in ein Stück seiner Käsepizza mit scharfen Peperoni.

»Irgendwie ist der Tag für uns alle ganz anders gelaufen als gedacht«, bemerkte Emily.

»Allerdings.«

»Ich finde es toll, dass du da bist, Papa!«, sagte Stella, die sich mit ihrem Bruder eine Pizza Margherita teilte.

»Kommst du morgen mit uns, wenn wir zu Mama fahren?«, fragte Joshua.

»Ja, bitte, bitte Papa!«, bettelte Stella.

»Ehrlich gesagt wollte ich das sowieso noch mit dir besprechen«, sagte er zu Emily.

»Ja?«

»Ich habe für morgen früh keinen Flug zurück nach Hamburg bekommen. Auch mit der Bahn würde ich es nicht rechtzeitig schaffen und musste deswegen meinen Termin für morgen Vormittag absagen.«

»Oje, das tut mir echt sehr leid«, sagte Emily. Hätte das mit dem Flug heute Morgen geklappt, wäre inzwischen alles unter Dach und Fach.

»Es ist mir zwar unangenehm, wenn ich einen Termin nicht einhalten kann, aber davon geht die Welt nicht unter«, meinte Valentin. »Es wäre eine Besprechung für die Ausstellung einer neuen Fotoserie gewesen, die für März geplant ist. Das Treffen verschiebt sich jetzt halt bis nach den Ferien.«

»Wie gut, dass es nicht ganz so dringend war«, sagte Emily und nahm sich noch ein Stück der Salamipizza mit Rucola.

»Aber nachdem es nun ohnehin nicht mehr so eilig ist, dass ich nach Hause komme, könnte ich euch tatsächlich in die Berge begleiten und anschließend mit dir zusammen im Auto nach Hamburg zurückfahren. Dann spare ich mir den Flug, und wir könnten uns bei der langen Fahrt abwechseln. Wäre das denn für dich okay, Emily?«

»Klar. Ich nehme dich gerne mit«, sagte sie und verspürte bei der Vorstellung, einen ganzen Tag mit ihm allein im Auto zu verbringen, plötzlich ein seltsam freudiges Flattern im Bauch, das sie völlig überrumpelte.

»Juhu, Papa fährt mit uns in die Berge!«, rief Joshua begeistert, und Stella grinste von einem Ohr zum anderen.

»Hört mal, das bedeutet aber nicht, dass ich dortbleiben werde«, erklärte Valentin den Kindern, damit sie sich keine falschen Hoffnungen machten.

»Klar«, sagte Joshua.

Doch die Kinder schienen höchst zufrieden zu sein. Offenbar reichte ihnen schon das Versprechen, dass er sie begleiten und damit auf ihre Mutter treffen würde. Emily musste insgeheim lächeln. Irgendwie schienen die Zwillinge ihrem Ziel immer ein kleines Stück näher zu kommen. Hoffentlich war dann die Enttäuschung nicht umso größer, wenn ihr Wunsch am Ende trotzdem nicht in Erfüllung ging.

Plötzlich legte Valentin sein Pizzastück zur Seite und wischte sich die Finger mit einer Serviette ab.

»Ich finde, wir sollten dieses unerwartete Abenteuer für uns alle als Erinnerung festhalten.«

Er griff nach dem Rucksack und holte seine heißgeliebte Leica Digitalkamera heraus. Er war einfach ein Fotograf durch und durch, und auch wenn Handykameras inzwischen ganz ordentliche Bilder machten, musste er immer eine richtige Kamera dabeihaben.

»Moment. Für eine Fotosession bin ich aber nicht gerade zurechtgemacht«, meinte Emily und strich sich rasch eine lose Haarsträhne hinter das Ohr.

»Fürs Cover der *Vogue* reicht es locker!«, scherzte Valentin und war gespannt darauf, wie das hübsche Gesicht der Personenschützerin mit den ungewöhnlichen Augen auf einem Foto rüberkam.

»Ihr könnt ruhig ganz entspannt weiteressen und plaudern, während ich fotografiere. Und wenn ich *jetzt* sage, schaut ihr bitte zu mir in die Kamera und bewegt euch für einen Moment nicht mehr.«

»Ach Papa … nicht schon wieder fotografieren.«

Joshua seufzte genervt. Offenbar war er solche spontanen Fotoaktionen seines Vaters gewohnt und hielt nicht sonderlich viel davon.

»Jetzt komm … Wenn du mal so alt bist wie ich, freust du dich darüber, wenn du dir die Bilder anschaust!«, sagte er und zwinkerte ihm zu.

»Na gut!«

Er schoss mehrere Fotos, während Emily und die Kinder weiteraßen und sich dabei unterhielten und scherzten. Nach einer gefühlten Ewigkeit rief er: »Jetzt!«, und sie drehten sich zu ihm und schauten in die Kamera, ohne sich zu bewegen.

Dann stellte er den Selbstauslöser ein, positionierte die Kamera auf dem Schreibtisch und setzte sich mit an den Tisch.

»Jetzt machen wir noch eines gemeinsam … Und bitte schön grinsen!«

Sie grinsten zu viert in die Kamera.

»Super. Das war's auch schon! Danke!«

Er packte die Kamera wieder in seinen Rucksack. Die Bilder würde er sich später anschauen.

»Ich darf die Fotos aber schon auch sehen, oder?«, fragte Emily.

»Ja klar, wenn ich die nicht so guten aussortiert habe, schicke ich dir welche.«

»Super, danke! Ein Bild vom berühmten Fotografen Valentin Brandes. Das hat schließlich nicht jeder.«

»Das ist das Mindeste für die ganzen Umstände, die du heute wegen uns hattest.«

»Ach, das gehört zu unserem Arbeitsprofil im Personenschutz, da müssen wir spontan und flexibel sein. Man weiß nie, was kommt!«, erinnerte sie ihn.

»Stimmt. Sag mal, wie bist du eigentlich dazu gekommen, diesen Job zu machen?«, fragte Valentin neugierig, während er sich das letzte Pizzastück schnappte, das inzwischen schon kalt geworden war.

»Ich bin eigentlich Polizistin«, erklärte Emily.

»Eine ganz echte Polizistin?«, fragte Stella mit großen Augen.

»Ja. Eine ganz echte.«

»Mit Pistole?«, wollte Joshua wissen.

»Früher hatte ich natürlich immer eine Pistole im Dienst dabei. Jetzt nur bei bestimmten Aufträgen.«

»Wow!«, rief Joshua.

»Und warum hast du bei der Polizei aufgehört?«, fragte Valentin.

»Ach, das hatte mehrere Gründe. Das Jobangebot vor zwei Jahren für den Personenschutz kam jedenfalls gerade zur rechten Zeit für mich. Und ich bin froh, dass ich gewechselt habe.«

Es war nicht zu überhören, dass sie im Moment nicht darüber reden wollte. Tatsächlich war es auch kein geeignetes Thema für Kinderohren.

»Ich kann nicht mehr!«, sagte Joshua und legte sein angebissenes letztes Stück auf den Karton.

»Ich schon noch.« Stella schnappte sich auch noch sein Stück und verputzte es.

Nachdem alle aufgegessen und sie die Kartons weggeräumt hatten, wollte Emily sich in ihr Zimmer verabschieden.

»Magst du nicht noch ein wenig hierbleiben?«, schlug Valentin vor. »So spät ist es doch noch gar nicht. Ich habe gesehen, dass es in der Minibar bayerisches Bier gibt. Das könnten wir gemütlich trinken zum Abschluss dieses verrückten Tages.«

»Normalerweise trinke ich keinen Alkohol, wenn ich arbeite«, erklärte Emily.

»Ich würde sagen, du hast jetzt definitiv Feierabend. Für die Kinder bin ich im Moment verantwortlich, und du kannst dich ruhig ein wenig entspannen.«

Tatsächlich hatte sie auch noch keine Lust, in ihr Minizimmer zu gehen.

»Stella, Joshi, ihr könnt jetzt eure Mama anrufen, und dann putzt ihr euch die Zähne und legt euch schon mal ins Bett«, sagte Valentin zu den Zwillingen.

»Erzählst du uns später noch eine Geschichte?«, bat Stella ihren Vater.

»Natürlich.«

»Oder Emily kann uns doch auch eine Geschichte erzählen«, rief Joshua.

»Ach, das macht euer Papa sicherlich viel besser als ich!«, winkte sie ab.

»Ich würde aber gern eine von dir hören!«, sagte Valentin und holte das Bier aus der Minibar.

»Ehrlich gesagt fällt mir im Moment keine Geschichte ein«, erklärte sie.

»Du hast ja noch Zeit, dir was zu überlegen, bis die beiden so weit sind und im Bett liegen.«

»Mein Kontingent an Geschichten ist für heute echt schon aufgebraucht.«

»Ach, schade«, meinte Valentin mit einem übertriebenen Seufzen.

»Bitte, bitte, Emily!«, bettelte Joshua. »Irgendwas Lustiges.«

»Und am liebsten wieder von Weihnachten!«, fiel Stella mit ein.

»Ja. Bitte eine lustige Weihnachtsgeschichte!«, kam Valentin den Kindern zu Hilfe und grinste.

»Menno, ihr seid wirklich schlimm!«, murmelte Emily und schüttelte den Kopf.

Normalerweise verdrängte sie die Gedanken an ihre Kindheit, vor allem wenn sie mit Weihnachten zu tun hatten. Doch je mehr Zeit sie mit Joshua und Stella verbrachte, desto mehr Erinnerungen tauchten auf und ließen sich auch nicht mehr so einfach verscheuchen. Auch sehr schöne Erinnerungen, die durch die spätere Trennung der Eltern irgendwie völlig in Vergessenheit geraten waren, weil sie generell nicht gern an früher zurückdachte. Doch es gab so viele davon, die nun nach und nach an die Oberfläche kamen. Und sie hatte tatsächlich den Wunsch, sie mit den Kindern – und auch Valentin – zu teilen.

»Na gut. Wenn ihr im Bett seid, dann erzähle ich euch eine lustige Weihnachtsgeschichte«, versprach sie.

Kapitel 12

Es war einmal Sylvester an Weihnachten

München – Heiligabend vor 23 Jahren

Der Nachmittag bis zur Bescherung zog sich wieder einmal endlos in die Länge. Die neunjährige Emily und ihre Geschwister hatten vorhin mit ihrem Vater und Großmutter Margot den traditionellen Weihnachtskuchen gegessen und lecker gewürzte heiße Schokolade getrunken. Nun waren die Kinder wieder allein im Zimmer und überlegten, was sie bis zum Abend noch anstellen konnten.

Kater Sylvester war eine Weile bei ihnen gewesen, um sich ein paar Streicheleinheiten und die geliebten Leckerlis abzuholen, doch schon bald war ihm langweilig geworden. Also war Emily mit ihm nach unten gegangen und hatte ihn durch die Kellertür in den Hof hinausgelassen. Wenn sie später am Abend nach ihm sahen, saß er entweder schon auf dem Fußabstreifer vor dem Eingang zur Kellertür, oder er war bereits mit jemand anderem ins Haus gehuscht und kratzte oben an ihrer Wohnungstür, bis ihn jemand hörte und hereinließ.

»Sollen wir noch mal Monopoly spielen?«, fragte Laura.

»Nö … du gewinnst ja doch immer. Das ist langweilig«, winkte Markus ab.

»Wir könnten Manschgerl umschieben?«, schlug Emily vor.

Beim *Manschgerl umschieben* spielten abwechselnd immer zwei Kinder gegeneinander, die sich mit ein paar Metern Abstand gegenübersaßen. Jedes Kind stellte fünfzehn Mensch-ärgere-Dich-nicht-Spielfiguren – die sogenannten *Manschgerl* – in einer Reihe vor sich auf. Es ging darum, mit einer Murmel in fünf Schüben so viele Manschgerl des Gegners wie möglich umzuschießen. Das Ergebnis wurde aufgeschrieben. Es gab drei Runden, in denen jeweils jeder gegen jeden spielte.

»Ich habe gewonnen!«, rief Emily glücklich, als sie am Ende zusammenzählten und sich herausstellte, dass sie die meisten Manschgerl der Geschwister umgeschossen hatte.

»Das war einfach nur Glück!«, murmelte Markus genervt, der an diesem Tag noch kein einziges Spiel gewonnen hatte und auch diesmal Letzter geworden war.

»Wollen wir noch mal?«, fragte die Jüngste der Geschwister eifrig.

»Nö. Ich hab keine Lust mehr!«, winkte Markus ab, und auch Laura wollte sich lieber eine Märchenkassette anhören.

Doch irgendwann war es so weit. Ihre Mutter kam ins Zimmer und forderte sie auf, sich umzuziehen.

Das Christkind war in diesem Jahr ganz besonders großzügig gewesen. Laura und Markus hatten neue Fahrräder bekommen und Emily einen tragbaren CD-Player mit

Kopfhörern sowie einen Tischtennisschläger und einen Satz Bälle.

Außerdem hatten alle Kinder Bücher, ein gemeinsames Brettspiel und neue Sachen zum Anziehen bekommen. Und natürlich Omas obligatorische Socken.

Nachdem auch die Eltern und die Oma ihre Geschenke ausgepackt und die Kinder gegenseitig ihre Sachen bewundert hatten, war es Zeit für das Weihnachtsessen. Eine Tradition bei Familie Falter war es, dass es eben kein traditionelles Essen gab. Luise und Karl machten sich einen Spaß daraus, jedes Jahr ein anderes Gericht vorzubereiten, das es bisher noch nie an Heiligabend gegeben hatte. Im letzten Jahr hatte es Rahm-Krautfleckerl gegeben, das Weihnachten zuvor Hühnchencurry mit Reis. Für diesen Heiligabend hatte Luise mit Karl ein kaltes bayerisches Minibüfett vorbereitet, wie es eigentlich eher für einen Biergartenbesuch im Sommer üblich war.

»Ihr immer mit euren verrückten Ideen«, sagte Oma Margot und schüttelte lächelnd den Kopf, als Karl das riesige Tablett aus der Küche hereintrug. Sie erwartete schon längst nicht mehr, bei ihrer Tochter an Heiligabend jemals klassische Gerichte wie Würstchen mit Sauerkraut oder Gänsebraten mit Blaukraut und Knödel serviert zu bekommen. Trotzdem war auch sie stets gespannt, was es Leckeres zu essen gab.

»Ja sagt mal, was habt ihr denn da alles gemacht?«, fragte sie und beäugte neugierig die verschiedenen Schälchen und kleinen Teller, die neben einem großen Korb mit Brezen und Semmeln standen.

»Wurstsalat aus Leberkäse, Obazda, Minifleischpflanzerl

auf Kartoffel-Gurkensalat, kalter Schweinebraten mit frisch geriebenem Meerrettich, gefüllte Eier, Emmentaler-Röllchen und Essiggurkerl«, zählte Luise auf.

»Meine Güte, da habt ihr euch aber wirklich jede Menge Arbeit gemacht. Und wie schön das alles in diesen kleinen Portionen angerichtet ist«, sagte Margot.

»Laura, hol mal bitte in der Küche den Krug mit dem Besteck und die Servietten. Das steht alles neben dem Kühlschrank«, sagte Luise.

»Warum muss immer ich?«, fragte Laura. »Das kann doch auch Markus machen!«

»Mama hat aber gesagt, du sollst«, protestierte ihr jüngerer Bruder.

»Ich geh schon!«, sagte Emily, die wusste, dass ihre Mutter es überhaupt nicht leiden konnte, wenn sie über so etwas diskutierten. Und gerade heute wollte sie nicht, dass Luise sich über etwas ärgerte. Schließlich war Weihnachten, und ihre Eltern hatten sich so viel Mühe gegeben, es für die Familie schön zu machen.

»Danke, Mäuschen. Das ist lieb von dir«, sagte Luise und strich kurz durch ihren dunkelblonden Haarschopf.

»Und ihr beide nehmt euch mal ein Beispiel an eurer kleinen Schwester!«, hörte Emily Oma Margot noch sagen, als sie hinausging.

Sie hatte die Sachen aus der Küche geholt und wollte gerade wieder ins Wohnzimmer gehen, da hörte sie ein Kratzen an der Wohnungstür. Sylvester war zurück! Offenbar hatte ihn unten jemand hereingelassen.

Sie öffnete die Tür und ließ den Kater herein, der ihr sofort laut schnurrend um die Beine strich, so dass sie kaum gehen konnte. Das tat er immer, wenn er hungrig war. Emily lachte.

»Hör auf, Sylvester. Du kriegst ja gleich was!«

Doch zuerst wollte sie noch schnell das Besteck und die Servietten ins Wohnzimmer bringen.

»Nicht den Kater reinlassen!«, rief Luise.

Doch da war es schon zu spät. Sylvester steuerte sofort auf den Christbaum zu.

»Kinder, bitte fangt ihn und bringt ihn sofort raus«, sagte Luise. »Der räumt uns sonst alles ab.«

Aber das war nicht so einfach. Kater Sylvester schlüpfte hinter den Weihnachtsbaum, der in der Ecke des Zimmers stand.

»Ich halte zur Sicherheit den Baum fest«, sagte Karl. »Und ihr versucht, ihn vorzulocken.«

Doch Sylvester hatte sich so weit hinter dem Baum versteckt, dass niemand an ihn herankam.

»Komm, Katerchen!«, lockte Margot ihn mit einem Stück Käse, den er normalerweise liebte. »Komm schön raus, dann kriegst du was Feines.«

»Der will unter dem Christbaum bleiben!«, rief Emily amüsiert.

Da hörten sie ein Klirren. Sylvester hatte die erste Kugel von einem Zweig auf den Parkettboden geschubst. Und jetzt versuchte er tatsächlich, im Baum nach oben zu klettern.

»Oh nein! Karl, hol ihn doch endlich raus, bevor er noch mehr kaputt macht!«, schimpfte Luise.

»Du bist lustig. Wie denn?«, fragte Karl.

Luise versuchte nun selbst, den Kater zu erwischen. Aber die Zweige der kunterbunt geschmückten Nordmanntanne waren so ausladend, dass sie nicht an ihn herankam, ohne dass noch weitere Kugeln heruntergefallen wären.

»Das darf doch echt nicht wahr sein. Holt doch mal jemand seine Leckerlis aus der Küche. Damit kann man ihn sicher weglocken.«

Wieder flitzte Emily los und holte eine Packung mit Knabberei für die Katze.

»Komm, Sylvester! Hier sind deine Leckerli!«, rief sie an der Tür und schüttelte die Packung. Das wirkte! Für seine heiß geliebten Leckerli tat der Kater buchstäblich alles. Es raschelte heftig in der Tanne, und Sylvester, einige Fäden Lametta um den Kopf, sprang heraus. Dabei knallten noch weitere Kugeln auf den Boden und zerbrachen. Der Kater wollte auf dem schnellsten Weg zu Emily und dem Futter. Deswegen sprang er mit Karacho vom Boden auf den Tisch und landete dabei zwischen den Getränken und dem Essen, das Luise und Margot inzwischen dekorativ verteilt hatten. Gläser und Schälchen kippten klirrend um, Teller rutschten zu Boden, auch der Korb mit dem Brot, der ganz am Rand stand, bekam einen Stoß, und der Inhalt landete ebenfalls auf dem Teppich. Der Kater war mit einer Pfote in einem Schälchen mit Obazdn und mit der anderen im Wurstsalat gelandet und schlitterte in einer Lache aus Bier und Apfelschorle ein Stück den Tisch entlang. Er erschrak dabei so heftig, dass er mit einem erneuten Satz vom Tisch hüpfte und dabei noch weitere Teller, Gläser und Schälchen mitriss. Nun waren ihm offenbar auch die Leckerlis egal, denn wie der Blitz rannte er an Emily vorbei in die Küche und versteckte sich dort unter der kleinen Eckbank, um seine Pfoten abzulecken.

Alle starrten entsetzt auf die Sauerei. Innerhalb weniger Sekunden hatte Sylvester es geschafft, das Wohnzimmer in ein Schlachtfeld zu verwandeln.

»Um Himmels willen!«, rief Margot und schlug die Hände zusammen. Dann nahm sie die Servietten und versuchte, zumindest die Flüssigkeit notdürftig aufzuhalten, die sich mit dem Essen vermischt hatte und ungehindert auf den Teppich tropfte.

»Es tut mir so leid«, murmelte Emily mit Tränen in den Augen. Sie gab sich die Schuld an dem ganzen Schlamassel, weil sie den Kater ins Wohnzimmer gelassen hatte.

»Schon gut, Emily!«, sagte Luise, bemüht, sich ihren Ärger nicht anmerken zu lassen. »Das war ja keine Absicht von dir.«

Karl ließ den Weihnachtsbaum los, den er immer noch festgehalten hatte.

»Ich fürchte, die ganze Arbeit mit dem bayerischen Minibüfett war für die Katz«, sagte er, und seine Mundwinkel zuckten verdächtig.

»Aber echt, das war wirklich alles für die Katz …«, wiederholte Luise und fing plötzlich an zu lachen.

Gleichzeitig prustete Karl los.

»So lustig finde ich das nicht!«, sagte Oma Margot. »Das schöne Essen! Jetzt helft mir doch endlich!«

Doch ihr verkniffener Gesichtsausdruck brachte die Eltern noch mehr zum Lachen, und nun fielen auch Laura und Markus mit ein. Emily war immer noch fassungslos.

Karl ging zu ihr und drückte sie kurz an sich.

»Schätzchen, da kannst du nichts dafür. Für das Chaos ist nur Sylvester verantwortlich, der Bazi. Der wollte wohl für ein wenig Stimmung sorgen«, sagte er und lachte erneut. Und nun kicherte auch Emily.

Nur Oma Margot konnte dem Ganzen weiterhin noch nichts Lustiges abgewinnen. Sie fing an, die noch heil gebliebenen Teller und Schalen vom Boden aufzuheben und auf das Tablett zu stellen. Karl begann ihr zu helfen. Doch Luise konnte immer noch nicht aufhören zu lachen.

»Tut … tut mir leid«, sagte sie gackernd. »Ich helfe euch gleich.«

»So eine Sauerei!«, schimpfte Oma Margot. »Was sollen wir denn jetzt essen?«

Luise wischte sich Tränen aus den Augenwinkeln.

»Du wirst es nicht glauben, Mutter. Ich habe noch …«, sie lachte wieder, »ich habe noch … Würstchen im Gefrierfach und im Vorratsschrank eine große Dose Sauerkraut.«

»Es gibt also heute noch Würstchen mit Sauerkraut?«, fragte Margot.

»Ganz genau.«

»Würstchen mit Sauerkraut an Heiligabend, dass ich das noch erlebe«, sagte Margot.

Luise prustete erneut los, und nun fing auch Oma Margot schallend zu lachen an.

Kapitel 13

Nachts im Hotel

Während Emily ihre Geschichte vom – trotz oder vermutlich sogar wegen der Essenskatastrophe – lustigsten Weihnachtsfest ihrer Kindheit erzählte, amüsierten sich Valentin und die Zwillinge köstlich.

»Jetzt verstehe ich, warum die Kinder unbedingt wollten, dass du noch eine Geschichte erzählst. Du hast ein Talent dafür«, sagte Valentin, als sie damit geendete hatte, dass es bei Familie Falter tatsächlich zum ersten Mal an Heiligabend Würstchen mit Sauerkraut gegeben hatte.

»Und wenn ich nicht wüsste, dass Katzen tatsächlich so ein Chaos anrichten können, könnte man fast glauben, du hättest ein wenig übertrieben.«

»Habe ich nicht!«

»Ich weiß, ich glaube es dir ja. Die Fellnasen meiner Eltern haben auch schon einiges angestellt.«

»Nemo und Dori?«, fragte Emily.

»Genau … Habt ihr Emily schon von den beiden erzählt?«, fragte er die Kinder.

»Ja klar!«, sagte Stella, und Joshua nickte.

»Meine Mutter musste alle Gardinen im Haus abnehmen, weil sie überall hochklettern und sie dabei bei mit ihren Krallen zerreißen«, erzählte Valentin. »Und letztens haben sie ein Stück Putenbrust von der Arbeitsfläche geklaut und es hinter dem Sofa verputzt, als mein Vater kurz die Haustür für den Paketboten aufgemacht hat.«

»Und sie räumen immer die Bücher aus dem Regal!«, sagte Stella.

»Ja, mit Katzen erlebt man wirklich so einiges«, stimmte Emily ihnen zu und lachte.

»Erzählst du uns noch eine Geschichte, Emily?«, bat Joshua, der offenbar überhaupt nicht genug bekam.

»Jetzt nicht mehr. Für heute ist wirklich Schluss, Joshi«, sagte Emily. »Morgen müssen wir sehr früh raus, damit wir zeitig zu eurer Mama kommen.«

»Hoffentlich sind die Straßen bis dahin wieder frei«, überlegte Valentin.

»Zumindest hat es schon mal aufgehört zu schneien, und draußen sind Räumfahrzeuge unterwegs.«

Emily stand auf.

»Ich geh dann mal auf mein Zimmer. Vielen Dank für die Pizza und das Bier!«

»Gern geschehen. Wann willst du denn morgen losfahren?«, fragte Valentin.

»Am liebsten so gegen sieben Uhr, dann kommen wir am frühen Vormittag in Berchtesgaden an. Wollt ihr noch hier im Hotel frühstücken?«

»Muss nicht sein. Wir können ja unterwegs bei einer Bäckerei anhalten und was für die Fahrt besorgen.«

»Das wäre mir auch lieber«, meinte Emily.

»Okay … Dann gute Nacht.«

»Gute Nacht.«

»Nacht, Emily«, riefen die Zwillinge gleichzeitig.

»Schlaft gut ihr zwei!«

Als Emily gegangen war, setzte sich Valentin ans Bett zu den Kindern.

»Das war ja mal ein ziemlich aufregender Tag heute, nicht wahr?«

Stella nickte.

»Danke, Papa, dass du gekommen bist und meinen Jojo zu mir gebracht hast«, sagte sie und drückte das Stoffschaf fest an sich.

»Aber klar doch, meine Maus.«

Valentin streichelte über den Kopf seiner Tochter.

»Die Emily, die ist echt voll nett!«, murmelte Joshua und gähnte müde.

»Ja, das finde ich auch«, stimmte Valentin ihm zu. »Sie hat auch sehr viel Geduld mit euch. Und das, obwohl ihr es uns allen heute mit euren Aktionen nicht gerade einfach gemacht habt.«

Er lächelte zwar, doch sein Ton war ein klein wenig strenger geworden.

Die Kinder zuckten mit den Schultern, sagten jedoch nichts dazu.

»Denkt bloß nicht, ich wüsste nicht, dass ihr Jojo absichtlich unter den Autositz geschoben habt. Von allein wäre er niemals so weit unter den Sitz gerutscht. Ich wollte das vorhin nur nicht vor Emily sagen, damit sie nicht denkt, dass ihr zwei Schlawiner das …«

»Emily weiß es doch schon längst, Papa«, unterbrach Stella ihn kleinlaut.

»Das habe ich mir fast schon gedacht. Dann habt ihr ja echt Glück, dass sie euch trotzdem zu mögen scheint«, bemerkte der Vater.

»Emily versteht uns. Ihre Eltern sind nämlich auch geschieden«, sagte Joshua und klang dabei so erwachsen, dass es Valentin einen Stich ins Herz gab. Siebenjährige Kinder sollten sich eigentlich nicht damit auseinandersetzen müssen. Und schon gar nicht in der Weihnachtszeit. Es tat ihm wirklich leid, dass er den Zwillingen keine heile Bilderbuch-Familienwelt bieten konnte. Genau deshalb versuchte er, sich so viel Zeit wie möglich für die beiden zu nehmen und seine Arbeit um die kleine Familie herum zu legen. Glücklicherweise konnte er sich vieles gut einteilen, und die Zwillinge waren in der Ganztagsschule gut aufgehoben. Und wenn es bei ihm mal gar nicht möglich war, sich um die Kinder zu kümmern, sprangen seine Eltern ein, die zeitlich sehr flexibel waren.

»Okay … Ihr habt ja nun tatsächlich erreicht, dass ich morgen mit in die Berge fahre. Und ich sage natürlich auch Hallo zu eurer Mama und zu Rick. Und wir werden vielleicht noch alle einen Kaffee zusammen trinken. Aber mehr wird es nicht geben, und ich wünsche mir, dass ihr das bitte akzeptiert, auch wenn ihr es gern anders hättet. Das würde es leichter für uns alle machen«, sagte er und versuchte, so verständnisvoll wie möglich zu klingen. »Vor allem aber für euch zwei.«

»Schon gut, Papa!«, sagte Stella.

»Wir haben das schon verstanden!«, meinte Joshua.

»Gut! Aber trotzdem könnt ihr immer mit mir darüber reden, wenn euch etwas bedrückt. Für mich ist es das Wichtigste, dass es euch gut geht. Okay?«

»Okay.«

Valentin umarmte die beiden und gab ihnen einen Kuss.

»Hab euch lieb, ihr kleinen Racker ... So und jetzt wird aber geschlafen.«

Valentin hatte den Kindern das Doppelbett überlassen und für sich selbst das Zusatzbett gewählt, das eigentlich für Kinder gedacht war. Da er nicht davon ausgegangen war, heute auswärts zu übernachten, hatte er natürlich keine Reservesachen zum Anziehen dabei. Deswegen würde er in Boxershorts und dem T-Shirt schlafen, das er unter dem Pulli trug. Da er noch nicht müde war, holte er die Kamera aus dem Rucksack und setzte sich aufs Bett. Er sichtete die Fotos, die er vorhin beim Essen gemacht hatte, auf dem kleinen Display. Als er näher an Emily heranzoomte, bestätigte sich das, was er schon geahnt hatte. Sie mochte auf den ersten Blick keine auffallende Schönheit sein, aber die Kamera liebte ihr Gesicht mit den hohen Wangenknochen und den fein geschwungenen Lippen, die irgendwie etwas Verletzliches, aber auch Starkes hatten. Auf einem Bild war es ihm gelungen, den Blick aus ihren ungewöhnlichen Augen ganz besonders einzufangen, ausdrucksstark, intensiv, aber auch mit einem humorvollen Funkeln. Schade, dass er sein MacBook nicht dabeihatte, um sich die Bilder in groß anzusehen. Das würde er aber machen, sobald er wieder in Hamburg war. Darauf freute er sich jetzt schon. Und obwohl er Emily heute früh zum ersten Mal begegnet war, freute er sich auch schon auf die gemeinsame Rückfahrt. Seltsamerweise hatte er das Gefühl, sie schon viel länger zu kennen.

Während die Kinder schon eine Weile schliefen und Valentin die Fotos betrachtete, saß Emily im Schneidersitz auf dem Bett und schrieb ihrer Schwester mit schlechtem Gewissen eine Nachricht am Handy:

Hi, Laura, tut mir leid, dass ich mich nicht wie versprochen gemeldet habe. Aber der Tag lief komplett anders als gedacht. Bist du noch wach? Kann ich dich jetzt noch anrufen?

Ein fehlendes Häkchen hinter ihrer Nachricht zeigte an, dass Laura sie auch nach zehn Minuten noch nicht gelesen hatte und vermutlich schon schlief.

Emily seufzte. Auch morgen würde ein ungestörtes Gespräch mit ihrer Schwester schwierig sein, die ganz sicherlich mal wieder beleidigt war, weil Emily keine Zeit für sie und die Familie hatte.

Dabei bräuchte Emily nur in die S-Bahn zu steigen und wäre in weniger als einer Dreiviertelstunde bei Laura in deren Apartment im Lehel. Kurzzeitig hatte sie das tatsächlich erwogen.

Doch da Valentin morgen mit ihr nach Hamburg zurückfahren würde, hatte sie die Idee eines Spontanbesuches bei ihrer Mutter und ihrem Vater bereits wieder verworfen.

Das letzte Mal war sie bei der Beerdigung ihrer Großmutter vor einem Dreivierteljahr in München gewesen. Und genau so lange hatte sie weder ihre Eltern noch ihre Schwester Laura gesehen. Nur ihr Bruder Markus war seither einmal bei ihr in Hamburg zu Besuch gewesen. Er hatte dort auf einer Fortbildungsveranstaltung einen Vortrag gehalten und sie später am Abend zum Sushi-Essen eingeladen. Als Überraschungsgast hatte er seinen Berliner Anwaltskollegen Jorge mitgebracht. Zu ihrem eigenen Erstaunen war es ein ziemlich lustiger Abend geworden, und Emily war letztlich froh gewesen, dass es dabei keine Sekunde lang um ihre Familie gegangen war. Der ursprünglich aus Argentinien stammende Jorge war ein unterhaltsamer Mittvierziger. Beim Abschied hatte er vorgeschlagen, sich wieder zu treffen, um sich besser kennenzulernen. Doch Emily hatte dankend abgelehnt. Er lebte in Berlin und sie in Hamburg, und auf eine mögliche Fernbeziehung hatte sie ganz sicher keine Lust.

»Willst du denn immer allein bleiben?«, hatte ihr Bruder sie gefragt, als sie in ihrer Wohnung später noch ein Glas Wein getrunken hatten.

»Du bist doch auch Single! Was ist mit dir?«, hatte sie ihm entgegengehalten.

»Ich habe eben die Richtige noch nicht gefunden.«

»Vielleicht gibt es für uns Falters einfach keine richtigen Partner!«, hatte Emily nachdenklich gesagt. Und tatsächlich hatte bisher bei keinem der Geschwister eine Beziehung länger gehalten. Ob es daran lag, dass ihre geschiedenen Eltern alles andere als ein Vorbild für eine intakte dauerhafte Ehe waren? Dabei hatte Emily als Kind gedacht, ihre Eltern hätten bis zu diesem schlimmen Tag eine gute Beziehung geführt. Aber wahrscheinlich hatte sie einfach nicht alles mitbekommen.

Die Geschichten aus ihrer Kindheit, die die Zwillinge ihr heute aus der Nase gezogen hatten, hatten Emily emotional aufgewühlt. Gleichzeitig war es schön gewesen, darüber zu sprechen, und ihr waren so viele Dinge wieder eingefallen, die lange Zeit in Vergessenheit geraten waren. In den vergangenen Jahren hatte sie alle Erinnerungen an damals meist schon im Keim erstickt, weil sie unweigerlich immer zu dem schlimmsten Tag führten, an den sie nicht denken wollte. Und auch jetzt nicht. Sie schickte ihrer Schwester eine Sprachnachricht, entschuldigte sich noch mal und versprach, dass sie versuchen würde, sich morgen bei ihr zu melden. Dann legte sie das Handy zur Seite und schloss die Augen.

Kapitel 14

Fahrt ins Berchtesgadener Land

Als Emily am nächsten Morgen pünktlich um sieben Uhr das Zimmer verließ, standen Valentin und die Zwillinge zu ihrer Überraschung bereits vor ihrer Tür und wollten eben bei ihr klopfen.

»Hey. Guten Morgen!«

»Guten Morgen! Wir sind abfahrbereit!«, sagte Valentin und wirkte gut gelaunt.

»Super. Dann mal los!«

Allerdings schauten die Kinder noch ziemlich müde aus der Wäsche.

»Ihr könnt euch auf der Fahrt noch ein wenig ausruhen!«, sagte Emily zu den beiden, dann fiel ihr ein, dass das Ladekabel noch an der Steckdose neben dem Bett hing.

»Moment. Ich hab was vergessen.«

Sie drehte noch mal um.

»Hast du gut geschlafen?«, fragte Valentin mit einem neugierigen Blick in das winzige Zimmer.

»Geht so. Ich habe geträumt, jemand hätte mich in eine Schublade gesperrt.«

»Das wundert mich nicht. Klaustrophobisch darf man da wohl nicht sein.«

Sie zuckte mit den Schultern.

»Bin ich glücklicherweise nicht. Aber ich bin trotzdem froh, dass wir keine zweite Nacht bleiben.«

Draußen war es noch dunkel und klirrend kalt. Während Valentin das Gepäck im Kofferraum verstaute und die Kinder in ihre Sitze kletterten, kratzte Emily mühsam die Scheiben frei.

»Ich hoffe, wir finden schnell eine Bäckerei«, sagte Valentin, als sie ein paar Minuten später losfuhren. »Ich brauche dringend einen riesigen Kaffee.«

»Ja. Ich auch«, meinte Emily und drehte die Heizung voll auf.

»Mit Milch?«, fragte er.

»Ja bitte.«

Tatsächlich lag die nächste Bäckerei nur wenige Kilometer entfernt.

Valentin holte für sich und Emily zwei große Caffè Latte und für die Kinder Früchtetee. Dazu eine Tüte mit noch warmen Brezen und buttrigen Croissants.

»Wie lange brauchen wir denn bis zu Mama?«, fragte Stella, bevor sie in ihre Breze biss.

»Das sieht man doch. Zwei Stunden und elf Minuten«, antwortete Joshua nach einem Blick auf das Navi.

Während sie im Wagen frühstückten und durch die verschneite Landschaft fuhren, brach langsam der Tag an. Das

Radio spielte leise Musik. Sie genossen den Moment, als sie über die Kuppe des Irschenbergs fuhren und die Alpenkette sich majestätisch vor ihnen auftat.

Die idyllische Wallfahrtskirche von Wilparting mit dem Mangfallgebirge im Hintergrund warb wie eine Postkarte für das winterliche Bayern.

»Auf der linken Seite sieht man bald den Chiemsee!«, erklärte Emily.

Früher hatte sie mit ihrer Familie oft Tagesausflüge in die Berge ins Chiemgau gemacht. Vor allem im Sommer und Herbst, da ihre Eltern leidenschaftliche Wanderer waren. Ein anderes Mal hatten sie einen Ausflug direkt an den Chiemsee gemacht und ein Elektroboot gemietet. Damit waren sie zur Fraueninsel gefahren, wo sie nach einem Spaziergang am Ufer gepicknickt hatten. Bei der Rückfahrt war Markus versehentlich ins Wasser gefallen, und Karl hatte den tropfnassen Jungen wieder ins Boot gezogen.

Einmal hatten sie in den Herbstferien Schloss Herrenchiemsee besichtigt. Es war der 13. Geburtstag von Laura und ihr besonderer Wunsch gewesen. Sie liebte Schlösser und überhaupt alles, was mit Königshäusern zu tun hatte. Doch kaum hatte die Führung durch die herrlichen Räume begonnen, hatten sie den Ausflug vorzeitig abbrechen und nach Hause fahren müssen, weil Emily über schlimme Bauchschmerzen und Übelkeit gejammert hatte. Laura war ziemlich sauer auf ihre kleine Schwester gewesen, weil sie ihr den Geburtstag damit total versaut hatte. Und es hatte sie auch nicht wesentlich milder gestimmt, dass man Emily gleich am nächsten Morgen den Blinddarm entfernen musste.

Die Eltern hatten Laura versprochen, dass sie ihr als Ersatz in den kommenden Winterferien einen Familienausflug ins Märchenschloss Neuschwanstein schenken würden. Doch dazu war es nicht mehr gekommen.

»Es ist schön hier«, riss Stella sie aus den Erinnerungen.

»Ja, wie in einem Winterwunderland«, stimmte Valentin ihr zu. »Ihr werdet sicherlich eine tolle Zeit in Bayern verbringen.«

»Kannst du bitte lauter machen?«, bat Stella. »Ich mag das Lied so.«

Emily stöhnte innerlich.

Weil Weihnachten in dir ist von Jessi lief mal wieder.

Emily konnte es kaum glauben, dass es noch nicht mal zwei ganze Tage her war, dass sie von dem Auftrag, die Sängerin auf Sylt zu beschützen, nach Hamburg zurückgekommen war. Es kam ihr sehr viel länger vor.

»Das ist das Lieblingslied von Mama!«, erklärte Joshua.

»Ach, das wusste ich ja gar nicht. Also hört sie in der Weihnachtszeit nicht mehr *Last Christmas* von Wham! in Dauerschleife?«, fragte Valentin, der sich zu den Kindern umgedreht hatte.

»Nein, jetzt mag Mama dieses Lied viel lieber«, verriet Stella. »Wir hören oft Musik und singen manchmal zusammen dazu mit, wenn wir Videozeit haben.«

Videozeit bedeutete, dass die Kinder sich mit Hannah mehrmals in der Woche – manchmal sogar zwei bis drei Stunden oder auch länger – per Skype oder Zoom unterhielten, sie ihnen Geschichten erzählte, vorlas oder auch mal bei den Hausaufgaben half.

Emily tat den Kindern den Gefallen und drehte die Musik lauter auf. Sie freute sich ja über den riesigen Erfolg für Jessi. Und letztlich war das Lied gar nicht so übel und der Text auch nicht kitschiger als bei den meisten englischen Liedern. Wenn es sich nur nicht ausgerechnet um Weihnachten drehen würde. Es sah ganz danach aus, als würde Emily diesem Thema im Moment wohl nicht entkommen. Dafür sorgten schon die Zwillinge. Zusammen mit ihren eigenen Erinnerungen an diese besondere Zeit in der Vergangenheit, die sich nach und nach immer mehr nach oben drängten.

Weil Weihnachten in dir ist, egal wo du auch bist,
schenkt die Liebe uns die Nähe, auch wenn du mich vermisst.
Weil Weihnachten in mir ist, bin ich immer auch in dir,
und die Nähe unserer Liebe brennt wie ein Licht in mir.

Stella sang den Refrain fröhlich mit.

»Du kannst ja richtig gut singen!«, sagte Emily ehrlich erstaunt, als das Lied zu Ende war.

»Ich will schließlich mal Sängerin werden«, erklärte das Mädchen ernsthaft.

Emily sah im Rückspiegel, wie ihr Bruder die Augen verdrehte. Offenbar hielt er nicht viel von den ambitionierten Plänen seiner Schwester.

»Hast du auch schon eine Idee, was du mal werden möchtest, Joshi?«, fragte Emily.

»Nö. Keine Ahnung. Ich habe noch viel Zeit, mir das zu überlegen«, meinte er.

»Das stimmt!«

»Wolltest du als Kind schon Polizistin werden?«, fragte Valentin interessiert.

»Nein. Damals ging es mir wie Joshi. Ich hatte auch überhaupt keine Vorstellung davon, was ich später mal machen wollte. Die Idee, zur Polizei zu gehen, kam erst, als ich ins Teenageralter kam. Und du? Hattest du einen Traumberuf?«

»Ja, allerdings. Als Kind wollte ich unbedingt Bäcker werden.«

»Bäcker?«, fragte Emily überrascht.

»Ja. Ich liebe den Duft von frischen Brötchen und Gebäck. In der Bäckerei bei uns in der Straße gab es eine junge Verkäuferin, die war immer so gut gelaunt, und sie scherzte mit den Kunden und mit dem Bäcker, wenn er mit einem Korb frischer Brötchen aus der Backstube kam. Manchmal schenkte sie mir ein zu klein geratenes Laugengebäck oder Franzbrötchen vom Vortag. Ich fühlte mich dort immer wohl und dachte damals, es müsse das Paradies sein, den ganzen Tag in einer Bäckerei zu sein.«

»Und warum bist du kein Bäcker geworden?«

»Als ich realisiert habe, wie früh ein Bäcker täglich aufstehen muss, löste sich das vermeintliche Paradies für mich schlagartig in Luft auf.«

Emily lachte.

»Aber ich gehe immer noch gern in Bäckereien und backe manchmal sogar Brot und Baguettes selbst.«

»Das schmeckt immer richtig lecker«, beteuerte Stella.

»Danke, Spatz!«

In diesem Moment meldete sein Handy eine Nachricht, und er begann gleich darauf zu tippen. Dann drehte er sich zu den Kindern.

»Eure Mama wollte wissen, wann wir ankommen. Ich habe ihr geschrieben, dass wir bald da sein werden«, sagte

Valentin. »Sie lässt schön grüßen und kann es kaum mehr erwarten, euch endlich zu knuddeln.«

Emily fiel auf, wie freundlich er stets über die Mutter seiner Kinder sprach, und fragte sich zum ersten Mal, ob die Zwillinge vielleicht richtiglagen mit ihrer Einschätzung, dass die Eltern sich immer noch sehr nah waren. Inzwischen war sie mehr als gespannt auf die Begegnung mit der bekannten Schauspielerin.

»Wenn wir dort sind, bleibt ihr dann noch ein wenig, du und Emily?«, fragte Joshua.

»Ich habe euch ja schon gesagt, wir trinken vielleicht noch kurz einen Kaffee zusammen, falls eure Mama das auch möchte. Aber dann machen Emily und ich uns auf den Rückweg. Wir haben noch eine lange Fahrt vor uns.«

»Stimmt«, sagte Emily, die allerdings noch nicht ganz glauben konnte, dass die Kinder sich tatsächlich schon geschlagen gaben, und rechnete schon jetzt mit einer weiteren möglichen Finte vor Ort. Aber diesmal würde sie darauf gefasst sein und sich nicht mehr so einfach austricksen lassen.

»Was machst du eigentlich an den Weihnachtstagen, Emily?«, fragte Valentin.

»Och, ich habe schon ein ziemlich volles Programm«, sagte sie ausweichend.

»Aber sie feiert nicht mit ihrem Papa. Und auch nicht mit ihrer Mama«, erklärte Joshua.

»Und einen Mann hat sie auch nicht!«, verriet Stella.

Valentin lachte, und auch Emily musste grinsen über die Zusammenfassung ihres derzeitigen persönlichen Status.

»Was ihr nicht alles wisst!«, sagte Valentin und schüttelte amüsiert den Kopf.

»Joshua und Stella würden sich super bei polizeilichen Befragungen machen«, sagte sie. »Die würden sicherlich alles Mögliche aus den Zeugen herausgequetscht bekommen.«

»Ja, die beiden haben da echt ein Talent! Dabei sehen sie aus, als ob sie kein Wässerchen trüben könnten.«

»Allerdings.«

»Du hast also Weihnachten schon einiges vor?«, wollte Valentin es nun doch genauer wissen.

»Ja …«

»Musst du auch arbeiten? Oder hast du frei?«

»Ich bin sozusagen in Bereitschaft«, dehnte Emily die Wahrheit ein wenig. Immerhin hatte sie Susi tatsächlich angeboten einzuspringen, falls jemand von den Kolleginnen und Kollegen, die über die Feiertage Dienst hatten, ausfallen sollte oder es kurzfristig einen neuen Auftrag gab.

»Dann hoffe ich, dass du keinen Einsatz bekommst und die Feiertage genießen kannst.«

»Danke. Aber falls doch, ist das auch in Ordnung. Es macht mir nichts aus zu arbeiten.«

»Bei mir geht es gleich nach den Feiertagen mit zwei Aufträgen wieder los. Aber wenn ich die Kinder in einer Woche wieder abgeholt habe, mache ich bis zum Ende der Ferien ganz frei.«

»Wenn wir wieder zu Hause sind in Hamburg, dann kommt bei uns das Christkind«, erklärte Stella.

»Tut es nicht«, korrigierte Joshua seine Schwester. »Das Christkind kommt schon am Heiligabend, auch wenn wir nicht da sind, und stellt nur die Geschenke unter dem Baum ab.«

»Das ist richtig, aber wir feiern Weihnachten dann gemeinsam nach«, ergänzte Valentin.

»Gute Idee«, sagte Emily.

»War das bei dir auch so als Kind?«, fragte Joshua. Der Kleine wollte alles ziemlich genau wissen.

»Es war so ähnlich.«

Ihr Ton verriet, dass sie nicht weiter darüber sprechen wollte.

»Nur noch zwanzig Minuten, dann sind wir da!«, sagte sie und drehte das Radio wieder lauter.

»Schaut mal, jetzt sieht man den Watzmann besonders gut«, sagte Valentin eine Weile später.

»Du kennst dich hier ja gut aus«, meinte Emily, als sie nicht mehr allzu weit von ihrem Ziel entfernt waren.

»Na ja, während wir das halbe Jahr in München waren, haben wir mal einen Ausflug ins Berchtesgadener Land zu Bekannten gemacht. Den Watzmann kennt man eben.«

»Was ist denn ein Watzmann?«, fragte Joshua.

»Das ist ein Berg«, erklärte Valentin und deutete in die Richtung des charakteristischen Bergmassivs.

»Es gibt viele, die sagen, der Watzmann sei der schönste Berg der Welt«, sagte Emily.

»Stimmt das?«, fragte Stella.

»Keine Ahnung, ob er der schönste ist. So viele Berge kenne ich leider nicht! Und es gibt bestimmt auch anderswo tolle Berge«, meinte Emily. »Aber ich finde ihn schon ziemlich beeindruckend! Und manche sagen, er wäre auch geheimnisvoll.«

»Ich finde ihn auch toll!«, meinte Joshua.

Emily blinkte und fuhr von der Hauptstraße ab in eine Nebenstraße. Nach etwa zweieinhalb Kilometern führte eine weitere steil ansteigende kurvige Privatstraße zum angegebenen Ziel. Die Straße war zwar geräumt, aber durch die Schneewände auf beiden Seiten so schmal, dass Emily hoffte, ihnen würde kein Auto entgegenkommen – Platz zum Ausweichen gab es hier nämlich nicht. Nach einer weiteren engen Kurve lag dann schließlich rechts vor ihnen in Alleinlage die imposante Landhausvilla auf einer kleinen Anhöhe. Dahinter grenzte ein Wald an das Grundstück an.

»Wow, das ist ja toll hier«, sagte Valentin, und auch die Kinder und Emily waren beeindruckt.

Emily fuhr auf einen freigeräumten Parkplatz vor das mehrstöckige Haus. Nun hatten die Kinder es eilig, die Gurte an ihren Kindersitzen zu lösen, in ihre Jacken zu schlüpfen und auszusteigen.

Eine hochgewachsene schlanke Frau, eingewickelt in eine gestrickte bunte Stola, kam ihnen entgegen. Es handelte sich unverkennbar um Hannah Beck, die glücklich auf ihre Kinder zueilte.

»Meine Mäuse!«, rief sie und drückte die Kinder überschwänglich an sich. »Endlich seid ihr da! Ich habe euch schon so vermisst!«

»Ich dich auch, Mama!«, sagte Joshua.

»Und ich dich noch mehr!«, beteuerte Stella.

Hannah gab den Kindern abwechselnd schmatzende Küsse auf die rosigen Wangen, bis sie fröhlich kicherten. Dann löste sie sich und ging strahlend auf Valentin zu.

»Hallo, Hannah«, begrüßte er seine Ex-Frau mit einem offenen Lächeln.

»Vale!«, sagte sie, und dann umarmten sie sich fest. »Ich freue mich total, dass ich dich doch noch sehe.«

»Ich mich auch. Geht's dir gut?«

»Ja … Und dir?«

»Mir auch.«

»Das sieht man dir aber gar nicht an, du siehst schrecklich aus!«, sagte sie mit einem gespielt ernsthaftem Blick.

»Danke. Du wirst auch immer hässlicher. Ganz, ganz schlimm ist das mit dir!«

Gleich darauf begannen die beiden zu lachen und umarmten sich erneut.

Emily spürte ein Ziehen an ihrem Arm. Joshua stand neben ihr. Sie beugte sich zu ihm.

»Was ist denn, Joshi?«

»Siehst du es? Mama und Papa haben sich immer noch ganz fest lieb!«, sagte er leise.

Und Emily konnte sich des Eindrucks nicht erwehren, dass der Junge tatsächlich recht hatte. Die beiden wirkten absolut harmonisch miteinander.

Was ist wohl der Grund für die Trennung gewesen?, fragte sich Emily. Aus den Medien wusste sie nur, dass der seit vier Jahren verwitwete Starregisseur Rick Collins sich auf einer Filmparty in die Schauspielerin Hannah Beck verliebt hatte. Es hielt sich hartnäckig das Gerücht, dass sie deswegen ihren Ehemann und die Kinder Hals über Kopf verlassen hatte. Doch wie es sich genau abgespielt hatte, wussten wohl nur die beteiligten Personen. Vielleicht würde ihr Valentin auf der Rückfahrt mehr darüber erzählen? Normalerweise war sie kein sonderlich neugieriger Mensch, aber diese Geschichte interessierte sie doch.

Hannah hatte sich inzwischen von ihrem Ex-Mann gelöst und ging auf Emily zu. Sie streckte ihr lächelnd die Hand entgegen.

»Hallo, Frau Falter. Und danke, dass Sie die Kinder nach dem ganzen Durcheinander sicher zu uns gebracht haben«, sagte Hannah.

»Aber gerne doch, Frau Beck, das ist schließlich mein Job.«

»Ach, können wir nicht einfach *du* sagen? Ich bin Hannah!«, schlug die Mutter der Kinder vor.

Emily nickte.

»Gern. Ich bin Emily.«

»Freut mich, Emily!«

Emily war erstaunt über die Herzlichkeit, welche die Schauspielerin ausstrahlte. Dabei wurde sie in den Medien immer als etwas distanziert und fast schon zickig beschrieben. Doch diese Attribute konnte Emily bei ihrem ersten Eindruck nicht bestätigen. Feine Fältchen in den Augenwinkeln und um den Mund ließen zudem darauf schließen, dass sie oft und gerne lachte.

»Ich würde mich sehr freuen, wenn ihr noch auf eine Tasse Kaffee reinkommt!«, schlug Hannah vor, und die Kinder grinsten sich zufrieden zu.

»Eine Tasse Kaffee wäre nicht schlecht, bevor wir uns auf die Rückfahrt machen«, antwortete Valentin.

»Für mich auch gern, vielen Dank«, meinte Emily.

»Na dann, rein mit euch allen.«

»Moment. Ich hole noch die Sachen der Kinder«, sagte Valentin.

»Warte, ich helfe dir«, sagte Emily.

»Danke.«

Ein plötzlicher eisiger Windstoß wehte ihr die Haare ins Gesicht, als sie wieder zurück zum Auto gingen.

»Boh, ganz schön kalt!«, sagte sie.

»Total. Beeilen wir uns!«, sagte Valentin, der seine Jacke vorhin im Auto gelassen hatte und auch nur ganz normale Chucks anhatte, da er gestern davon ausgegangen war, die Schuhe nur im Flugzeug und im Auto zu tragen und nicht in einer zugeschneiten Bergregion.

»Siehst du bitte nach, ob Jojo diesmal in Stellas Rucksack ist?«, bat Valentin, während er die Koffer aus dem Wagen hob.

»Klar.«

Emily griff nach dem Stoffschafbock, der neben dem Sitz lag, und packte ihn in Stellas Rucksack.

Zur Sicherheit kontrollierte sie noch den ganzen Wagen und sah auch unter den Sitzen nach, ob die beiden Kinder nichts darunter versteckt hatten und es später zum Anlass nahmen, dass sie noch mal umkehren mussten.

»Alles ausgeräumt!«, sagte Emily, und Valentin lächelte ihr mit hochgerecktem Daumen zu.

Kapitel 15

Ein Haus mit vielen Zimmern

Rick musste noch drei Übernachtungsgäste ins Hotel und zum Bahnhof bringen, die gestern wegen der eingeschneiten Straßen nicht mehr wegkamen, und noch ein paar Erledigungen machen. Ich weiß nicht, ob er rechtzeitig zurückkommt und ihr ihn sehen könnt«, sagte Hannah.

»Vielleicht klappt es ja noch«, sagte Valentin, wobei es ihm nicht ganz so wichtig war, den neuen Partner seiner Ex-Frau zu sehen.

Hannah führte die Gäste zuerst in die helle und dezent weihnachtlich dekorierte Diele mit wunderschönen alten Terrakottafliesen zu einer Garderobennische, wo sie ihre Jacken und Schuhe ausziehen konnten. Auf die Zwillinge warteten bereits flauschige Hausschuhe, in die sie schlüpften. Valentin und Emily bekamen Gästepantoffeln aus Filz mit lustigen Weihnachtsmotiven, die Hannah aus einem Regal holte.

»Das Gepäck der Kinder lassen wir erst mal hier stehen.

Das bringen wir später hoch in ihr Zimmer … So, und jetzt bitte hier entlang.«

Sie folgten Hannah und betraten das riesige Wohnzimmer mit Panoramafenstern, die einen unverbauten spektakulären Blick auf das Watzmannmassiv boten. Im Raum selbst war der Blickfang ein ausladender gemauerter Kamin, davor eine Sitzgruppe aus hellbraunem Leder, die sehr bequem aussah. Das Wohnzimmer war rustikal, aber gleichzeitig modern und ohne Schnörkel eingerichtet, und auch hier war die Weihnachtsdekoration sparsam, aber geschmackvoll arrangiert.

»Ein echt schönes Haus«, sagte Valentin beeindruckt, und auch Emily staunte, obwohl ihr Job als Personenschützerin sie regelmäßig in exklusive Anwesen oder Wohnungen führte.

Die Landhausvilla wirkte trotz der Größe nicht protzig, sondern sehr heimelig und gemütlich und irgendwie ein wenig zeitlos.

»Ein Unternehmerpaar aus München hat es Anfang der Fünfzigerjahre erbaut, und vor etwa zehn Jahren wurde es von der Erbengemeinschaft generalrenoviert«, erzählte Hannah. »Seither wird es als exklusives Ferienhaus vermietet, meist für Familienfeiern oder an kleinere Seminargruppen. Rick ist mit einem der Enkelsöhne der Familie befreundet, einem Tontechniker, mit dem er schon mal bei einem Musikvideodreh zusammengearbeitet hat. Er hat es möglich gemacht, dass wir das Haus für mehrere Szenen nutzen können, die wir gleich Anfang des Jahres drehen werden. Bis dahin bewohnen wir es mit einigen Leuten aus dem Team, und es dient auch als zusätzliches Produktionsbüro und Anlaufstelle während der Dreharbeiten. Die anderen sind jedoch alle über die Feiertage zu ihren Familien oder in einen Kurzurlaub gefahren. Damit haben wir das Haus über Weihnachten für uns ganz allein. Bis auf … und wie aufs Stichwort kommt sie …«, sagte Hannah und nickte mit einem Lächeln zur Tür.

»Grüß Gott, miteinander.«

Eine etwa fünfzigjährige Frau kam herein. Sie trug ein Tablett mit Geschirr und Gläsern.

»Darf ich euch vorstellen? Das ist Bianca Mühlner, die Haushälterin. Sie gehört quasi als gute Seele zum Haus dazu und macht Rinderrouladen mit Kartoffelknödel zum Niederknien und den besten Kaiserschmarrn, den ich je gegessen habe«, erklärte Hannah.

Alle begrüßten die Frau, die nun begann, einen rechteckigen Tisch neben der hohen Regalwand zu decken, an dem locker zehn Leute Platz finden konnten.

»Und ihr seid also Stella und Joshua«, sagte die Haushälterin freundlich zu den Zwillingen.

»Ja!«, antworteten die beiden unisono.

»Schön, dass ihr hier seid. Eure Mama hat mir schon ganz viel von euch erzählt! Und ich weiß auch, dass eines eurer Lieblingsgerichte Hackbraten mit Kartoffelbrei und Gemüse ist. Stimmt das?«

»Ja.« Die Zwillinge nickten.

»Schön, das gibt es nämlich später zum Essen«, sagte die Haushälterin. »Und Bonnie wird sich gewiss sehr freuen, dass sie endlich jemanden zum Spielen hat«, fügte sie hinzu.

»Ist Bonnie auf ihrem Zimmer?«, fragte Hannah.

»Ja. Ich fürchte, sie hängt schon wieder die ganze Zeit an

ihrem Laptop.« Der sympathischen Bianca war anzusehen, dass sie nicht viel davon hielt, wenn kleine Kinder zu viel Zeit mit elektronischen Geräten verbrachten.

»Setzt euch doch schon mal alle, ich gehe Bonnie holen«, sagte Hannah und verschwand aus dem Zimmer.

»Ich bringe gleich Kaffee und Kakao. Passt das? Oder soll ich auch noch Tee kochen?«, fragte Bianca.

»Für mich passt das wunderbar! Vielen Dank«, sagte Emily.

»Für mich auch, danke … Und die Zwillinge lieben Kakao«, beteuerte Valentin.

»Sehr schön!«

»Entschuldigung. Ich müsste bitte mal aufs Klo!«, sagte Joshua höflich und stand auf.

»Ich auch!« Stella erhob sich ebenfalls.

Emily fiel auf, wie vorbildlich sie sich schon die ganze Zeit benahmen.

»Dann kommt doch am besten gleich mit mir mit, ich zeige euch das Gäste-WC«, bot Bianca an, und die Kinder folgten ihr hinaus.

Schließlich waren nur noch Emily und Valentin im Zimmer.

»Hier könnte man es echt ein paar Tage aushalten!«, sagte Emily und sah auf die zum Teil wolkenverhangenen Berge und die verschneite Landschaft.

»Ja … Jetzt beneide ich die Kinder tatsächlich, dass sie hier ohne mich Ferien machen dürfen.«

»Ich auch. Und wie herrlich diese Schneelandschaft erst bei Sonnenschein und blauem Himmel sein muss«, sagte Emily.

»Schade, dass es zugezogen hat. Dabei versprach der blaue Himmel bei der Herfahrt einen sonnigen Tag.«

»Jetzt sieht es leider nach Schnee aus. Wir sollten wirklich bald nach dem Kaffee aufbrechen«, schlug Emily vor.

»Ja … Das wäre wohl vernünftig.«

»Deine Ex-Frau ist übrigens total sympathisch«, bemerkte Emily.

»Ja. Das ist Hannah tatsächlich«, meinte Valentin und lächelte. »Leider wird sie in den Medien manchmal als zickige Diva hingestellt.«

»Wie kommt das denn?«, wollte Emily wissen.

»Hannah hat sich vor Jahren mal mit einer Journalistin angelegt, weil die ihr privat zu sehr auf die Pelle gerückt war und ihr die Worte im Mund so unverschämt umgedreht hatte, dass in der Zeitung Sachen standen, die völlig an den Haaren herbeigezogen waren. Danach gab sie nur noch einigen ganz wenigen Journalisten, denen sie wirklich vertraute, exklusive Interviews. Aber ab da galt sie als eigensinnig«, verriet Valentin.

»Ich habe schon mehrfach von Kunden gehört, wie schwierig es ist, in dieser Branche eine Balance zu finden. Einerseits ist die Berichterstattung in der Presse wichtig, um im Gespräch zu bleiben, andererseits kann sie ganz schön in die Privatsphäre eindringen.«

»Stimmt. Und seitdem sie mit Rick zusammen ist und die Hauptrolle in seinem neuen Film spielt, ist das Interesse an ihr noch mal deutlich größer geworden.«

In diesem Moment kamen Stella und Joshua wieder zurück ins Wohnzimmer.

»Na, ihr wart ja schnell!«, sagte Valentin.

Die Kinder zuckten nur mit den Schultern und setzten sich an den Tisch.

Emilys Handy klingelte. *Laura!* Nicht ausgerechnet jetzt!

»Entschuldigung«, sagte sie, stand auf und ging mit dem Handy zum Fenster.

»Hallo, Laura!«

»Hallo, Emily. Können wir uns jetzt vielleicht in Ruhe unterhalten?«

»Leider ist es gerade schwierig, ich bin noch beruflich im Einsatz und kann nur ein paar Minuten reden. Aber du kannst mir ja schon mal kurz sagen, worum es geht«, schlug Emily ihrer Schwester vor.

Sie hörte ein trockenes Lachen.

»Nicht alles lässt sich eben mal schnell am Telefon besprechen. Wann genau hast du denn mal wirklich Zeit?« Laura hörte sich genervt an.

»Morgen. Morgen geht es auf jeden Fall gleich in der Früh. Da habe ich dann so viel Zeit, wie du möchtest, Laura«, versprach Emily, ohne zu erwähnen, dass sie momentan in Bayern war und eigentlich problemlos den Heiligabend in München hätte verbringen können.

»Na gut. Dann morgen früh. Ich hoffe, es klappt dann aber wirklich. Es ist wichtig, dass wir reden.«

Wieder überfiel Emily dieses mulmige Gefühl. Etwas sehr Schlimmes konnte es allerdings nicht sein, sonst hätte Laura ihr sicherlich schon mehr gesagt.

»Wir telefonieren morgen, ganz sicher. Servus, Laura«, versprach sie erneut.

»Okay. Bis morgen.«

Während des Gesprächs mit ihrer Schwester war Hannah

mit einem Mädchen zurückgekommen, bei dem es sich um Ricks achtjährige Tochter Bonnie handelte. Obwohl sie nur ein Jahr älter war als die Zwillinge, war sie fast einen Kopf größer und wirkte so schlaksig wie ein junges Fohlen. Die kupferroten Haare trug sie ganz kurz geschnitten. Beeindruckend waren ihre hellblauen Augen, die sie von ihrem bekannten Vater geerbt hatte und die unter dichten Wimpern wie zwei seltene Kristalle intensiv funkelten. Allerdings machte sie schon auf den ersten Blick einen abweisenden Eindruck.

Hannah stellte alle einander vor.

»Hi!«, sagte Bonnie nur und wirkte nicht sonderlich begeistert, hier zu sein.

»Bonnie spricht inzwischen schon relativ gut Deutsch, auch wenn sie noch nicht alle Wörter versteht. Also helft ihr noch ein wenig oder unterhaltet euch auf Englisch mit ihr«, wandte sie sich an die Zwillinge.

»Schon klar, Mama!«, sagte Joshua.

»Okay.« Stella nickte.

Die Haushälterin kam zurück mit einem Tablett, auf dem zwei Porzellankannen, die passende Zuckerdose, ein Milchkännchen und eine große Schale mit Plätzchen standen. Sie stellte es auf dem Tisch ab.

»Wollen Sie sich nicht auch auf eine Tasse Kaffee zu uns setzen?«, fragte Hannah.

»Danke, aber ich muss gleich wieder in die Küche. Es gibt noch viel vorzubereiten für die Feiertage. Soll ich einschenken?«

»Das machen wir schon, danke, Bianca.«

Die Haushälterin verschwand erneut, und Valentin übernahm es, alle mit Kaffee und Kakao zu versorgen. Nur Bonnie schüttelte den Kopf und wollte nichts.

Joshua und Stella schnappten sich sofort Vanillekipferl aus der Schale.

»Und ihr macht jetzt also alle eine Woche gemeinsam gemütlich Ferien in den Bergen«, sagte Valentin und griff ebenfalls zu.

»Mehr oder weniger. Rick wird leider nebenbei arbeiten müssen. Ein paar Szenen des Drehbuchs müssen noch mal umgeschrieben werden, und es gibt noch eine Umbesetzung und natürlich zahlreiche Besprechungen und Telefonate. Ich muss auch Text lernen, kann aber weitgehend frei machen und die Zeit mit den Kindern genießen.«

Sie schaute zu den Zwillingen.

»Ich hoffe, ihr habt eure Schwimmsachen nicht vergessen. Im Keller gibt es ein kleines Hallenbad.«

»Sie haben alles eingepackt!«, beteuerte Valentin.

»Wann dürfen wir denn zum Schwimmen gehen, Mama?«, fragte Stella prompt.

»Sobald wir eure Sachen ausgepackt haben, können wir gern alle ins Hallenbad«, meinte Hannah.

»Beneidenswert«, sagte Emily, die leidenschaftlich gern schwamm, es jedoch leider nicht schaffte, regelmäßig ihre Bahnen im Hallenbad zu ziehen.

»So ein Schwimmbecken im Keller – das würde mir auch gefallen«, sagte Valentin.

»Das ist schon besonders, ja«, stimmte Hannah ihm zu.

Emily nahm das Kännchen und goss großzügig warme Milch in ihren Kaffee.

»Ich möchte lieber wieder nach oben in mein Zimmer gehen«, sagte Bonnie und stand auf.

»Na gut. Aber später machen wir alle zusammen was, okay?«, rief Hannah ihr hinterher, als Ricks Tochter aus dem Zimmer ging.

»Tut mir leid, sie mag es nicht so, wenn fremde Leute da sind, und braucht immer eine Weile, bis sie auftaut«, erklärte Hannah.

»Kein Problem. Das kann ich schon verstehen«, sagte Emily. Sie konnte sich in das Mädchen hineinversetzen. Für sie war es wohl nicht so ganz einfach, die Kinder kennenzulernen, die zukünftig Stiefgeschwister für sie sein würden, falls Rick und Hannah zusammenblieben.

»Ich habe irgendwo im Internet gelesen, dass Bonnie im Film ebenfalls mitspielt. Stimmt das?«, fragte Valentin interessiert.

»Ja. Das stimmt. Sie hat eine kleine Rolle mit zwei Drehtagen mit mir zusammen.«

»Wie cool. Das ist ja echt interessant!«, sagte Emily.

»Wir drehen die Szenen gleich im neuen Jahr, bevor Bonnie wieder ins Internat zurückmuss.«

»Sie ist in einem Internat?«, fragte Stella und wirkte erschrocken. Sie wusste schon sehr genau, was ein Internat war, und wohl auch, dass so etwas für sie nie in Frage käme.

»Ja … Bonnie wollte da selbst hin, weil eine ihrer besten Freundinnen auch dort ist. Und nachdem Rick auch immer viel unterwegs ist, ist das wohl eine sehr gute Lösung.«

»Das möchte ich nie!«, beteuerte Stella.

»Ich auch nicht!«, sagte Joshua.

»Müsst ihr auch nicht!«, sagte Valentin.

Sie plauderten noch eine Weile, bis es draußen immer düsterer wurde und dann tatsächlich anfing zu schneien.

»Ich möchte nicht unhöflich sein, aber wir sollten jetzt wirklich bald aufbrechen!«, sagte Emily.

»Stimmt ... Wir müssen los.«

Valentin trank den letzten Schluck Kaffee und nahm noch ein Vanillekipferl aus der Schale.

»Soll ich euch Plätzchen für unterwegs einpacken? Ich weiß doch, wie gern du sie magst, Vale«, sagte Hannah.

»Da kann ich natürlich nicht Nein sagen«, nahm er das Angebot an.

Hannah lächelte und wandte sich dann an Emily.

»Valentins Eltern haben immer für uns gebacken, aber ich musste die Dosen mit den Plätzchen an wechselnden Orten im ganzen Haus verstecken, weil er sie immer schon vorher alle aufgefuttert hat«, erklärte sie.

»Papa ist ein Plätzchenmonster«, sagte Stella und kicherte.

»Das stimmt gar nicht!«, protestierte Valentin halbherzig, schnappte sich jedoch noch einen weiteren Spitzbuben.

»O doch!«, beteuerte Joshua.

»Dann bin ich eben ein Plätzchenmonster. Schönen Gruß bitte noch an die Haushälterin. Die sind fast genauso lecker wie die meiner Mutter«, sagte er mit vollem Mund.

»Ich richte es Bianca sehr gerne aus. Sie wird sich freuen«, sagte Hannah.

»Nochmals vielen Dank für den Kaffee«, sagte Emily und stand auf.

»Schade, dass ihr schon losmüsst und Rick nicht mehr sehen könnt.«

»Sicher klappt es beim nächsten Mal«, sagte Valentin.

»Was meint ihr, sollen wir noch schnell ein Selfie von uns vieren machen?«, fragte Hannah. »Wenn wir schon mal alle zusammen sind?«

»Klar. Ich kann auch noch meine Kamera aus dem Auto holen«, schlug Valentin vor.

»Ach, das Handy reicht auch. Es soll ja nur ein Schnappschuss sein.«

Hannah, Stella, Joshua und Valentin stellten sich zusammen vor die große Glasfront, und Hannah hielt ihr Handy nach oben. Sie versuchte, vor dem winterlichen Hintergrund alle aufs Bild zu bringen.

»Soll ich vielleicht ein paar Fotos von euch machen?«, bot Emily an.

»Gern!«

Hannah gab ihr das Handy.

»Und jetzt alle schön lächeln!«, forderte Hannah alle auf, und die Familie grinste fröhlich in die Kamera. Sie wirkten dabei so harmonisch, dass man tatsächlich kaum glauben konnte, dass die Eltern geschieden waren.

Emily schoss einige Bilder und gab das Handy Hannah wieder zurück.

»Kinder, sollen wir vielleicht auch noch eines von euch beiden mit Emily zur Erinnerung machen?«, fragte Hannah.

»Ja!«, riefen die Zwillinge, und nun musste auch noch Emily in die Kamera grinsen.

»Ich komme auch noch schnell dazu«, sagte Valentin und stellte sich zu den dreien.

»Und jetzt sagt alle schön Cheese!«, forderte Hannah sie auf und drückte dann ein paarmal ab.

»So, das ist jetzt aber genug«, sagte Valentin.

»Ich fürchte, ihr müsst euch wirklich schnellstens auf den Weg machen«, sagte Hannah mit einem besorgten Blick aus dem Fenster. Inzwischen schneite es dicke Flocken.

»Schickst du mir die Fotos?«, bat Valentin.

»Klar ... Emily, dir schicke ich auch welche an deine Handynummer.«

»Super. Danke.«

Natürlich musste Hannah nicht extra betonen, dass die Personenschützerin die Bilder nur privat nutzen durfte.

»Die Weihnachtspantoffeln könnt ihr euch mitnehmen! Ich schenke sie euch«, sagte Hannah, als sie kurz darauf in der Garderobe waren.

»Die sind echt lustig!«, sagte Emily. »Aber als Geschenk kann ich sie nicht annehmen.«

»Warum denn nicht?«, fragte Hannah verwundert.

»Schuhe sollte man nicht verschenken, heißt es, weil der andere dann für immer damit weggeht.«

»Ach, das kenne ich gar nicht«, sagte Hannah.

»Ich habe das auch schon mal gehört«, sagte Valentin. »Aber man kann das mit einem Trick umgehen.«

»Stimmt«, sagte Emily und lächelte.

Er griff in seine Hosentasche und holte ein paar Münzen heraus.

»Hier, Hannah, das sind 20 Cent für meine Hausschuhe, die ich dir abkaufe. Und dann zahle ich auch noch 50 Cent für Emilys Schuhe.«

Er drückte seiner Ex-Frau die Münzen in die Hand.

»Und damit löst sich das auf?«, fragte Hannah amüsiert.

Emily nickte.

»Ja. Nun sind die Schuhe kein Geschenk mehr, sondern wir haben sie dir abgekauft.«

»Okay … Hauptsache, ihr nehmt sie mit«, sagte Hannah mit einem Lächeln.

Emily zog sie nun aus und schlüpfte in ihre Stiefel, dann zog sie ihre Jacke an.

»Stella und Joshi, passt gut auf euch auf und habt schöne Weihnachten«, sagte sie zu den Kindern.

»Du auch! Tschüss, Emily«, sagte Joshua.

»Vielleicht sehe ich euch ja irgendwann mal wieder in Hamburg«, sagte Emily, und es war keine Höflichkeitsfloskel. Es war ein besonderer Auftrag gewesen, und die Kinder waren ihr in den letzten beiden Tagen tatsächlich ein wenig ans Herz gewachsen.

»Das wär schön!«, sagte Joshua.

»Dann kannst du uns auch wieder neue Geschichten erzählen«, sagte Stella, und zu ihrer Überraschung drückte die Kleine sich an sie. Emily streichelte ihr kurz durch die dunklen Locken.

»Ja … Vielleicht klappt das mal!«

Dann war Valentin an der Reihe, sich von den Kindern zu verabschieden. Er ging in die Hocke und zog die Zwillinge fest an sich.

»So, meine süßen Schätze. Ich wünsche euch eine ganz, ganz tolle Zeit mit eurer Mama und Rick und Bonnie. Morgen machen wir am Abend einen Videochat, und nächste Woche hole ich euch schon wieder am Flughafen in Salzburg ab.«

Er gab jedem Kind noch einen dicken Kuss auf die Wange

und war froh, dass die beiden ihm den Abschied vor der Abfahrt nicht schwer machten.

Dann wandte er sich an seine Ex-Frau und umarmte sie.

»Bis bald, Hannah. Und habt alle ein wunderschönes Weihnachten.«

»Danke, Vale. Du auch. Ruf mich bitte an, wenn ihr gut in Hamburg angekommen seid.«

»Mache ich!«

»Und grüße deine Eltern morgen lieb von mir und deinen Bruder. Wenn ich nächstes Mal wieder in Hamburg bin, könnten wir ja vielleicht mal wieder alle gemeinsam essen gehen.«

»Da würden sie sich bestimmt sehr freuen. Und ich mich auch.«

Sie löste sich von ihm und gab dann der Personenschützerin die Hand.

»Nochmals vielen Dank, Emily. Falls ich mal wieder jemanden für die Zwillinge brauche, würde ich dich gerne dafür engagieren.«

»Jederzeit! Einfach in der Agentur nach mir verlangen. Ich würde mich wirklich sehr freuen. Stella, Joshi und ich kamen ziemlich gut klar, nicht wahr?«

»Es war echt cool!«, beteuerte Joshua, und auch Stella nickte.

»Erstaunlich. Nach dem verpatzten Flug hätte ich mir das nicht mehr vorstellen können«, meinte Valentin, und Hannah nickte.

»Ich auch nicht.«

»Danke noch mal für die hier!«, sagte Valentin und hob eine kleine Dose mit Plätzchen hoch, die Bianca ihm vorhin auf Bitte von Hannah noch gegeben hatte. »Die werden wir uns auf der Heimfahrt schmecken lassen, nicht wahr, Emily?«

»Werden wir«, stimmte sie ihm zu. »Tja … dann noch eine schöne Zeit und viel Erfolg für die Drehaufnahmen, Hannah. Ich freue mich schon sehr auf den Film im Kino.« Während sie noch sprach, griff Emily in die Jackentasche, um den Schlüsselbund herauszuholen. Doch er war nicht da.

»Habe ich dir vorhin den Autoschlüssel gegeben?«, fragte sie Valentin.

»Nein.«

»Sicher nicht?«

Valentin suchte alle Taschen in seiner Jacke und den Jeans ab.

»Ich habe ihn echt nicht.«

»Das kann doch nicht sein.«

Emily sah sich in der Garderobe um. Auch am Boden. Doch vergeblich.

»Hm. Dann muss ich ihn wohl mit ins Wohnzimmer genommen haben.«

Sie ging noch mal zurück und suchte am Platz, an dem sie gesessen hatte. Auch hier war er nicht.

»Überlege doch noch mal, wann du ihn zuletzt hattest«, forderte Valentin sie auf.

»Ich habe die Rucksäcke der Kinder aus dem Wagen geholt und das Auto dann abgeschlossen. Dann sind wir gleich ins Haus gegangen.«

»Vielleicht hast du ihn nach dem Absperren des Wagens versehentlich in einen der Rucksäcke gesteckt«, gab Valentin zu bedenken.

»Das kann ich mir eigentlich nicht vorstellen.«

Emily war immer sehr fokussiert darauf, was sie tat. So etwas würde ihr nicht passieren. Oder vielleicht doch?

Zur Sicherheit suchte sie die Rucksäcke gründlich ab, hatte plötzlich jedoch einen ganz anderen Verdacht.

»Joshi, Stella, habt ihr den Schlüssel vielleicht gesehen?«, fragte sie, ohne ihnen zunächst zu unterstellen, dass sie ihn absichtlich genommen hatten.

Die beiden schüttelten schnell den Kopf. Zu schnell.

»Nein.«

Valentin verschränkte die Arme vor der Brust. Auch er hatte inzwischen eine Ahnung, was es mit dem Verschwinden des Schlüsselbundes auf sich haben könnte.

»Habt ihr den Schlüssel versteckt?«, fragte er die beiden direkt.

»Nein!«, beteuerten die Zwillinge erneut.

»Joshi! Stella! Das ist geschwindelt!«, rief Hannah, die ihre Kinder gut genug kannte, um ihnen an der Nasenspitze anzusehen, dass sie soeben gelogen hatten.

»Kinder, ich brauche den Schlüsselbund. Sonst können wir nicht zurückfahren, und ich kann auch nicht mehr in meine Wohnung«, erklärte Emily.

Joshua und Stella zogen die Köpfe ein und sagten nichts mehr.

Emily konnte sich zusammenreimen, dass sie den Schlüssel vorhin aus ihrer Jacke genommen hatten, als sie vermeintlich auf der Toilette waren, und ihn irgendwo im Haus versteckt hatten, damit sie nicht losfahren konnten.

»Das kann doch jetzt echt nicht wahr sein!«, brummte Valentin, der nun doch etwas sauer wurde. »Jetzt reicht es aber wirklich mal mit euren Spielchen! Rückt jetzt sofort den Schlüsselbund raus!«

»Nein! Das tun wir nicht. Du sollst nämlich hierbleiben!«, sagte Stella bockig und verschränkte die Arme. »Joshi und ich wollen, dass du mit uns hier Weihnachten feierst.«

»Genau!«, pflichtete der Junge ihr bei.

»Das haben wir doch jetzt schon so oft besprochen!«, meinte Valentin und seufzte. »Aber das geht nicht! Und ihr wisst das auch!«

»Warum geht das nicht? Du kannst doch einfach hierbleiben. Oder, Mama?«, rief Stella und wandte sich mit einem bittenden Blick an ihre Mutter. »Das Haus hat doch ganz viele Zimmer!«

»Na ja. Das schon, aber …« Hannah wusste nicht recht, was sie darauf antworten sollte.

»Und was ist mit mir? Ich muss echt nach Hause nach Hamburg!«, sagte Emily. Sie konnte es nicht fassen, dass es den beiden schon wieder gelungen war, sie auszutricksen. Aber diesmal würde ihr Plan nicht aufgehen, dafür würde sie sorgen.

»Du kannst doch auch bleiben und mit uns Weihnachten feiern«, meinte Joshua pragmatisch.

»Kann ich nicht!«

»Du grinst, Hannah?«, fragte Valentin mit einem Blick auf seine Ex-Frau, die amüsiert lächelte.

»Tut mir leid«, beteuerte sie. »Ich bin nur mal wieder erstaunt, wie weit die beiden Racker hier gehen, wenn sie sich etwas in den Kopf gesetzt haben. Das müssen sie von dir haben.«

»So stur bin ich sicherlich nicht. Das haben sie eindeutig von dir!«, konterte Valentin, jedoch eher feixend.

In diesem Moment ging Emily dieses ständige Turteln der beiden auf die Nerven. Und sie verstand auch nicht, wieso die beiden kein Paar mehr waren, wenn sie sich doch immer noch so blendend verstanden. Allerdings ging sie das nichts an. Sie hatten ein Problem, das sie schnellsten lösen mussten.

»Joshua, Stella, jetzt ist Schluss mit lustig. Wo habt ihr den Schlüsselbund versteckt?«, fragte Emily und setzte ihren ernsthaften Polizistinnenblick auf, mit dem sie früher in Kombination mit ihrer Hartnäckigkeit zahlreichen Verdächtigen ein Geständnis entlockt hatte.

Doch die Kinder ließen sich davon nicht einschüchtern und schüttelten nur stur den Kopf.

Valentin seufzte.

»Dann bleibt uns wohl nichts anderes übrig, als danach zu suchen.«

»Das Haus hat vier Ebenen, und ich weiß gar nicht, wie viele Zimmer es insgesamt sind«, gab Hannah zu bedenken. »Da suchen wir ja ewig.«

»Ausschließen können wir aber schon mal das Wohnzimmer, die Küche, in der die Haushälterin zu dieser Zeit war, und das Zimmer von Bonnie«, kombinierte Emily.

»Im Kellergeschoss können sie auch nicht gewesen sein. Wegen des Schwimmbeckens ist die Tür nach unten immer abgesperrt. Der Schlüssel ist in der Küche bei Bianca«, informierte Hannah sie.

In diesem Moment wurde die Haustür von außen aufgesperrt, und Rick Collins betrat das Haus. Seine Kleidung war mit Schnee bedeckt. Inzwischen schneite es also schon ordentlich. Ein Grund mehr, so schnell wie möglich loszufahren, damit sie zumindest schon mal nach unten auf die Hauptstraße kamen, bevor es immer schwieriger sein würde, auf den schneeglatten Wegen zu fahren, dachte Emily.

»Ihr seid ja noch da! Schön, dass ich euch nicht verpasst habe!«, sagte der Regisseur auf Englisch und begrüßte zuerst Valentin und Emily, die Hannah ihm vorstellte, und dann die Zwillinge.

»Hey, Kinder! Ihr habt ja gestern ganz schön für Action gesorgt«, sagte er mit seiner tiefen Stimme, während er aus seinem Mantel schlüpfte.

Der Unterschied zwischen den beiden Männern hätte größer nicht sein können. Während Valentin ein legerer, jugendlicher Typ war, hatte Rick Collins eine eher intellektuelle Ausstrahlung, die er mit der etwas altmodischen Nerdbrille mit dunklem Rahmen noch unterstrich, mit der er seine durchdringend blauen Augen noch stärker hervorhob. Auf den ersten Blick wirkte er etwas kantig, wenn auch nicht unsympathisch.

Rick sah auf die Uhr.

»Tut mir leid, dass ich keine Zeit mehr habe, mich mit euch zu unterhalten, aber in fünf Minuten muss ich ein nicht einfaches Telefonat mit dem Drehbuchautor führen. Deswegen jetzt schon mal eine gute Rückfahrt.«

»Danke«, sagten Valentin und Emily gleichzeitig.

»Und viel Erfolg beim Dreh!«, wünschte Valentin.

»Danke. Und wir sehen uns später!«

Rick gab Hannah einen ausgiebigen Kuss, so als ob er vor Valentin klarstellen wollte, dass er nun der Mann an

Hannahs Seite war, und verschwand dann die Treppe nach oben.

Emily fand das in dieser Situation und noch dazu vor den Kindern etwas albern und warf einen Blick zu Valentin, der es seiner Mimik nach wohl ähnlich sah. Doch er wollte sich das offenbar nicht anmerken lassen und wandte sich an die Zwillinge.

»Stella, Joshi, ihr rückt bitte jetzt sofort den Schlüsselbund raus«, verlangte er.

Keine Reaktion.

»Ich würde gerne mit Stella und Joshi allein sprechen. Ist das okay?«, fragte Emily, die merkte, dass sie hier so nicht weiterkamen.

»Klar!«, sagten die Eltern der Zwillinge gleichzeitig.

»Dann kommt mal bitte mit mir ins Wohnzimmer!«, forderte Emily die Kinder auf.

»Okay«, murmelte Joshua, und die beiden folgten ihr.

»Setzt euch bitte aufs Sofa«, forderte Emily sie auf und nahm ihnen gegenüber auf einem Sessel Platz.

»Also, ich weiß natürlich, was ihr damit bezwecken wollt. Und ich verstehe auch, dass ihr euch unbedingt wünscht, dass eure Eltern wieder zusammenkommen. Aber glaubt mir, so wird das ganz bestimmt nichts.«

»Aber die haben sich doch noch lieb!«, sagte Stella, und Emily spürte, wie sehr sie unter der Trennung der Eltern litt.

»Und Rick … der ist irgendwie doof!«, fand Joshua.

Emily wusste nicht, was sie darauf antworten sollte.

»Wenn Papa hierbleibt, dann werden wir ganz brav sein, und wir werden auch ganz bestimmt nicht …«, begann Joshua, doch Emily unterbrach ihn.

»Er wird nicht hierbleiben, Joshi. Wenn wir den Schlüssel nicht finden, werden dein Papa und ich mit dem Taxi zum Bahnhof fahren und den nächsten Zug nach Hamburg nehmen. Oder wir erwischen vielleicht noch passende Flüge oder nehmen einen Leihwagen. Egal, was ihr macht, wir finden trotzdem eine Möglichkeit, nach Hause zu kommen. Dort habe ich einen Ersatzschlüssel für das Auto. Allerdings wird das für alle sehr aufwendig und teuer werden! Wollt ihr das wirklich?«

Plötzlich kullerte eine einzelne Träne über Joshuas Gesicht, die er trotzig wegwischte. Emilys Kehle wurde eng, und sie musste schlucken, so sehr taten ihr die Kinder in diesem Moment leid.

»Kannst du uns nicht helfen, bitte?«, fragte Stella leise.

»Ich wüsste nicht, wie, Stella«, sagte Emily. »Es tut mir leid. Wirklich.«

Sie setzte sich zu den beiden aufs Sofa und drückte sie fest an sich. Doch sie konnte sonst nichts für sie tun.

»Ich weiß, dass es wehtut. Ich kenne das auch.«

Nur noch viel schlimmer, dachte sie.

»Aber ihr habt es hier bei eurer Mama doch wirklich total schön. Und in einer Woche seid ihr wieder bei eurem Papa. Und beide haben euch sehr lieb.« Emily war klar, dass das den Kindern im Moment kein Trost war und sie viel lieber etwas anderes hören wollten.

»Es tut mir so leid!«, wiederholte sie leise. »Wenn ich euch helfen könnte, würde ich es wirklich tun.«

Joshua löste sich von ihr und ging fast trotzig hinaus in die Diele, wo seine Eltern nebeneinanderstanden und sich unterhielten. Emily und Stella folgten ihm.

»Verratet ihr uns nun, wo ihr den Schlüssel versteckt habt?«, fragte Hannah.

Joshua ging ohne ein Wort zu einer hohen Vase, die als Schirmständer diente, griff hinein und holte den Schlüsselbund heraus.

»Danke, Joshi!«, sagte Emily.

»Wie hast du das denn so schnell geschafft?«, fragte Valentin sie erstaunt.

»Joshi und Stella haben es eingesehen«, antwortete sie mit Blick zu den Kindern und versuchte, sich nicht anmerken zu lassen, wie nahe ihr die Situation im Moment ging.

Ein paar Minuten später eilten Emily und Valentin durch das Schneetreiben zum Wagen und stiegen ein. Innerhalb der letzten halben Stunde hatte es fast zehn Zentimeter geschneit. Hannah stand in der Haustür und winkte ihnen zu. Die Kinder standen neben ihr und wirkten irgendwie verloren.

»Ich hoffe, du hast gute Winterreifen, damit wir in dem Schnee sicher zur Hauptstraße runterkommen«, sagte Valentin.

»Das dürften wir schaffen.«

Emily startete den Wagen und fuhr langsam los. Es war wirklich alles andere als einfach, die schneeglatten Kurven zu fahren, ohne ins Schlingern zu geraten.

»Am liebsten wäre ich tatsächlich geblieben«, sagte Valentin plötzlich leise.

»Ja … das kann ich gut verstehen«, meinte Emily. »Geht mir genauso. Die beiden sind mir in den letzten Tagen echt ans Herz gewachsen.«

»Joshi und Stella mögen dich auch«, sagte Valentin.

Emily hatte plötzlich das Gefühl, die Kinder im Stich gelassen zu haben, auch wenn das natürlich Unsinn war. Es waren nicht ihre Kinder, und sie war nicht für sie verantwortlich. Trotzdem fühlte es sich falsch an. Die Zwillinge hatten es sich so sehr vom Christkind gewünscht, gemeinsam mit ihren Eltern Weihnachten zu feiern. Doch dieser Wunsch würde nicht in Erfüllung gehen. So wie er damals nach diesem schlimmen Heiligabend bei Emily und ihren Geschwistern ebenfalls nicht mehr in Erfüllung gegangen war.

»Emily! Pass auf! Ein Reh«, rief Valentin plötzlich.

Es war wie aus dem Nichts gekommen und rannte nur wenige Meter vor ihnen über die Straße.

Sie trat reflexartig in die Bremse.

»Verdammt!«

Der Wagen begann zu schlittern, und Emily verlor die Kontrolle über das Fahrzeug, das sich querstellte. Sie sah noch, dass das Reh verschwand, da landeten sie mit einem Ruck im Schneehaufen am Rand des Weges. Emily schloss die Augen.

Kapitel 16

Es war einmal ein schlimmstes Weihnachten

München – Heiligabend vor 22 Jahren – Teil 2

Karl versuchte verzweifelt seine Frau zu beruhigen.

»Luise, ich schwöre dir, dass es nicht so war, wie es sich jetzt gerade für dich angehört haben muss. Bitte, lass es mich doch erklären.«

»Auf die Erklärung bin ich ja echt mal gespannt!«, fuhr sie ihn an. »Wobei ich eigentlich lieber hören möchte, was Emily zu sagen hat.«

Emily zuckte zusammen. Am liebsten hätte sie sich in ihr Bett verkrochen. Ihr war schrecklich schlecht, und sie hatte das Gefühl, etwas ganz Schlimmes angestellt zu haben. Warum nur hatte sie vorhin in diesen Abstellraum geschaut? Wäre sie doch gleich nach oben gegangen.

»Was ist denn hier eigentlich los?«, fragte die dreizehnjährige Laura irritiert, die noch den Schlafanzug trug. Auch wenn es ab und zu mal Meinungsverschiedenheiten zwischen ihren Eltern gab, so stritten die beiden doch nur selten. Und schon gar nicht an Weihnachten, das war immer ein ganz besonderer Tag für die Familie. Laura konnte sich nicht erinnern, ihre Mutter jemals mit so einem wütenden Gesichtsausdruck und ihren Vater so betroffen gesehen zu haben.

»Laura, geh bitte in die Küche!«, sagte Luise.

»Ich möchte aber wissen, was passiert ist. Was hat Emily denn gemacht?«

»Sie hat gar nichts gemacht!«, sagte Karl.

»Mama! Ich werde bald abgeholt zum Krippenspiel. Was ist denn jetzt mit dem Frühstück?«, fragte Markus, der nicht verstand, was sich hier gerade abspielte.

»Mach dir schon mal ein belegtes Brot, mein Schatz, und zieh dich dann bitte an«, antwortete Luise beherrscht. »Das gemeinsame Frühstück fällt leider aus … Emily, kommst du bitte mal zu mir?«

»Mir ist so schlecht!«, flüsterte Emily und konnte keinen Schritt gehen. Sie wollte auch nichts mehr dazu sagen.

»Lass sie doch bitte, Luise. Siehst du denn nicht, dass es ihr nicht gut geht?«

»Ach ja? Und wer ist wohl dafür verantwortlich?«, fuhr Luise ihn an.

»Schätzchen, komm, du legst dich jetzt ein wenig hin«, sagte Karl und hob Emily hoch, um sie in ihr Zimmer zu tragen. Das Mädchen hätte sich am liebsten fest an ihren Papa geschmiegt, doch sie ahnte, dass das ihrer aufgebrachten Mutter nicht gefallen würde.

Als Karl sie am Bettrand abgesetzt hatte, zog sie Schuhe und Jacke aus. Sie hatte im Moment keine Kraft, nach oben zu klettern, und schlüpfte in Lauras Bett.

»Es tut mir so leid, Emily«, sagte Karl leise und deckte

sie zu. Er streichelte sanft über ihren Kopf. »Ruh dich ein wenig aus, mein Schätzchen. Es wird alles wieder gut.«

»Kannst du rausgehen, Karl?«, forderte Luise ihn auf, die den beiden gefolgt war. »Ich möchte gerne mit Emily allein sprechen.«

»Du brauchst sie da jetzt nicht mit reinzuziehen, Luise. Ich kann dir auch sagen, was sie gesehen hat.«

»Dass du die Frau des Hausmeisters geküsst hast?«, zischte sie ihn an.

Emily zog sich die Decke über den Kopf, sie wollte nichts mehr hören und sehen. Doch sogar mit zugehaltenen Ohren bekam sie mit, wie ihre Eltern sich stritten.

»Ja … das hat sie gesehen. Aber mehr gab es da auch nicht zu sehen!«, erklärte Karl und versuchte, ruhig zu bleiben. »Ich schwöre es dir.«

»Wie kannst du es nur wagen, Karl?!«, rief Luise gleichzeitig wütend und verletzt. »Diese Frau zu küssen! Ausgerechnet sie! Glaub nicht, dass ich nicht mitbekommen habe, dass sie dir schon länger schöne Augen macht. Aber ich habe dir immer vertraut! Offensichtlich war das ein großer Fehler!«

»Lass uns das bitte im Wohnzimmer besprechen!«, forderte Karl sie auf.

»Na gut. Geh du schon mal vor«, sagte sie kühl.

»Luise …«

»Geh jetzt, ich komme gleich!«

Emily hörte die Schritte, als ihr Vater das Zimmer verließ, und spürte dann, wie die Decke weggezogen wurde.

»Emily?«, sprach Luise leise. »Ich wollte vorhin nicht so laut sein. Es tut mir sehr leid, wenn dich das so erschreckt hat. Ich … ich bin nur so wütend auf deinen Papa. Aber nicht auf dich. Ganz bestimmt nicht auf dich. Du hast überhaupt nichts falsch gemacht. Verstehst du das?«

Emily nickte und öffnete die Augen. Ihre immer so fröhliche und wunderschöne Mutter sah schrecklich traurig und plötzlich viel älter aus.

»Ich hab dich lieb, Mama!«, flüsterte sie, weil sie nicht wusste, was sie sonst sagen sollte, damit ihre Mutter nicht mehr so unglücklich war.

»Ich dich auch. Ganz fest!«, sagte Luise heiser. »Komm her, mein Schatz.«

Emily rutschte hoch und kuschelte sich an ihre Mutter. Luise zog ihre jüngste Tochter fest an sich und streichelte über ihr dunkelblondes langes Haar. Minutenlang lang herrschte Stille, und Emily hörte den Herzschlag ihrer Mutter, der sie beruhigte.

»Fühlst du dich schon besser?«, fragte Luise nach einer Weile.

»Ein wenig.«

»Das ist schön.«

»Vertragt ihr euch wieder, du und Papa?«

»Das weiß ich nicht«, gestand Luise offen. »Ich weiß es leider wirklich nicht, Emily.«

»Aber heute ist doch Weihnachten.«

»Ja … ja … heute ist Weihnachten.«

Wieder sagten sie eine Weile lang nichts mehr. Schließlich stand Luise auf.

»Ich schicke jetzt Laura rein. Und später komme ich wieder nach dir sehen. Ja?«

Emily nickte, und Luise ging hinaus.

Kurz darauf kam ihre Schwester ins Zimmer, die immer noch ihren Schlafanzug trug.

»Kannst du mir mal erklären, was da heute los ist?«

Emily schüttelte den Kopf. Sie wollte nicht, dass ihre Schwester davon erfuhr. Doch Laura ließ nicht locker und brachte Emily schließlich zum Reden.

»Das glaube ich nicht!«, rief Laura wütend, als sie von dem Kuss erfahren hatte. »Bestimmt hast du dir das nur ausgedacht.«

»Hab ich nicht!«, protestierte Emily den Tränen nah. »Ich habe das gesehen!«

»Papa würde das nie tun!«

»Hat er aber!« Und es tat weh, das zu sagen.

Laura ging wie eine wütende Tigerin vor dem Etagenbett auf und ab. Dann blieb sie plötzlich stehen und sah ihre Schwester böse an.

»Auch wenn das wirklich wahr ist, hättest du es niemals erzählen dürfen. Bestimmt lassen sich Mama und Papa jetzt scheiden. Und du bist schuld!«

Bei diesen Worten wurde es Emily eiskalt. Ihre Schwester hatte das ausgesprochen, was sie selbst schon befürchtet hatte.

Plötzlich hörten sie eine Tür knallen und dann im Flur die lauten Stimmen der Eltern. Erschrocken sahen die Schwestern sich an.

»Ich bitte dich, Luise! Wenn du mich endlich mal ausreden lässt, dann kann ich dir erklären, was das …«

»Du hast alles kaputtgemacht, Karl!«, unterbrach Luise ihn laut. »Alles hast du kaputtgemacht! Hau ab! Ich will dich hier nicht mehr sehen.«

»Luise! Du kannst mich doch deswegen nicht rauswerfen. An Heiligabend. Denk doch an die Kinder! Das kannst du ihnen nicht antun!«, beschwor Karl seine Frau.

»Ach? Jetzt bin ich vielleicht auch noch die Böse?«

Laura sprang vom Bett und riss die Tür auf.

»Hört auf zu streiten! Bitte!«, rief sie aufgebracht.

»Laura! Geh zurück ins Zimmer!«, fuhr Luise sie an, die noch immer in Rage war.

»Aber Papa darf nicht weggehen!«

»Laura, meine Süße. Bitte geh ins Zimmer. Wir klären das schon«, bat Karl sie eindringlich. Doch Laura weigerte sich und blieb einfach stehen.

»Wenn dir noch irgendwas an mir und den Kindern liegen sollte, dann gehst du jetzt«, sagte Luise, und ihre Stimme klang nun heiser.

»Du weißt, wie sehr ich dich und die Kinder liebe, Luise. Ich habe einen dummen Fehler gemacht, den ich zutiefst bereue.«

»Ach ja? Dann war das also nur ein dummer Fehler, ja? Und was wäre gewesen, wenn Emily euch nicht gesehen hätte? Dann hättest du munter weitergemacht! Vermutlich habt ihr das auch schon getan. Also, bitte verschone mich mit dem Gesülze!«

»Hört doch auf!«, rief Laura erneut, und Emily hielt sich wieder die Ohren zu.

»Siehst du, was du angerichtet hast?«, schimpfte Luise. Dann drehte sie um, ging in die Küche und knallte die Tür zu.

Karl schüttelte unglücklich den Kopf, dann umarmte er Laura.

»Ich glaube, es ist wirklich besser, wenn ich jetzt erst einmal gehe«, sagte er.

»Nein, Papa! Du musst hierbleiben!«

Laura schluchzte laut auf, und Emily hatte das Gefühl, dass sie sich gleich übergeben würde, so schrecklich fühlte sie sich.

»Eure Mama ist ziemlich sauer auf mich. Und ich kann es verstehen. Sie braucht jetzt einfach ein wenig Zeit«, sagte Karl zu Laura.

»Aber wo gehst du denn hin?«

Karl zuckte mit den Schultern.

»Vielleicht zu eurem Onkel Franz.«

Franz war Karls um fünf Jahre älterer Bruder und wohnte mit seiner Frau am Starnberger See.

»Aber dann bist du ja heute Abend nicht hier.«

Laura weinte inzwischen bitterlich. Sie hing immer schon mehr an ihrem Vater als an ihrer Mutter.

»Ich rufe euch später an«, versprach Karl und drückte seine älteste Tochter noch einmal fest an sich.

»Ich will mit dir mitkommen! Bitte nimm mich mit zu Onkel Franz.«

»Das geht nicht, Spatz. Ich muss ja selbst erst einmal mit Franz reden, ob ich überhaupt zu ihm kann.«

»Und wenn nicht?«

»Dann finde ich schon eine andere Möglichkeit. Mach dir jetzt keine Gedanken mehr darüber. Es wird alles wieder gut.«

Er gab ihr noch einmal einen Kuss auf die Stirn.

»Bitte pass auf deine Geschwister auf. Und sei lieb zu deiner Mama!«

Karl machte sich los und ging noch einmal zu Emily.

»Es tut mir so leid, Papa!«, flüsterte das Kind.

Karl rang um Fassung.

»Emily, du hast alles richtig gemacht. Den Fehler habe ich gemacht. Mir tut es unendlich leid. Aber du wirst sehen, es wird alles wieder gut werden«, versprach er auch ihr. »Ganz bestimmt.«

Zwanzig Minuten später hörten sie, wie die Wohnungstür ins Schloss fiel. Luise brachte kurz darauf ein Tablett mit Frühstück, doch keines der Mädchen brachte auch nur einen Bissen herunter.

»Ich lasse es euch hier. Vielleicht wollt ihr später noch was!«, sagte Luise, ohne darauf einzugehen, was vorhin passiert war. Sie wirkte müde und erschöpft.

Laura war nach oben in Emilys Bett geklettert und sprach kein Wort mehr mit ihrer Schwester, der sie die Schuld an dem ganzen Schlamassel gab.

Als Markus am frühen Nachmittag vom Krippenspiel zurück war, kam Luise wieder ins Kinderzimmer, um in Ruhe mit den Geschwistern zu sprechen. Ihre Augen waren rot und geschwollen, aber sie wirkte inzwischen etwas gefasster. Sie fasste die Situation ganz offen auch noch mal für ihren Sohn zusammen und erklärte ihnen dann, dass Karl vorerst bei seinem Bruder bleiben würde.

»Aber er kommt doch wieder zurück?«, fragte Laura.

»Natürlich kommt Papa wieder zurück!«, rief Markus.

»Wir werden sehen«, sagte Luise.

»Aber Weihnachten ohne Papa …« Über Lauras Wangen kullerten erneut Tränen. »Das geht doch nicht.«

Luise versprach den Kindern, dass der Heiligabend trotzdem genauso ablaufen würde wie in den vergangenen Jahren.

Markus ging zu seiner Mutter und umarmte sie fest, als die Wohnungstür aufgesperrt wurde.

»Papa ist zurück!«, rief Emily. Sie sprang auf und eilte in den Flur. Doch es war nicht ihr Vater, sondern Oma Margot, die bereits von ihrer Tochter erfahren hatte, was passiert war.

»Ach, mein Schatz! Das ist ein ganz schöner Mist, nicht wahr?«, sagte sie auf ihre legere Weise und nahm ihre Enkelin tröstend in die Arme.

Luise bemühte sich tatsächlich, dass der Tag weitgehend so ablief wie in den vergangenen Jahren. Sie brachte den Weihnachtskuchen und gewürzte Schokolade ins Zimmer der Kinder. Statt Karl leistete ihnen die Oma bei diesem Ritual Gesellschaft und versuchte, die Geschwister, so gut es ging, abzulenken. Doch die drei Kinder nippten nur an ihren Tassen, und der Kuchen blieb auf den Tellern liegen.

»Ihr müsst doch was essen«, sagte die Oma. »Sonst knurrt euch später ganz laut der Magen, wenn ihr die Geschenke aufmacht.«

»Ich brauche keine Geschenke! Ich wünsche mir nur eines«, sagte Laura. »Nämlich dass Papa wiederkommt.«

»Ich auch!«, sagte Markus. »Und dass Mama wieder fröhlich ist.«

Emily zog den Kopf ein. Sie wollte überhaupt nichts mehr von Weihnachten hören und wünschte sich ganz weit weg.

Inzwischen war es Abend geworden. Die Kinder standen mit ihrer Oma vor der geschlossenen Wohnzimmertür, als von drinnen das Glöckchen ertönte. Da keines der Kinder den Anfang machte, griff Margot nach der Klinke und drückte sie nach unten.

Im Wohnzimmer glitzerte und funkelte der Weihnachtsbaum, unter dem zahlreiche hübsch verpackte Geschenke lagen. Auf dem Tisch brannten Kerzen, deren Duft den Raum erfüllte. Leise Weihnachtsmusik klang aus dem CD-Player. Es war genauso schön wie in den vorherigen Jahren, und gleichzeitig war es das schlimmste Weihnachten, das man sich nur vorstellen konnte.

»Frohe Weihnachten«, sagte Luise.

Sie versuchte zu lächeln, doch das ging gewaltig daneben, und sie fing an zu weinen.

Markus lief zu ihr und umarmte sie wieder fest.

»Nicht weinen, Mama!«, sagte der Elfjährige leise und versuchte dabei, selbst stark zu sein.

»Du hättest ihn nicht wegschicken dürfen!«, fuhr Laura ihre Mutter plötzlich an.

»Laura!«, mahnte Oma Margot.

»Aber das ist doch wahr. Nur … nur wegen so einem blöden Kuss!«

Luise wurde nun alles zu viel. Sie verlor die Fassung und schluchzte laut auf.

»Sei still, du blöde Kuh!«, schrie Markus seine Schwester zornig an. »Lass Mama in Ruhe!«

»Du bist selber blöd!«

»Kinder! So geht das nicht!«, versuchte Margot, die beiden zu beruhigen. »Bitte reißt euch zusammen«.

»Ich … ich kann das nicht!«, sagte Luise und eilte aus dem Wohnzimmer.

Emily hatte das Gefühl, in einem bösen Traum festzustecken und wünschte sich nichts sehnlicher, als endlich aufzuwachen.

Markus drehte sich zu ihr um und sah sie wütend an.

»Warum hast du nicht den Mund gehalten? Das ist alles nur deine Schuld!«, machte nun auch er seine kleine Schwester für alles verantwortlich.

Dann rannte er ebenfalls hinaus.

»Markus! Komm auf der Stelle her und entschuldige dich bei deiner Schwester!«, rief Margot dem Jungen hinterher.

»Warum sollte er das tun?«, fragte Laura. »Er hat doch recht.«

»Emily kann absolut nichts dafür! Und auch wenn die Situation für euch alle schlimm ist, dürft ihr das nicht an ihr auslassen! Verstanden!« Ihr Ton klang nun sehr streng, so kannte man das sonst gar nicht von ihr.

Emily war so schockiert und voller Schuldgefühle, dass sie noch nicht einmal weinen konnte. Gleichzeitig hatte sie das Gefühl, dass das ganze Zimmer wackelte. In ihren Ohren summte und sauste es, als ob Tausende von Bienen neben ihr fliegen würden.

»Um Himmels willen, du bist ja kreidebleich, Emily!«, hörte sie ihre Oma noch rufen, dann wurde ihr schwarz vor Augen.

Kapitel 17

Der Weihnachtsplan

Als Emily die Augen wieder öffnete, war die Windschutzscheibe voller Schnee. Glücklicherweise waren sie so langsam in den Schneehaufen am Straßenrand geschlittert, dass die Airbags nicht aufgegangen waren. Und das Reh hatte sich auch in Sicherheit bringen können.

»Valentin? Geht es dir gut?«, fragte sie.

»Ja. Alles gut. Und bei dir?«

»Nichts passiert.« Wobei das nicht ganz stimmte. Es war etwas passiert. Kurz bevor sie gebremst hatte, war plötzlich dieser schlimmste Tag in ihrem Leben, den sie viele Jahre konsequent verdrängt hatte, wieder da gewesen. So als wäre es erst gestern passiert. Und damit dieses Gefühl der Hilflosigkeit und der Trauer, dass ihre Familie damals kaputtgegangen war und sie sich dafür verantwortlich gefühlt hatte. Und es immer noch tat.

Was hätte sie dafür gegeben, wenn damals jemand versucht hätte, die Eltern wieder zu versöhnen. Zumindest so weit, dass sie normal hätten miteinander kommunizieren können.

In diesem Moment fasste sie einen Entschluss. Joshua und Stella hatten Emily inständig gebeten, ihnen zu helfen. Auch wenn es womöglich ein Fehler und natürlich völlig verrückt war, so würde sie das nun tun. Zumindest sollte der sehnlichste Wunsch der Zwillinge in Erfüllung gehen, ein Weihnachtsfest mit beiden Elternteilen zu verbringen. Das konnte sie möglich machen, auch wenn sie noch nicht wusste, wie genau sie das anstellen sollte. Und wenn das klappte, würde vielleicht ein Wunder geschehen und aus den Eltern der Zwillinge womöglich sogar wieder ein Paar werden. Immerhin schienen Valentin und Hannah sich noch sehr zu mögen. Das war schon mal eine gute Voraussetzung. Doch wichtig war jetzt vor allem erst einmal das gemeinsame Weihnachten.

»Valentin?«

»Ja?«

»Es tut mir furchtbar leid. Ich ... ich muss dringend auf die Toilette. Vermutlich der Schreck eben«, schwindelte sie und verscheuchte dabei ihr schlechtes Gewissen.

Es ist für einen guten Zweck! Es ist der Weihnachtswunsch der Kinder.

»Natürlich! Sollen wir unten im Ort ein Wirtshaus suchen oder eine Tankstelle?«, fragte er.

»Das dauert zu lange. Besser, wir fahren noch mal zurück. Wir sind ja noch nicht weit gekommen. Das geht viel schneller.«

»Wenn du meinst. Hoffentlich kommen wir hier schnell aus dem Schneehaufen«, sagte er.

»Das schafft mein Wagen sicher. Es kann nur sein, dass du ein wenig anschieben musst.«

»Okay … Aber hier kann man nirgends wenden.«

»Nicht nötig. Ich fahre rückwärts«, sagte sie.

»Gut. Beeilen wir uns. Denn wenn es weiter so schneit, stecken wir am Ende doch noch in den Bergen fest.«

»Das schaffen wir schon, keine Sorge!«, sagte sie, auch wenn sie genau das Gegenteil vorhatte.

Eine Viertelstunde später waren sie tatsächlich wieder zurück am Haus. Während sie darauf warteten, dass ihnen jemand öffnete, trat Emily von einem Bein aufs andere, um Valentin vorzuspielen, dass es wirklich dringend war. Natürlich war die Schummelei nicht ganz fair ihm gegenüber, aber sie tat es ja nur, um zwei Kindern einen sehnlichen Wunsch zu erfüllen. Schließlich war Weihnachten, und da durften die wunderbarsten Dinge passieren. Und Emily würde ein wenig nachhelfen.

Endlich öffnete Hannah die Haustür und sah sie verdutzt an.

»Ihr seid wieder zurück?«, fragte sie erstaunt.

»Ja, Entschuldigung, ich muss mal ganz dringend …«, erklärte Emily.

»Klar … Zweite Tür links.«

»Danke!«

Während Emily eilig verschwand, kamen die Kinder die Treppe nach unten.

»Papa!«, rief Stella erstaunt und flog auf Valentin zu. »Du bist wieder da!«

»Aber nur ganz kurz«, sagte er, während sich die Kleine an ihn drückte, als hätte sie ihn schon seit Wochen nicht mehr gesehen. »Uns ist ein Reh über den Weg gelaufen, und

Emily hat so stark gebremst, damit wir es nicht überfahren, dass wir in einem Schneehaufen gelandet sind.«

»Ach je. Aber euch ist nichts passiert?«, fragte Hannah besorgt.

»Nein. So schlimm war das nicht.«

»Und der Wagen ist auch okay?«

»Ja. Nur vor lauter Schreck musste Emily … ähm … mal dringend. Deswegen sind wir noch mal zurückgekommen.«

Stella kicherte.

»Und was ist mit dem Reh?«, fragte Joshua.

»Das hat sich ganz schnell wieder verduftet. Dem ist nichts passiert.«

»Hier sieht man tatsächlich öfter Rehe«, sagte Hannah zu den Kindern. »Vielleicht entdecken wir mal welche, wenn wir spazieren gehen.«

»O ja! Ich habe noch nie Rehe gesehen.«

»Doch. Hast du. Im Tierpark!«, erinnerte Joshua seine Schwester.

»Klugscheißer.«

»Hallo – wir benutzen keine Beleidigungen!«, mahnte Valentin.

»'tschuldigung!«, murmelte Stella.

»Wir wollten gerade die Sachen der Kinder auspacken«, erklärte Hannah.

»Kommst du mit nach oben und schaust dir unser Zimmer an?«, fragte Joshua.

»Wir haben leider nicht so viel Zeit, Joshi. Emily wird sicher gleich wieder da sein, und dann müssen wir uns wirklich auf den Weg machen. Es schneit inzwischen ganz schön heftig«, erklärte Valentin.

»Bitte. Nur ganz kurz, Papa«, bettelte Stella.

Valentin seufzte.

»Na gut.«

Er schlüpfte rasch aus den schneenassen Schuhen und folgte ihnen nach oben.

»Wow, das ist ja ein tolles Zimmer!«

Das große Gästezimmer bot denselben Ausblick auf die Berge, den man auch vom Wohnzimmer aus hatte.

»Hier schlafe ich!«, sagte Emily und deutete auf die linke Seite des riesigen Doppelbettes.

»Wir haben sogar ein Bad. Das gehört uns ganz allein«, erklärte Joshua und öffnete die Tür zu einem angrenzenden kleinen Badezimmer mit Dusche.

»Hier habt ihr es wirklich sehr schön.«

»Wenn wir ausgepackt haben, gehen wir mit Mama schwimmen«, verriet Stella.

»Und Bonnie kommt auch mit«, sagte Hannah.

»Dann lasst euch bitte nicht aufhalten. Ich muss nach unten, damit Emily mich nicht womöglich sucht.«

Emily war tatsächlich schon in der Diele, allerdings telefonierte sie gerade.

»Moment kurz, ich muss hier nur was klären, bin gleich wieder dran«, sprach sie ins Handy und wandte sich dann an Valentin und Hannah: »Es gibt ein Problem mit einem Auftrag, ich müsste das noch kurz besprechen. Allerdings ungestört, damit die Privatsphäre des Auftraggebers geschützt ist«, erklärte sie. »Kann ich ins Wohnzimmer?«

»Klar.«

Emily betrat den Raum, schloss die Tür hinter sich und stellte sich dann ans Fenster. Sie hatte nur so getan, als führte sie ein wichtiges Telefonat, um Zeit zu gewinnen. Glücklicherweise schien sich das Wetter mit ihr zu verbünden. Es schneite immer heftiger. Bald würden sie es tatsächlich nicht mehr riskieren können loszufahren. Die Sache war einfacher als gedacht.

Nach etwa zehn Minuten ging sie wieder hinaus in die Diele.

»Konntest du die Sache regeln?«, fragte Valentin, der sich unterdessen mit Hannah unterhalten hatte.

Die Zwillinge hockten auf einer dekorativen Holzbank, die offenbar dazu dienen sollte, sich beim Anziehen der Schuhe bequem hinsetzen zu können.

»Ja … Wir konnten alles besprechen und klären. Tut mir sehr leid, dass du so lange warten musstest«, sagte sie.

»So lange war das jetzt auch wieder nicht. Du hast immerhin deinen ganzen Zeitplan für uns auf den Kopf gestellt.«

»Das ist schließlich mein Job!«, sagte Emily. »Aber jetzt lass uns besser mal schnell losfahren!«

»Ich bin so weit. Verabschiedet haben wir uns ja vorhin schon«, sagte Valentin.

»Na dann, kommt gut zurück nach Hamburg und fahrt vorsichtig«, sagte Hannah.

»Machen wir!«, sagte Valentin. »Tschüss, ihr Lieben!«

»Tschüss, Papa!«, riefen die Zwillinge gleichzeitig.

Emily bemerkte die traurigen Blicke der Kinder, die sich inzwischen jedoch damit abgefunden hatten, ohne ihren Vater Weihnachten zu verbringen. Doch das würde sich sehr bald ändern. Emily öffnete die Haustür, und sie jubelte innerlich darüber, dass das stürmische Schneetreiben noch viel stärker geworden war.

»Ach je!«, sagte sie und drehte sich zu Valentin um. »Sieh dir das an, Valentin. Ich weiß nicht, ob das so eine gute Idee ist, jetzt loszufahren.«

»Es ist wirklich ganz schön heftig!«, stimmte er ihr zu und runzelte die Stirn.

»Mist. Tut mir echt leid. Nur weil wir meinetwegen noch mal umgekehrt sind …«, begann sie.

Doch Valentin unterbrach sie sofort.

»Jetzt hör aber auf! Für den Schneefall kannst du doch nichts«, beteuerte er.

Eine heftige Böe trieb Schnee in die Diele, und Emily schloss schnell die Haustür.

»Der Wetterbericht meldet täglich Sonnenschein im Berchtesgadener Land, aber seit drei Tagen spielt das Wetter komplett verrückt«, sagte Hannah.

»Wirklich seltsam«, sagte Valentin.

»Ich finde auch, dass es inzwischen viel zu gefährlich ist loszufahren. Ihr wartet doch besser noch ein wenig ab, bis es nachlässt und die Straßen geräumt sind«, schlug Hannah vor.

»Ich denke auch, dass es am vernünftigsten ist, wenn wir noch bleiben«, sagte Emily.

Joshua und Stella stand die Freude über den unerwarteten Aufschub buchstäblich ins Gesicht geschrieben.

In diesem Moment kam die Haushälterin aus der Küche in die Diele.

»Bianca, wir haben heute Mittag noch zwei weitere Gäste«, sagte Hannah.

»Ist recht.«

»Der Schnee hat uns einen Strich durch die Rechnung gemacht«, erklärte Valentin.

»Ich habe mich vorhin sowieso schon gefragt, ob es so eine gute Idee ist, bei dem Wetter loszufahren!«, sagte die Haushälterin in ihrem charmanten bayerischen Akzent. »Wenn es nach dem Ziehen in meiner operierten Hüfte geht, dann wird sich das noch zu einem Wintersturm auswachsen!«, meinte sie und legte ihre Hand an die rechte Seite. »Und die irrt sich fast nie.«

»Wir warten einfach mal ab, bis es etwas nachlässt«, sagte Valentin.

»Soll ich zur Sicherheit vielleicht schon zwei Gästebetten vorbereiten?«, schlug die Haushälterin vor.

»Danke, aber das ist bestimmt nicht nötig«, lehnte Valentin jedoch ab.

Ist es doch, dachte Emily.

»Na gut. Wenn sich was ändert, einfach Bescheid sagen.«

»Danke, Bianca!«

»Bleibt es bei halb zwei mit dem Essen?«, fragte die Haushälterin.

Bis dahin waren es noch fast zwei Stunden.

»Ja … lassen wir es dabei«, antwortete Hannah.

»Es gibt Hackbraten und einen vegetarischen Gemüsebraten. Ich hoffe, das passt für alle?«, erkundigte sich die Haushälterin.

»Ich liebe Hackbraten!«, sagte Emily.

»Und ich freue mich auf den Gemüsebraten«, erklärte Valentin.

Bianca nickte lächelnd und verschwand wieder in die Küche.

»Jetzt, wo wir noch ein wenig länger hierbleiben, könnte

ich mir auch euer Zimmer anschauen!«, sagte Emily zu den Kindern. »Darf ich es sehen?«

»Klar!«, rief Stella.

»Komm mit!«, sagte Joshua.

»Und ich könnte noch einen Kaffee brauchen«, meinte Valentin.

»Ich auch. Dann gehen wir beide mal in die Küche«, schlug Hannah vor.

Ein paar Minuten später saß Emily mit den Kindern im Schneidersitz am Boden.

»Jetzt hört mir mal zu, ihr zwei. Ich werde euch dabei helfen, dass ihr mit euren Eltern gemeinsam Weihachten feiern könnt!«, sagte sie in einem verschwörerisch leisen Ton.

Bevor sie weitersprechen konnte, hatten die Zwillinge sich vor Freude auf sie gestürzt und umarmten sie fest.

»Danke, Emily!«, sagte Joshua.

»Du bist super!«, rief Stella.

Emily löste sich von den beiden und sah in die grinsenden glücklichen Gesichter.

»Bist du deswegen wieder zurückgekommen mit Papa?«, kombinierte Joshua richtig.

»Ja, du kleiner Herr Schlaumeier.«

Sie stupste ihn freundschaftlich auf die Nasenspitze, und er kicherte.

»Aber es gibt eine Bedingung: Ihr müsst mir ganz fest versprechen, dass ihr niemandem davon erzählt.«

Die Kinder nickten eifrig.

»Versprochen!«

»Und da gibt es noch was. Wenn ich euch helfe, geht es

nur um das gemeinsame Weihnachtsfest. Das bedeutet keinesfalls automatisch, dass eure Eltern wieder ein richtiges Paar werden. Ich möchte nicht, dass ihr euch falsche Hoffnungen macht. Verstanden?«

»Verstanden!« Wieder nickten beide, auch wenn Emily ihnen ansah, dass sie ihr Vorhaben, ihre Eltern wieder zusammenzubringen, nach wie vor nicht aufgeben wollten.

»Momentan ist wie durch ein Wunder das Wetter ganz auf unserer Seite. Wir können hier nicht so einfach weg, wenn es so stark schneit«, erklärte Emily.

»Ich habe es gewusst!«, rief Joshua plötzlich und lachte laut auf.

»Was denn?«, wollte Emily wissen.

Er holte seinen Rucksack und zog ein Buch heraus.

»Ein Buch über Wetterphänomene?«, fragte Emily verständnislos.

»Unsere Omi hat gesagt, dass an Weihnachten Wunder passieren können. Deswegen haben Stella und ich uns gewünscht, dass wir mit Mama und Papa zusammen ein tolles Weihnachtsfest feiern und wir wieder eine glückliche Familie sind.«

»Okay ... Und was hat das Buch damit zu tun?«

»Das ist aus dem Regal gefallen. Genau dann, als wir die Augen zuhatten und unseren Wunsch gesagt haben«, rief Stella aufgeregt. »Einfach so.«

Emily wusste immer noch nicht, was die beiden ihr damit sagen wollten, bis Joshua rasch das Buch durchblätterte und er an eine bestimmte Stelle kam.

»Schau ... Hier steht auch was über Schneestürme«, er deutete auf eine Abbildung im Buch, auf der ein Bergdorf mit Häusern zu sehen war, die so hoch eingeschneit waren, dass bei einigen nur noch die oberen Fenster und Dächer zu sehen waren.

»Mama hat doch vorhin gesagt, dass das Wetter hier verrücktspielt. Und du hast auch eben gesagt, dass es wie ein Wunder ist, dass es so stark schneit«, fuhr der Junge eifrig fort. »Das Buch ist bestimmt rausgefallen, weil unser Wunsch erfüllt wird.«

»Das Christkind gibt es wirklich, und es kann ein Wunder wahr machen!«, rief Stella, und ihre dunklen Augen funkelten vor Aufregung.

Jetzt verstand Emily, was die beiden meinten.

»Okay. Ihr denkt also, das Christkind hat dafür gesorgt, dass es so sehr schneit, damit wir von hier nicht wegkönnen.«

»Genau!« Joshua nickte.

»Vielleicht ist das tatsächlich so«, sagte Emily, auch wenn sie natürlich nur an einen passenden Zufall glaubte. »Solange es weiter so heftig schneit und die Straßen nicht geräumt werden, kann ich dafür sorgen, dass wir hierbleiben. Wenn sich das ändert, müssen wir uns allerdings etwas überlegen, damit wir eine Ausrede haben, noch länger zu bleiben. Oder zumindest euer Papa.« Emily selbst hatte nicht vor, Weihnachten hier zu verbringen.

»Wir können uns irgendwo im Haus verstecken«, schlug Stella vor.

»Nein. Eure Eltern würden sich viel zu große Sorgen um euch machen. Das geht auf keinen Fall.«

»Dann musst du so tun, als ob du krank bist, Emily«, kam es von Joshua. Die Kinder waren wirklich ziemlich ausgebufft.

»Über das Kranksein soll man nicht lügen«, winkte Emily jedoch ab, die ohnehin ein schlechtes Gewissen hatte, dass sie sich auf die Sache eingelassen hatte.

»Was machen wir denn dann?«, fragte Joshua.

»Jetzt warten wir erst einmal ab. Wenn es so weit kommen sollte, dann fällt mir schon was ein.«

»Na gut«, sagte der Kleine.

»Aber ihr dürft wirklich nichts verraten. Auf keinen Fall«, stellte Emily noch einmal klar.

»Tun wir nicht«, versprach Joshua.

»Danke, liebe Weihnachtsfee«, sagte Stella und fiel Emily erneut um den Hals.

»Weihnachtsfee? Ich?«

»Ja. Weil du uns hilfst!«, beteuerte Joshua. »Vielleicht hat dich das Christkind extra zu uns geschickt.«

Womöglich war sie in den Augen der Kinder tatsächlich eine Weihnachtsfee. Eine Weihnachtsfee allerdings, die mit Weihnachten absolut nichts am Hut hatte.

»Wisst ihr, was eine Weihnachtsfee macht, wenn ihr langweilig ist?«, fragte sie.

»Nö, was denn?«, wollte Joshua wissen.

»Dann wird aus der Weihnachtsfee ein Kitzelmonster!«, sagte sie mit verstellter Stimme und begann, die beiden zu kitzeln. Laut lachend und quietschend vor Spaß alberten sie herum. Und schließlich war Emily es, die am Boden lag und von den beiden gekitzelt wurde.

»Frieden!«, rief sie lachend, obwohl sie sich natürlich locker hätte befreien können. »Bitte aufhören!«

»Na hier geht es ja fröhlich zu!«, hörte sie plötzlich eine Stimme.

Die Kinder ließen sie los, und Emily sah Rick Collins in der Tür stehen. Neben ihm seine Tochter Bonnie in einem Bademantel mit einem Handtuch über dem Arm.

»Ich dachte, ihr seid schon längst unterwegs.«

»Wir mussten leider noch mal umkehren«, erklärte sie, während sie aufstand. »Und jetzt ist der Schneefall so stark, dass wir lieber noch abwarten, weil es zu gefährlich ist.«

»Verstehe … Wo ist Hannah?«

»Mit Papa in der Küche. Die trinken Kaffee!«, erklärte Joshua in trockenem Ton.

Emily musste sich ein Lächeln verkneifen.

»Okay. Ich dachte, Hannah und die Zwillinge würden gemeinsam mit Bonnie schwimmen gehen.«

»Die beiden müssen nur noch schnell ihr Gepäck ausräumen, dann sind sie so weit«, sagte Emily. »Bonnie kann inzwischen bei uns bleiben. Magst du, Bonnie?«

Das Mädchen zuckte nur mit den Schultern.

»Das ist eine gute Idee, Bonnie«, sagte Rick. »Ich muss ohnehin wieder arbeiten.«

Damit drehte er sich um und verschwand in sein Büro im ausgebauten Dachgeschoss.

Kapitel 18

Ein gemeinsames Mittagessen

Während Hannah sich mit den Kindern im Hallenbad vergnügte, waren Emily und Valentin im Wohnzimmer. Valentin hatte seinen Rucksack aus dem Wagen geholt. Um sich die Zeit zu vertreiben, hatte er sich Hannahs Laptop ausgeliehen und sichtete die Fotos, die er im Hotelzimmer gemacht hatte. Und das, was sich schon auf dem kleinen Display der Kamera angedeutet hatte, bestätigte sich für ihn nun auf dem großen Bildschirm auf jedem Foto. Emily hatte ein unglaublich fotogenes Gesicht.

Emily stand am Fenster und sah hinaus in die Winterlandschaft und das Schneetreiben, das immer noch nicht nachgelassen hatte.

»Wahnsinn, wie intensiv deine Augen auf den Fotos wirken!«, sagte er, und Emily drehte sich zu ihm um.

»Meine Augen?«

»Ja … Ganz toll.«

»Wenigstens die Augen. Ich schaue sonst auf Fotos leider meistens eher blöd aus der Wäsche.«

»Ganz im Gegenteil. Die Kamera liebt dein Gesicht.«

Emily lachte kurz auf.

»Ach komm!«

»Glaub mir, wenn das jemand beurteilen kann, dann ja wohl ich!«

»Lass mich mal sehen.«

Sie setzte sich neben Valentin aufs Sofa und betrachtete eines der Bilder auf dem Notebook, auf dem die Kinder gerade fröhlich herumalberten und sie ein angebissenes Pizzastück in der Hand hielt. Was sie sah, war eine durchschnittliche Frau, die bald mal wieder einen neuen Haarschnitt vertragen konnte. Joshua und Stella hingegen hätten sofort bei jeder Katalogwerbung mitmachen können. Oder in diesem Fall bei einer Werbung für Pizza.

»Du siehst es nicht, oder?«, fragte Valentin.

»Was soll ich sehen?«

»Wie fotogen du bist.«

»Quatsch.«

»Und was sagst du zu diesem Foto?«

Er rief nun das Bild auf, auf dem die drei auf sein Kommando gleichzeitig in die Kamera geblickt hatten.

»Hm …«

»Was hm?«

»Na ja. Vielleicht sehe ich auf diesem Foto hier nicht ganz so übel aus«, gab Emily zu und war selbst verblüfft, wie Valentin sie eingefangen hatte. Und ihre Augen schienen tatsächlich auf eine besondere Weise zu funkeln.

»Nicht ganz so übel?«

Er schmunzelte.

»Du hast die Fotos sicher schon bearbeitet, oder?«

»Hab ich nicht. Und wärst du geschminkt und in einem anderen Outfit, könnte das Foto auch in einer Zeitschrift abgebildet sein. Wobei mir deine Natürlichkeit ziemlich gut gefällt.«

Emily wusste gar nicht, was sie sagen sollte.

»Glückstreffer …«, meinte sie nur und winkte ab.

»Hey, keine Sorge. Ich möchte dich deswegen ja nicht gleich überreden, deinen Beruf zu kündigen und Model zu werden«, sagte er mit einem Lächeln, das ihr ganz plötzlich wieder ein leises Flattern bescherte, dem sie jedoch sofort den Riegel vorschob.

»Das beruhigt mich sehr, denn ich würde mich absolut nicht als Model eignen«, sagte sie. »Außerdem bin ich sowieso schon zu alt.«

»Inzwischen gibt es kein *zu alt* mehr in der Branche. Genau so wenig wie ein zu dick oder zu klein. Die Zeiten haben sich geändert. Glücklicherweise.«

»Willst du damit sagen, dass ich früher nicht nur zu alt, sondern auch zu dick und zu klein gewesen wäre für ein Model?«, fragte sie gespielt beleidigt.

Er lachte.

»Absolut!«

Nun lachte auch Emily.

»Das beruhigt mich gerade enorm!«, sagte sie trocken.

»Aber falls du es dir jemals anders überlegst, dann hoffe ich sehr, dass ich die ersten professionellen Fotos von dir machen darf.«

»Klar«, feixte sie, obwohl sie nicht das geringste Interesse hatte, ihre Brötchen jemals auf diese Weise zu verdienen.

»Vielleicht könnten wir das Shooting mit einem gemeinsamen Abendessen verbinden?«

Er sah sie an, und plötzlich war da nicht mehr nur dieser feine Humor in seinen Augen zu sehen, der ihr so gut gefiel. Flirtete er etwa mit ihr? Das ging allerdings überhaupt nicht! Sie sollte doch ganz im Gegenteil dafür sorgen, dass er mit Hannah wieder zusammenkam, wenn es nach den Kindern ging.

»Sollte ich jemals in einer seltsamen Anwandlung solche Ambitionen entwickeln, bist du als Fotograf natürlich meine erste Wahl!«, sagte sie und ging überhaupt nicht auf ein mögliches gemeinsames Abendessen ein. Das verstand er hoffentlich genau so, wie es gemeint war.

Doch bevor er darauf antworten konnte, hörten sie draußen die Stimmen der Kinder, und gleich darauf wurde die Tür geöffnet.

»Geht schon mal nach oben und zieht euch um«, sagte Hannah, im Bademantel und mit nassen Haaren, zu den drei Kindern. »Und wenn ihr fertig seid, kommt runter ins Esszimmer zum Mittagessen.«

»Jaha!«, rief Joshua und stapfte mit seiner Schwester und Bonnie die Treppe nach oben.

»Ihr hattet offenbar viel Spaß«, sagte Valentin, als Hannah das Wohnzimmer betrat.

»Ja. Mit Bonnie ist es zwar ein wenig schwierig. Sie ist immer noch sehr zurückhaltend und fast ein wenig abweisend. Aber Joshi und Stella sind total gut drauf und versuchen, sie mit einzubinden.«

»Ja. Das können die beiden!«, sagte Valentin.

Hannah warf einen Blick zum Fenster.

»Es sieht nicht so aus, als ob es bald aufhören würde zu schneien«, sagte sie.

»Hoffen wir mal das Beste!«, sagte Emily.

»Der Wetterbericht meldet, dass es am Nachmittag nachlässt«, meinte Valentin.

»Der Wetterbericht hat in den letzten Tagen immer danebengelegen. Aber auch wenn es bald aufhört zu schneien, müssen erst mal die Straßen geräumt werden. Das schafft ihr heute nie mehr zurück nach Hamburg.«

»Ja. Das ging mir vorhin auch schon durch den Kopf«, sagte Valentin und wandte sich dann an Emily. »Es tut mir echt leid, aber es sieht nicht danach aus, dass du heute Abend wie besprochen zurück in Hamburg sein wirst, Emily.«

Emily zuckte mit den Schultern.

»Wie hat meine Oma immer so schön gesagt: Erstens kommt es anders, zweitens als man denkt.«

»Vielleicht kann man für heute Abend oder morgen früh doch noch von Salzburg aus einzelne Flüge ergattern. So könntet ihr an Heiligabend und für die Feiertage in Hamburg sein«, schlug Hannah vor.

»Notfalls könnte ich den Wagen zurück nach Hamburg bringen, wenn ich die Kinder nächste Woche abhole. In der Zwischenzeit sorgen wir dafür, dass du einen Leihwagen bekommst«, sagte Valentin zu Emily.

»Warten wir einfach ab, wie es sich im Laufe des Tages noch entwickelt. Das wird schon«, meinte Emily.

Sie würde auf jeden Fall bei der ersten Gelegenheit zurückfahren. Allerdings nicht zusammen mit Valentin. Der sollte mindestens den Heiligabend hier verbringen, im besten Fall auch noch die restlichen Feiertage. Emily musste nur noch eine passende Gelegenheit und Ausrede finden, um sich ohne Valentin von hier zu verabschieden. Und gleichzeitig musste sie sicher sein, dass er tatsächlich hierbleiben würde.

»Falls wir erst später hier wegkommen, würde es mir auch nichts ausmachen, die Nacht über durchzufahren. Wenn wir uns abwechseln, dann funktioniert das schon«, sagte Valentin.

Emily nickte, doch genau das würde sie verhindern, damit er den Heiligabend mit seinen Kindern verbrachte.

»Wie ihr meint!«, sagte Hannah. »Aber bitte nur, wenn es vom Wetter her vertretbar ist. Ich möchte nicht, dass ihr ein Risiko eingeht.«

Emily nickte.

»Klar. Und du ziehst dich jetzt besser mal um, Hannah«, schlug Valentin vor. »Nicht dass du dich noch erkältest mit den nassen Haaren.«

Und wieder war diese freundliche Fürsorglichkeit ganz besonders zu spüren, die zwischen dem ehemaligen Paar immer noch vorhanden war. Vielleicht gingen sie sogar liebevoller miteinander um als viele Ehepaare, die noch zusammen waren.

Erneut fragte Emily sich, warum die beiden sich überhaupt hatten scheiden lassen.

Zwanzig Minuten später saßen sie zusammen an einem Ende einer hübsch gedeckten großen Tafel im Esszimmer, das eine riesige Durchreiche zur Küche hatte. Nur Rick fehlte. Er steckte immer noch in seiner Besprechung fest.

Bianca leistete ihnen Gesellschaft und saß neben Bonnie.

Emily gefiel der freundliche Raum mit den hellgrauen Bodenfliesen, der sie ein wenig an einen ihrer Urlaube in einem Ferienhaus in der Toskana erinnerte. In der Mitte des Tisches verbreiteten vier brennende Kerzen in einem Adventsgesteck eine heimelige Stimmung.

»Der Hackbraten schmeckt echt super«, sagte Emily. »Fast so wie bei meiner Oma.«

»Das freut mich sehr!«, sagte die Haushälterin.

»Und so etwas wie diesen tollen Gemüsebraten hatte ich noch nie!«, bemerkte Valentin. »Kann ich das Rezept dafür vielleicht haben?«

»Freilich. Ich schreibe es später auf. Das ist gar nicht so schwer zu machen«, sagte Bianca.

»Danke!«

»Bist du Vegetarier?«, fragte Emily.

»Nein. Aber ich habe meinen Fleischkonsum sehr reduziert. Und wenn es eine gute Alternative gibt, dann probiere ich sie gern aus.«

»Ich koche nach Möglichkeit immer eine fleischlose Variante des Gerichtes mit. Jeder Gast kann sich dann nehmen, was er mag, ohne sich erklären zu müssen«, meinte Bianca. »Nur wenn jemand sich vegan ernährt oder Allergien auf Lebensmittel hat, muss das vorher mit mir abgesprochen werden.«

»Alle vom Team, die während der Dreharbeiten hier übernachten, sind vom Essen ziemlich begeistert!«, sagte Hannah.

Bianca lächelte erfreut.

Emily fiel auf, dass Hannah selbst nur eine kleine Portion auf dem Teller hatte. Die schlanke Schauspielerin achtete offensichtlich sehr auf ihre Figur, vor allem jetzt, während der Dreharbeiten, die nur während der Feiertage pausierten.

»Euch beide muss man auch nicht fragen, ob es euch schmeckt«, sagte Valentin und betrachtete die Zwillinge dabei schmunzelnd. Die beiden schaufelten Hackbraten, Gemüse und Kartoffelbrei in sich hinein, als wären sie am Verhungern.

»Schmeckt super!«, sagte Joshua mit vollem Mund, und Stella nickte.

Nur Bonnie stocherte in ihrem Teller herum. Es war nicht zu übersehen, dass sie sich nicht sonderlich wohlfühlte. Vielleicht lag es auch daran, dass ihr Vater nicht mit am Tisch saß und ihr bis auf Hannah und die Haushälterin alle noch fremd waren.

»Was habt ihr denn heute noch Schönes geplant?«, fragte Valentin.

»Eigentlich wollte ich mit den Kindern einen Spaziergang zu einem größeren Hügel machen, wo man Schlittenfahren kann. Aber das fällt ja leider flach«, sagte Hannah.

»Gleich oben neben dem Wald ist auch ein Schlittenbergerl«, erklärte Bianca. »Das ist auch nicht so steil und läuft unten flach aus.«

»Das probieren wir aus, sobald es geht«, sagte Hannah. »Heute machen wir einfach einen gemütlichen Spielenachmittag.«

»O ja! Wir könnten Stadt – Land – Fluss spielen«, rief Joshua.

»Schöne Idee. Bonnie, was meinst du? Oder welches Spiel würde dir gefallen?«, wandte Hannah sich an Ricks Tochter. Diese zuckte mit den Schultern.

»Keine Ahnung.«

»Ach komm. Irgendwas muss dir doch einfallen, was du gern spielen möchtest.«

»Ich weiß aber nichts.«

»Aber ich weiß was!«, rief Stella. »Blinde Kuh.«

»Auch gut!«, sagte Valentin. »Oder Dinge ertasten mit verbundenen Augen.«

»Spielst du auch mit uns, Papa?«, fragte Stella.

»Solange wir noch hier sind, gern. Du machst doch auch mit, Emily, oder?«, fragte er, bevor er sich eine große Gabel Kartoffelbrei in den Mund schob.

»Klar. Mir fällt zwar im Moment kein Vorschlag für ein Spiel ein, aber ich könnte euch ein paar einfache Tricks zeigen, wie man sich im Notfall selbst verteidigen kann«, schlug die Personenschützerin vor. Sie hatte bei ihrem Kollegen Victor privat einen Jiu-Jitsu-Kurs belegt und natürlich aus ihrer Arbeit als ehemalige Polizistin genug Erfahrung und Ratschläge auf Lager. »Natürlich nur, wenn ihr Lust darauf habt und eure Eltern damit einverstanden sind.«

»Ja!«, riefen die Zwillinge begeistert.

»Tipps von der Fachfrau. Das wäre echt super, Emily«, sagte Hannah. »Und später spielen wir dann noch gemeinsam.«

»Das hört sich nach einem guten Plan an«, sagte Valentin.

»Was ist mit dir, Bonnie? Magst du auch mitmachen?«, fragte Emily. Alle versuchten, das Mädchen irgendwie mit einzubeziehen, und das wollte sie auch gern tun, obwohl das Mädchen einen abweisenden Eindruck machte, den man fast als hochnäsig interpretieren könnte.

»Nein«, antwortete Bonnie mit einem Kopfschütteln. »Ich möchte lieber auf mein Zimmer gehen.«

»Hm. Wenn du nicht möchtest, musst du natürlich nicht mitmachen, aber du kannst ja ein wenig zuschauen und mit uns zusammen sein«, ließ Emily nicht locker.

Bonnie zuckte nur mit den Schultern.

»Jetzt wird ohnehin erst einmal fertig gegessen«, ergriff Bianca das Wort. »Soll ich noch mehr Soße holen?«

»Soße kann man nie genug haben«, sagte Valentin, und Hannah lachte.

»Vale würde am liebsten in Soße baden!«, verriet die Schauspielerin mit einem vergnügten Zwinkern.

»Na, ganz so ist es ja auch nicht«, protestierte er halbherzig.

»Doch, Papa. Du willst immer besonders viel Soße haben«, beteuerte Stella.

»Aber nur wenn sie so lecker ist wie diese hier«, meinte er verschmitzt.

»Tja, wenn das so ist, dann werde ich noch ein wenig Nachschub holen«, sagte Bianca und verschwand kurz in die Küche.

Emily bemerkte, wie glücklich Stella von ihrer Mutter zu ihrem Vater schaute. Und auch Joshua wirkte total gelöst. Sie genossen es sichtlich, dass die ganze Familie zusammen am Tisch saß, als wäre es das Natürlichste der Welt, auch wenn die Eltern geschieden waren. Emily freute sich, dass die Zwillinge das erleben durften, was sie selbst sich nach der Trennung ihrer Eltern so sehr gewünscht hatte.

Kapitel 19

Zeit für Tricks und Spiele

Am Nachmittag hatte der Schneefall ein wenig nachgelassen, doch die Straße hinunter zum Ort war weiterhin noch nicht geräumt und somit nicht befahrbar.

Nach dem Essen waren sie ins Wohnzimmer gegangen. Emily hatte den Kindern zunächst grundlegende Tipps gegeben, wie man sich in Gefahrensituationen verhalten sollte. Einiges davon kannten die drei schon. Auch Hannah und Valentin saßen mit dabei und hörten interessiert zu.

»Ihr habt sicherlich ein Codewort, oder?«, fragte Emily die Kinder, und alle drei nickten.

»Ja. Ich habe mir ein ganz lustiges Wort ausgedacht«, sagte Stella. »Es heißt …«

»Das musst du mir jetzt gar nicht sagen, Stella«, unterbrach Emily sie rasch. »Bei mir könnt ihr ja sicher sein, dass ich zu eurem Schutz von euren Eltern engagiert wurde. Wichtig ist aber, dass ihr immer nachfragt, wenn jemand euch zum Beispiel in ein Auto locken möchte, weil es eurer Mama oder eurem Papa angeblich schlecht geht oder sie euch nicht selbst abholen können. Wenn diese Person das Codewort nicht kennt und euch weiterhin zu etwas überreden möchte, dann ruft ihr ganz laut: *Hilfe – Feuer!* Und dann rennt ihr ganz schnell weg.«

»Wieso denn Feuer? Es brennt ja gar nicht«, meinte Joshua irritiert.

»Ich weiß, aber damit macht ihr andere Leute schneller auf euch aufmerksam, als wenn ihr nur *Hilfe* ruft«, erklärte Emily. »Und was noch ganz wichtig ist: Fragt unbedingt auch dann nach dem Codewort, wenn ihr den Mann oder die Frau vielleicht schon mal gesehen habt und sie keine völlig Unbekannten für euch sind, weil sie zum Beispiel in der Nachbarschaft wohnen oder ihr sie aus dem Bekanntenkreis eurer Eltern kennt. Nur wenn sie das Codewort von euren Eltern bekommen haben, ist es in Ordnung, dass ihr mitgeht. Das ist wirklich sehr wichtig!«

Die Kinder nickten.

»So, und jetzt zeige ich euch ein paar Handgriffe und Abwehrtricks, falls euch jemand packen möchte oder euch schubst.«

Sie erklärte es ihnen zunächst mit Worten und zeigte die dazugehörigen Bewegungen.

»Und jetzt probieren wir das aus. Steht mal alle auf und kommt her.«

»Wir auch?«, fragte Valentin und deutete auf Hannah und sich.

»Klar. Dann könnt ihr es mit den Kindern immer wieder mal üben.«

»Und mir kann das auch nicht schaden, wenn ich es gut kann«, sagte Hannah.

»Eben ... Stella, du machst die Übung mit Joshi und ich mit Bonnie.«

Doch Bonnie wollte nach wie vor nicht und blieb auf dem Sofa sitzen.

»Schade, aber schau wenigstens gut zu, ja?«

»Okay ...«

Emily erklärte den beiden Paaren einfache Abwehrgriffe und Bewegungen und forderte sie dann auf, es selbst auszuprobieren.

Stella hatte den Dreh am schnellsten raus.

»Unsere Tochter macht das super, oder?«, sagte Hannah zu Valentin.

»Ja, viel besser als du!«, feixte er.

»Na warte ... Versuch noch mal, mich zu schubsen, dann wirst du schon sehen, wie ich dich ...«

Sie kam nicht mehr weiter, denn Valentin schubste sie bereits. Aber sie konnte sich ihm schnell entziehen, und dann schubste sie zurück, und sie rangelten sich wie kleine Kinder und lachten dabei vergnügt.

Joshua, der hinter seinen Eltern stand, hob einen Daumen in Richtung Emily und grinste. Sie zwinkerte verschwörerisch zurück.

»Das macht echt Spaß!«, sagte Valentin.

»Allerdings nicht im Ernstfall«, erinnerte Emily.

»Natürlich nicht. Wir albern hier wohl gerade etwas zu viel herum.«

»Ach was. Es ist gut, wenn man es spielerisch übt«, meinte Emily. »Es geht ja nicht darum, die Kinder zu verängstigen, sondern ihnen Mut zu machen und ein wenig Sicherheit zu geben ... Probieren wir es noch mal aus?«

»Ja!«, rief Stella und stellte sich ihrem Bruder gegenüber.

»Was macht ihr denn hier?«, fragte Rick, der unbemerkt ins Wohnzimmer gekommen war, einen dampfenden Kaffeebecher in der Hand.

Hannah machte einen Schritt von Valentin weg.

»Emily zeigt uns gerade ein paar Tricks für die Selbstverteidigung«, erklärte sie. »Als ehemalige Polizistin kennt sie sich da gut aus.«

»Und du wolltest mal wieder nicht mitmachen, oder?«, sprach Rick seine Tochter an.

Bonnie schüttelte den Kopf, und ihr Vater seufzte.

»Wir haben es versucht«, sagte Hannah. »Aber sie hatte keine Lust.«

»Aber man bekommt auch was mit, wenn man nur zuschaut«, sagte Emily. »Generell würde ich allerdings empfehlen, die Kinder in einen richtigen Unterricht zu schicken. Vielleicht Karate oder Jiu-Jitsu.«

»Das hatten Valentin und ich auch schon mal überlegt«, sagte Hannah.

»In Hamburg gibt ein Kollege von mir Kurse, auch für Kinder«, sagte Hannah.

»Könntest du mir die Kontaktdaten geben, Emily«, bat Valentin.

»Mache ich gerne. Victor ist super. Er hat selbst Kinder, und die Teilnehmer lieben seinen Unterricht.«

»Und du kannst dich an deiner Schule für einen Kurs anmelden, Bonnie. Da wird auch einiges angeboten«, schlug Rick seiner Tochter vor.

»Ich mag das aber nicht machen!«, motzte sie ihren Vater an und verschränkte die Arme.

Er seufzte.

»Du musst sicherlich schon mächtig Hunger haben, möchtest du was essen, Rick?«, wechselte Hannah rasch das Thema.

»Habe ich gerade. Bianca hat mir was aufgewärmt und mir dann noch Kaffee gemacht.«

Er nippte an der Tasse.

Seitdem Rick ins Wohnzimmer gekommen war, hatte sich die Ausgelassenheit von vorhin plötzlich in Luft aufgelöst.

»Bist du für heute mit arbeiten fertig?«, erkundigte sich Hannah.

»Noch nicht. Aber jetzt habe ich erst einmal eine Stunde Pause, bevor wir noch mal telefonieren«, erklärte Rick.

»Heute Abend hast du aber schon Zeit?«, fragte Hannah. »Du weißt, wir haben noch was vor.«

Er lächelte.

»Auf jeden Fall. Das lasse ich mir ganz sicher nicht entgehen«, sagte er, und Emily war tatsächlich ein wenig neugierig, was er damit meinte.

In diesem Moment hörten sie von draußen laute Böllerschüsse, und mehrere Kirchenglocken begannen gleichzeitig zu läuten.

»Was ist das denn?«, fragte Valentin erschrocken.

Hannah warf kurz einen Blick auf die Uhr.

»Es ist 15 Uhr. Um diese Zeit findet das Christkindlanschießen statt«, sagte sie.

»Stimmt. Davon habe ich schon mal gehört«, erinnerte sich Emily. »Ist das nicht eine Woche jeden Tag bis Weihnachten um diese Zeit?«

»Ja … Ein uralter Brauch. Es gibt dafür eigens Weihnachtsschützenvereine. Das Ganze dauert etwa eine Viertelstunde. Am Heiligabend findet dann das Weihnachtsanschießen statt, eine halbe Stunde vor Mitternacht, hat Bianca uns erklärt. Als es das erste Mal so gekracht hat, bin ich ganz schön erschrocken«, sagte Hannah.

»Das kann ich gut verstehen«, sagte Valentin.

Rick öffnete die Tür zur Terrasse, und sie konnten das Spektakel nun lauter verfolgen, das sich als Echo zwischen den Bergen vervielfältigte.

Stella hielt sich die Ohren zu.

»Das ist ganz schön laut!«, sagte sie.

»Aber doch auch was Besonderes!«, meinte Emily.

Nach ein paar Minuten hatten sie aber genug, und Rick schloss die Tür wieder.

»Ich zieh mich dann mal an und gehe raus zum Schneeschippen, bevor es uns völlig einschneit hier«, sagte er.

»Soll ich helfen?«, bot Valentin an.

»Ich mache das!«, rief Emily, bevor Rick antworten konnte. »Ich brauche unbedingt ein bisschen Bewegung an der frischen Luft. Außerdem kannst du das mit deinen Chucks im Schnee sowieso vergessen.«

»Das ist leider ein Argument«, gab Valentin zu.

Rick hatte nichts dagegen einzuwenden, dass Emily ihm half, und schon kurz darauf begannen sie, einen Weg freizuschaufeln vom Haus bis zum Parkplatz, auf dem drei Autos standen, von denen eines vermutlich der Haushälterin gehörte. Der Schneefall hatte inzwischen etwas nachgelassen, doch die Wolken hingen immer noch sehr tief.

»Normalerweise kümmert sich ein Hausmeister darum,

aber der liegt schon seit drei Tagen mit einer schweren Erkältung flach«, erklärte Rick. »Außerdem käme er den Berg auch gar nicht hoch, solange nicht geräumt ist.«

»Man hat das Gefühl, es hört nie wieder auf zu schneien«, sagte Emily.

»Stimmt ... Das wird wohl eines der wenigen echten weißen Weihnachten werden, die ich seit Langem erlebt habe«, vermutete Rick.

»Ich bin gespannt, wann die Straßen endlich wieder frei sind«, sagte Emily, hoffte jedoch insgeheim, dass das heute noch länger nicht der Fall war, denn das würde ihren Plan erheblich vereinfachen.

»Es ist schwer zu sagen. Erst werden die Hauptstraßen geräumt, bevor sie hier hochkommen. Sicherlich wird es noch dauern ... Aber die Abgeschiedenheit hier oben hat auch was Gutes, es hält uns die Presse und hartnäckige Fans fern.«

»Hattet ihr damit schon Probleme?«, fragte Emily.

»Es hat sich natürlich herumgesprochen, dass wir hier in der Gegend drehen. Aber die Zusammenarbeit mit den Verantwortlichen vor Ort ist super, und bis vor drei Tagen wusste keiner, dass wir hier in diesem Haus sind. Dann aber haben sich plötzlich ein paar Leute herumgeschlichen und wollten Fotos machen.«

»Wieso habt ihr keine Personenschützer hier?«, wollte Emily wissen, die sich darüber schon seit ihrer Ankunft gewundert hatte.

»Während der Dreharbeiten haben wir Leute eines Sicherheitsdienstes hier. Aber an Weihnachten wollten Hannah und ich nur mit der Familie unter uns sein. Deswegen haben wir über verschiedene Kanäle das Gerücht gestreut, dass wir über die Feiertage in London sind. Und bisher hat es funktioniert. Und auch die starken Schneefälle halten Neugierige wohl davon ab, hier nach oben zu kommen.«

»Verstehe«, sagte Emily und grinste dann. »Und jetzt habt ihr mit mir doch eine Personenschützerin im Haus.«

Er lachte.

»Tja … Jeder Tag hält eine Überraschung bereit.«

Sie arbeiteten eine Weile lang schweigend weiter. Noch lag ein ganzes Stück vor ihnen.

»Es ist so wunderbar ruhig hier«, sagte Rick und blieb kurz stehen. »Die Berge haben eine ganz eigene Magie. Vor allem im Winter.«

»Ja. Ich mag die Berge auch schon immer sehr«, stimmte Emily zu, während sie eine weitere Schaufel voller Schnee zur Seite schob. »Ich bin in München aufgewachsen, und wir haben in meiner Kindheit ganz oft Wanderausflüge gemacht oder waren mit dem Skiclub in der Gegend.«

»Und jetzt lebst du in Hamburg?«

»Ja.«

»Auch eine tolle Stadt.«

»Es gefällt mir sehr. Perfekt wäre es, wenn es dort auch noch Berge geben würde.«

Rick lachte.

»Dafür habe ich das Meer vor der Haustür. Man kann eben nicht immer alles haben«, sagte Emily und zuckte mit den Schultern.

»Wobei wir meistens sehr viel mehr haben, als wir wahrnehmen«, sagte Rick und lächelte.

Emily war erstaunt, wie viel jünger er in diesem Moment

wirkte und deutlich sympathischer, als ihr erster Eindruck von ihm gewesen war.

»Da hast du wohl recht.«

»Und du bist also eine ehemalige Polizistin?«

»Genau … Bis vor drei Jahren.«

»War es ein schlimmes Erlebnis? Entschuldige. Ich hoffe, die Frage ist nicht zu persönlich. Ich meine, es muss vermutlich was Gravierendes passiert sein, weil du nicht mehr dabei bist.«

Sie hörte auf zu schaufeln.

»Ich wurde bei einem Einsatz verletzt. Ein betrunkener eifersüchtiger Vater, der mit einem Messer auf seine Frau und die Kinder losging«, sagte sie und wunderte sich gleich darauf über sich selbst. Normalerweise redete sie nicht darüber. Schon gar nicht mit Menschen, die sie kaum kannte. Doch im Gespräch mit dem Regisseur war es einfach so aus ihr herausgesprudelt.

»Warst du schwer verletzt?«

»Nur eine Stichwunde am Oberarm. Ich hatte ziemliches Glück.«

»Haben alle überlebt?«

»Ja … Ich konnte den Vater aufhalten, bevor er weiter austicken konnte.«

Emily hatte damals durch ihren mutigen Einsatz drei Menschenleben gerettet.

Rick nickte ihr anerkennend zu.

»Respekt! Und trotzdem wolltest du danach nicht mehr weitermachen?«

»Nachdem die Verletzung ausgeheilt war, hat man mich bis auf Weiteres für den Innendienst eingeteilt, weil ich mich bei diesem Einsatz nicht ganz an die Vorschriften gehalten hatte. Doch nur deswegen konnten wir den durchgedrehten Vater so schnell überwältigen. Ich habe es akzeptiert, aber die Arbeit am Schreibtisch hat mir nicht gutgetan. Dafür bin ich nicht gemacht. Ich muss mit Menschen zu tun haben. Gleichzeitig musste ich mir aber eingestehen, dass ich schon vor dem Vorfall mit dem Messerstich bei meinen Einsätzen Probleme hatte, mich immer genau an die Regeln zu halten. Vor allem wenn wir zu Familien gerufen wurden. Das Schicksal der Kinder, die das Elend und die physische oder psychische Gewalt aggressiver Eltern aushalten mussten, hat mich immer mehr an meine Grenzen gebracht. Plötzlich wusste ich, dass ich dem nicht mehr gewachsen war und dringend eine Veränderung brauchte. Tja, und dann habe ich den Sprung zum Personenschutz gewagt.«

»Hast du es je bereut, dass du aufgehört hast?«, fragte Rick.

»Nein. Gar nicht«, beteuerte sie und meinte es auch so. »Ich konnte nicht mehr mein Bestes geben und wäre damit bei Einsätzen für alle ein Risiko gewesen.«

»Es ist gut, wenn man immer wieder hinterfragt, ob man noch auf dem richtigen Weg ist, mit dem, was man tut. Und auch den Mut hat, was zu ändern, wenn man feststellt, dass es nicht mehr passt oder man keine Freude mehr an dem hat, was man macht.«

Sie nickte.

»Die Arbeit im Personenschutz macht mir wirklich Spaß. Es ist sehr abwechslungsreich, ich lerne die unterschiedlichsten Menschen kennen und komme viel herum«, sagte sie. »Aber mir ist klar, dass ich das sicherlich nicht ewig machen werde.«

»Weißt du denn, was du danach machen möchtest?«, fragte er, und sie erkannte in seinem Blick, dass er keine belanglose Konversation führte, sondern es ihn tatsächlich interessierte. Vielleicht lag es an seinem Beruf als Regisseur, dass er sich besonders für die unterschiedlichen Facetten menschlicher Charaktere interessierte. Rick Collins mochte auf den ersten Blick und nach außen hin etwas distanziert wirken, doch wenn man sich mit ihm unterhielt, wurde man schnell von der Intensität seiner spannenden Präsenz gefesselt, und man hatte das Gefühl, dass er sich völlig auf sein Gegenüber konzentrierte.

»Nein. Noch weiß ich es nicht«, sagte Emily.

»Du wirst es bestimmt rechtzeitig herausfinden.«

»Ich hoffe es.«

Eine heftige Böe wirbelte den frisch gefallenen feinen Schnee auf und puderte sie ein. Emily schnappte kurz nach Luft und wischte sich mit dem Ärmel über die Wangen.

»Du kannst ruhig wieder ins Haus gehen«, sagte Rick, der sich ebenfalls vom Schnee im Gesicht befreite. »Ich räume noch das letzte Stück.«

»Ach was. Zu zweit geht das viel schneller«, sagte sie und lächelte ihm zu.

Etwa zehn Minuten später hatten sie den restlichen Weg und ein Stück um die Autos herum geräumt.

Sie stellten die Schneeschieber neben der Eingangstür ab. Bevor Rick die Haustür aufsperrte, hielt er Emily kurz am Arm fest.

»Emily?«

»Ja?«

»Ich mache mir Sorgen um Bonnie. Sie sperrt sich momentan total gegen alles. Ich glaube, sie mag Hannah, aber sie wehrt sich dagegen, dass sie eine Art Ersatzmutter für sie werden könnte. Dabei könnte Bonnie nichts Besseres passieren. Vermutlich weißt du aus der Presse, dass Bonnies Mutter bei einem Unfall vor vier Jahren verunglückte?«

Emily nickte.

»Sie war Stuntfrau, oder?«

»Ja. Aber der Unfall ist nicht während der Arbeit passiert. Nach ihrem Tod habe ich lange gebraucht, mich wieder auf eine Frau einzulassen. Auch wegen meiner Tochter. Dann habe ich Hannah kennengelernt, und sie bemüht sich wirklich sehr um Bonnie. Aber meine Kleine steht sich momentan selbst im Weg, ist verschlossen und bockig, und ich finde einfach nicht den richtigen Zugang, um ihr zu helfen. Mir ist aufgefallen, wie unkompliziert du mit den Zwillingen umgehst. Könntest du vielleicht versuchen, Bonnie mit einzubeziehen und sie aus ihrem Schneckenhaus zu locken, solange du noch hier bist? Vielleicht klappt es ja mit einer Außenstehenden besser. Es wäre so schön, wenn sie sich mit den Zwillingen anfreunden würde.«

Emily wusste nicht, was sie dazu sagen sollte. Sonderlich viel Erfahrung mit Kindern hatte sie nicht. Dass sie zu Joshua und Stella inzwischen so einen guten Draht gefunden hatte, sah sie eher als Glücksfall.

»Ich werde sicher nicht mehr allzu lange hier sein«, versuchte sie, der Bitte auszuweichen. »Sobald es wieder möglich ist, geht es zurück nach Hamburg.«

»Ehrlich gesagt kann ich mir nicht vorstellen, dass ihr

heute noch von hier wegkommt«, sagte Rick, und tatsächlich war es wieder stürmischer geworden und schneite stärker.

»Na gut. Ich kann es ja versuchen«, sagte Emily. Nicht zuletzt auch deswegen, weil auf einmal das schlechte Gewissen an ihr nagte. Indem sie Joshua und Stella half, ihren Weihnachtswunsch zu erfüllen, tat sie Rick nicht unbedingt einen Gefallen. Ganz zu schweigen davon, sollten Hannah und Valentin tatsächlich wieder als Paar zusammenkommen. In diesem Fall würde dafür eine andere Beziehung auseinandergehen. Nach dem Verlust seiner Frau würde Rick wieder einen Menschen verlieren, den er offensichtlich liebte. Emily wurde bewusst, dass sie die Sache nicht durchdacht hatte, als sie den Kindern versprochen hatte, ihnen zu helfen, und fühlte sich wie in einer Zwickmühle.

»Ein Versuch wäre schon mal super«, riss Rick sie aus ihren Gedanken.

»Okay. Aber versprechen kann ich nichts.«

»Klar. Aber es reicht mir schon, wenn du mal ein besonderes Auge auf sie hast.«

Als sie ins Wohnzimmer kamen, spielten Valentin und Hannah mit den Zwillingen Stadt-Land-Fluss.

»Wo ist denn Bonnie?«, fragte Rick.

»Sie wollte unbedingt wieder nach oben in ihr Zimmer«, sagte Hannah bedauernd. »Es war nichts zu machen.«

Rick sah zu Emily.

»Genau das meinte ich.«

»Verstehe. Ich sehe später mal nach ihr.«

»Danke.«

»Emily, spielst du mit uns?«, fragte Joshua.

»Ich möchte mir erst noch zum Aufwärmen einen heißen Tee machen«, sagte sie.

Rick sah auf seine Armbanduhr.

»So einen könnte ich auch brauchen, bevor ich wieder nach oben zur Arbeit muss.«

Hannah stand auf.

»Wenn ihr schon so fleißig Schnee geschippt habt, dann mach ich jetzt mal Tee für uns alle.«

»Warte, ich komme mit und helfe dir«, sagte Rick, und die beiden verschwanden aus dem Wohnzimmer.

Inzwischen überflog Emily ihre Nachrichten auf dem Handy. Es gab eine Anfrage als Sicherheitspersonal auf einer einwöchigen internationalen Kunstausstellung in Bremen Ende Januar und einen kurzfristigen Job in Berlin an Neujahr, zusammen mit Victor. Ohne weiter zu überlegen, sagte sie beidem zu. Susi schrieb sofort zurück und informierte Emily, dass die zu beschützende Person in Berlin Jessi war. Die Sängerin würde als Gast auf einer Live-Gala im TV auftreten und hatte explizit nach den beiden gefragt. Der Auftrag war deswegen so kurzfristig, weil Jessi als Ersatz angefragt worden war, da die ursprünglich vorgesehene Künstlerin abgesagt hatte. Emily freute sich. So schnell würde man sich also wiedersehen.

»Wir haben eben im Radio gehört, dass in der ganzen Gegend offenbar ein völliges Schneechaos herrscht«, sagte Hannah, als sie und Rick mit dem Tee zurückkamen. »Vermutlich kommt ihr heute nicht mehr von hier weg.«

»Ich hatte es schon befürchtet«, sagte Emily.

»Vielleicht wird es ja bis zum Abend doch noch besser.

Dann könnten wir zumindest nach Berchtesgaden fahren und uns dort irgendwo ein Hotel für die Nacht nehmen«, sagte Valentin.

»Ach was! So ein Unsinn. Ihr schlaft hier im Haus. Bianca bereitet bereits zwei Zimmer für euch vor. Allerdings sind sie etwas kleiner als die der Kinder und haben kein eigenes Badezimmer«, meinte Hannah.

»Danke. Aber wir möchten euch keine Umstände machen und eure Pläne auch nicht über den Haufen werfen«, sagte Valentin an Rick gewandt.

»In diesem Fall ist es einfach nur vernünftig, wenn ihr hierbleibt«, sagte der Regisseur, auch wenn er nicht übermäßig begeistert schien, dass der Ex-Mann seiner neuen Partnerin die Nacht hier verbringen würde.

»Na gut. Wenn es für euch wirklich okay ist, dann bleiben wir«, sagte Valentin. »Oder, was meinst du, Emily?«

Emily wäre zwar lieber zurück nach Hamburg in ihre Wohnung gefahren, aber das Wetter ließ das nun mal nicht zu, was den großen Vorteil hatte, dass auch Valentin hier festsaß, wie seine Kinder das geplant hatten. Inzwischen war sie sich allerdings nicht mehr so sicher, ob das tatsächlich eine gute Idee war. Aber was geschehen war, war nun mal geschehen.

»Ich denke, uns bleibt gar nichts anderes übrig, als hierzubleiben. Außer wir schnallen uns Schneeschuhe an und schlagen uns nach unten durch«, versuchte sie zu scherzen.

»Das lasst ihr lieber bleiben«, sagte Rick mit einem Grinsen. »Ich habe keine Lust auf eine Rettungsaktion, um euch aus dem Schnee zu holen.«

»Dann bleiben wir also hier«, sagte Valentin.

Die Zwillinge konnten sich das Lächeln kaum verkneifen. Die nächste Hürde war geschafft. Nun würde es bestimmt auch klappen, dass ihr Vater auch noch den Heiligabend hier zusammen mit ihnen verbrachte. Ihr Weihnachtswunsch würde in Erfüllung gehen.

»Es gibt nur ein Problem«, sagte Valentin. »Da ich gestern, als ich zum Flughafen gefahren bin, nicht davon ausging, dass ich in den bayerischen Bergen strande, habe ich keine Klamotten zum Wechseln dabei.«

Rick verdrehte demonstrativ die Augen.

»Das bedeutet wohl, dass ich dir was von meinen Sachen leihen muss«, bemerkte er trocken.

»Tut mir echt leid.«

»Schon gut. Aber das sag ich dir jetzt schon: Irgendwann gibt das eine Szene in einem meiner Filme, in der das ein Thema sein wird.«

»Okay«, sagte Valentin mit einem Grinsen.

Emily konnte nicht anders, sie prustete laut los, und Hannah und die Zwillinge fielen vergnügt in das Lachen mit ein.

Kapitel 20

Weihnachtssocken

Inzwischen waren die Zimmer vorbereitet, und Emily war froh, sich mal für eine Weile zurückziehen zu können. Der Raum im Dachgeschoss gegenüber dem Büro, in dem Rick arbeitete, war tatsächlich nicht sonderlich groß und einfach, aber gemütlich eingerichtet.

Eigentlich schlief Ricks Regieassistentin hier, doch sie war heute Morgen über die Feiertage zu ihrem Freund nach London geflogen. Bianca hatte mit ihr telefoniert, und sie hatte nichts dagegen gehabt, dass jemand das Zimmer während ihrer Abwesenheit nutzte. Die Sachen der Regieassistentin hingen noch im Schrank, doch das störte Emily nicht, sie würde ja ohnehin nur die eine Nacht bleiben. Der Raum war nun gereinigt und das Bett frisch bezogen.

Ein kleines Bad am Ende des Flurs musste sie sich mit Valentin teilen, dessen Zimmer gleich neben ihrem war und normalerweise als zusätzliches Büro diente, in dem jedoch ein Schlafsofa stand, das er benutzen konnte.

Emily hatte sich gerade kurz hingelegt und die Augen geschlossen, um sich ein wenig auszuruhen, da klopfte es an ihrer Tür.

Als sie öffnete, stand Hannah draußen, die ein bunt eingewickeltes Päckchen in der Hand hielt.

»Hast du vielleicht einen Moment Zeit?«, fragte die Schauspielerin.

»Klar. Komm rein.« Sie deutete auf einen Stuhl, der vor einem kleinen Tisch stand, und Hannah nahm Platz, während Emily sich aufs Bett setzte.

»Ich möchte mich zuerst noch mal herzlich bedanken, dass du mit den Kindern so flexibel eingesprungen bist. Und es tut mir wirklich sehr leid, dass du deswegen womöglich morgen nicht rechtzeitig in Hamburg zurück bist«, sagte Hannah bedauernd.

»Das ist echt kein Problem«, winkte Emily rasch ab. »Ehrlich gesagt, ich hatte ohnehin nichts vor. Mir läuft also nichts weg, egal, wann ich nach Hause komme.«

»Du bist an Weihnachten allein?«, fragte Hannah überrascht.

Emily zuckte mit den Schultern.

»Das hört sich schlimmer an, als es für mich ist. Offen gesagt will ich sogar allein sein. Ich bin kein sonderlicher Weihnachtsfan.«

»Okay … Dann habe ich zumindest kein Weihnachtsfest mit Familie oder Freunden gesprengt.«

»Absolut nicht! Bitte mach dir da keine Gedanken.«

Außerdem könnten Valentin und ich längst auf dem Rückweg nach Hamburg sein, wenn ich nicht absichtlich wieder umgekehrt wäre, als es noch möglich war, den Berg nach unten zu fahren, dachte sie. Inzwischen wären sie bestimmt schon auf der Autobahn, vermutlich irgendwo zwischen München und Nürnberg. Erstaunlicherweise hatte es ab München seit gestern Abend nicht mehr geschneit, wie sie aus den Nachrichten wusste. Nur hier im Berchtesgadener Land und im angrenzenden Österreich konnte man sich vor Schnee kaum mehr retten.

»Das erleichtert mein schlechtes Gewissen wirklich. Und natürlich bekommst du diesen zusätzlichen Tag auch bezahlt ... Und hier habe ich noch eine Kleinigkeit als Dankeschön.«

Sie reichte ihr das Päckchen.

»Für mich? Das ist doch nicht nötig!«

»Es ist wirklich nur eine Kleinigkeit!«, sagte Hannah. »Und vielleicht kannst du es ja schon jetzt brauchen.«

»Dann bin ich ja mal gespannt«, sagte Emily.

Unter dem Papier kam ein Pack lustiger Weihnachtssocken zum Vorschein.

»Socken?«

»Du hast zwar eben gesagt, dass du mit Weihnachten nichts anfangen kannst, aber unter den Schuhen sieht man das Motiv ja nicht. Und sie sind echt bequem«, beteuerte Hannah.

Emily lachte.

»Ich kaufe immer einen großen Vorrat, weil ich sie so gern verschenke«, gestand Hannah. »Ich fürchte, das habe ich von meiner Mutter geerbt. Die zu jeder Gelegenheit Socken verschenkte, allerdings selbst gestrickte.«

»Von meiner Oma gab es an Weihnachten auch immer für alle Socken! Eigentlich ein schöner und nützlicher Brauch«, sagte Emily.

»Ja, das finde ich auch. Sag mal, Emily, darf ich dich vielleicht noch um einen besonderen Gefallen bitten?«

»Klar!«

»Es geht uns darum: Rick und ich möchten für morgen Abend eine Überraschung im Wohnzimmer für die Kinder vorbereiten. Es gibt nicht nur einen großen Weihnachtsbaum, sondern wir möchten den ganzen Raum für Heiligabend in ein richtiges kleines Weihnachtsparadies verwandeln.«

»Wow!«

Hannah lächelte.

»Ja. Ein großes Vorhaben, nicht wahr? Morgen schaffen wir das tagsüber natürlich nicht, ohne dass es den Kindern auffällt. Deswegen müssen wir das heute Abend und in der Nacht machen. Wir hatten gehofft, dass die Kinder sich bis dahin schon ein wenig besser verstehen würden und gemeinsam in einem der Zimmer miteinander spielen und später dann schlafen, während wir unten in Ruhe alles vorbereiten können. Aber Bonnie geht es nicht so gut, und sie möchte unbedingt heute Abend allein Zeit mit ihrem Papa verbringen. Ich denke, das ist auch notwendig. Seitdem sie hier angekommen ist, hatte er noch nicht viel Zeit für sie. Doch ich schaffe es ohne ihn nicht, das Wohnzimmer so aufwendig zu schmücken. Bianca möchte ich nur im Notfall fragen, weil sie ohnehin so viel um die Ohren hat und auch mal Feierabend braucht. Und … nun ja, es wäre auch nicht passend, meinen Ex-Mann darum zu bitten, mit mir die Deko zu machen.«

Sie lächelte etwas schief.

»Ich bin schon froh, dass Rick es so gut aufnimmt, dass

Valentin heute hier bei uns übernachtet. Eine Selbstverständlichkeit ist es ja nicht. Und nicht jeder käme damit so gut klar.«

»Das finde ich auch großartig von ihm«, sagte Emily ehrlich, und ihr schlechtes Gewissen nagte schon wieder etwas an ihr.

»Aber nachdem du vorhin gesagt hast, dass du mit Weihnachten nichts am Hut hast, traue ich mich gar nicht zu fragen, ob du …«

»Du musst nicht fragen, Hannah«, unterbrach Emily sie, auch wenn ihr insgeheim vor dieser Aufgabe etwas graute. Trotzdem fühlte sie sich irgendwie verpflichtet. »Ich helfe dir beim Dekorieren.«

»Wirklich? Ach, vielen Dank!«, sagte Hannah erleichtert und umarmte Emily kurz. »Nur so lange, bis Bonnie schläft. Dann übernimmt Rick.«

»Alles klar! Wann soll es denn losgehen?«

»Möglichst bald nach dem Abendessen. Ich sag Valentin gleich noch Bescheid, dass er sich am Abend mit den Zwillingen beschäftigen soll.«

»Was macht Bonnie denn gerade?«, fragte Emily, die Rick versprochen hatte, nach dem Mädchen zu sehen.

»Sie ist mal wieder in ihrem Zimmer.«

Hannah seufzte.

»Gestern war sie noch ein wenig offener, aber seitdem die Zwillinge da sind, wird sie immer bockiger.«

»Vermutlich ist sie eifersüchtig und mit der Situation ein wenig überfordert.«

»Ja. Natürlich ist das alles nicht ganz einfach für die Kinder. Ich versuche die ganze Zeit, alles unter einen Hut zu bekommen, Kinder, Beziehung, meinen unberechenbaren Beruf – aber wenn man nicht gerade in einer klassischen Familie lebt, ist das nicht so einfach.«

»Ich weiß. Meine Eltern sind auch geschieden. Und sie haben es überhaupt nicht hinbekommen. Das ist genau der Grund, warum ich Weihnachten nicht mag.«

»Das tut mir leid.«

Emily zuckte mit den Schultern.

»Egal. Ich schau jetzt mal, ob ich Bonnie vielleicht ein wenig aus ihrem Zimmer rauslocken kann.«

»Das wäre toll ... Wir sehen uns dann später?«

»Ja, bis dann.«

Kurz darauf klopfte Emily an Bonnies Zimmertür.

»Bonnie? Hörst du mich? Hier ist Emily. Kann ich mal zu dir kommen?«

»Warum?«

»Ich dachte, wir könnten ein wenig quatschen ...«

»Bist du allein?«

»Ja. Nur ich.«

Ein paar Sekunden lang herrschte Stille.

»Na gut«, sagte sie dann.

Emily öffnete die Tür und trat ein. Bonnie saß auf dem Bett und hatte ein Notebook auf dem Schoß. Emily ging zu ihr und sah, dass sie mit einem Computerspiel beschäftigt war.

»Was spielst du denn?«

»Die drei Fragezeichen«, antwortete das Mädchen, ohne sie anzusehen.

Emily fiel auf, dass es eine deutsche Ausgabe des Detektivspiels war. Vermutlich um Bonnie die Sprache auf spielerische Weise noch näherzubringen.

»Ist es ein sehr kniffliger Fall für Justus, Peter und Bob?« Emily hatte in ihrer Kindheit die Hörspiele über die jungen Detektive geliebt.

Das Mädchen zuckte mit den Schultern.

»Geht so.«

»Darf ich ein wenig zuschauen, wie du spielst?«

Bonnie schüttelte den Kopf und klappte das Notebook zu.

Auf diesem Weg würde sie also keinen Draht zu dem Kind herstellen können.

»Hast du Lust, ein wenig mit runterzukommen? Bianca hat mir verraten, dass es im Wohnzimmerschrank eine Schublade gibt, die voller Spiele ist. Vielleicht gibt es auch Monopoly. Wir könnten das zusammen mit den Zwillingen spielen.«

»Keine Lust.«

»Worauf hättest du denn Lust?«

Sie deutete auf das Notebook.

»Ich möchte lieber hier weitermachen. Allein.«

»Schade. Stella und Joshi würden sich bestimmt auch freuen.«

Sie zuckte wieder nur mit den Schultern.

»Vielleicht magst du ja später was mit uns gemeinsam machen?«

»Später kommt mein Papa zu mir.«

»Ja, stimmt … Na gut. Dann lass ich dich jetzt wieder in Ruhe.«

Emily versuchte, die Wünsche des Mädchens zu respektieren, damit sie sich nicht bedrängt fühlte, auch wenn es ihr schwerfiel.

»Bis dann, Bonnie!«

Und zu Emilys Überraschung sagte das Mädchen: »Bis dann.«

»Wenn du es dir anders überlegst, kannst du jederzeit kommen!«

Doch da hatte Bonnie bereits wieder das Notebook aufgeklappt.

»Kein Weihnachten ohne Socken!«

Valentin schüttelte grinsend den Kopf und hob in der einen Hand einen Pack Socken hoch und in der anderen einen Doppelpack Boxershorts, alle mit lustigen Weihnachtsmotiven, die er eben aus einem hübschen Geschenkpapier ausgewickelt hatte.

»Ich wollte die Shorts eigentlich für Rick unter den Weihnachtsbaum legen, aber du kannst sie jetzt wohl besser brauchen«, sagte Hannah mit einem Zwinkern.

»Ich hoffe, dass es deswegen keinen Ärger gibt.«

»Ach was, er weiß es ja nicht, dass er sie bekommen hätte«, sagte seine Ex-Frau. »Ich nehme die Sachen mit und stecke sie kurz in die Waschmaschine und in den Trockner, dann kannst du sie später anziehen.«

»Danke, Hannah, das ist echt lieb von dir.«

»Tja. So bin ich eben … Und schön, dass du heute Abend die Kinder übernimmst.«

»Aber klar doch. Wenn ich sonst noch was helfen kann, sag einfach Bescheid.«

»Mache ich.« Sie nahm die Wäsche und ging zur Tür.

»Vale?«

»Ja?«

»Danke!«

»Wofür?«

»Dass wir es geschafft haben, uns zu trennen, und uns trotzdem weiterhin verstehen und respektieren.«

Er lächelte.

Bevor er etwas sagen konnte, wurde die Tür von außen aufgemacht, und Stella und Joshua kamen herein.

»Ach, hier seid ihr!«, rief Joshua.

»Wir haben euch schon die ganze Zeit gesucht«, sagte Stella, wirkte dabei jedoch nicht vorwurfsvoll, sondern eher zufrieden.

»Ich wollte eben zu euch kommen«, erklärte Valentin. »Sagt mal, habt ihr Lust, mit mir heute Abend in eurem Zimmer auf dem Laptop von Mama einen Film anzuschauen?«

»Ja!«, stimmte Joshua sofort zu. »Welchen Film denn?«

»Er heißt: Santa Clause – Eine schöne Bescherung«, sagte Valentin.

»Ich glaube, der könnte euch gefallen«, meinte Hannah. »Euer Papa und ich haben uns den schon mal angeschaut, da wart ihr noch gar nicht auf der Welt.«

»Schaust du auch mit uns?«, fragte Stella ihre Mama.

Valentin schüttelte den Kopf.

»Das klappt leider nicht. Wir sind nur zu dritt. Bonnie möchte heute mal allein was mit ihrem Papa machen, und Emily erklärt eurer Mama ein paar Sachen, was man als Polizistin alles zu tun hat«, schwindelte Valentin. Aber wenn es darum ging, Weihnachtsgeheimnisse zu schützen, war so eine kleine Schwindelei erlaubt.

»Das kann ich vielleicht für eine nächste Filmrolle gut gebrauchen, deswegen ist das wichtig für mich«, fügte Hannah noch hinzu und fand die Idee, Emily ein wenig zu befragen, tatsächlich gut.

Joshua nickte.

»Okay …«, sagte Stella, nicht ganz so begeistert.

»Oder wollt ihr vielleicht nichts mit mir allein machen?«, fragte Valentin in einem gespielt beleidigten Ton.

»Doch, Papa«, sagte Joshua.

»Aber mit dir und Mama zusammen wäre es noch viel schöner«, beteuerte Stella.

»Wir könnten ja jetzt noch eine Runde Kniffel spielen, bis wir zu Abend essen«, schlug Hannah vor.

»Hm. Das Abendessen könnten wir drei allerdings auch als Picknick in eurem Zimmer machen, während wir uns den Film ansehen«, schlug Valentin vor, der die Gastfreundschaft seiner Ex-Frau und vor allem von Rick nicht durch seine ständige Anwesenheit überstrapazieren wollte. »Es gibt nämlich noch zwei weitere Teile von *Eine schöne Bescherung*. Vielleicht schaffen wir heute zwei Filme, wenn wir schon ein wenig früher anfangen. Und den dritten Teil schauen wir uns an, wenn ihr wieder in Hamburg seid.«

Die Kinder fanden den Vorschlag super.

»Okay, dann sag ich Bianca Bescheid, dass sie etwas für euch vorbereitet.«

»Gibt es auch Popcorn?«, fragte Stella. Das gab es sonst immer, wenn sie gemeinsam mit ihrem Vater einen Film anschauten.

»Das weiß ich nicht. Aber falls nicht, hat Bianca sicherlich irgendwas anderes zu knabbern für euch.«

Das Abendessen bestand aus kalten Bratenresten vom Mittag mit frisch gebackenen Brötchen, eingelegtem Gemüse und verschiedenen Käsesorten. Bonnie schien es zu genießen, dass sie als einziges Kind mit am Tisch saß. Außerdem freute sie sich darauf, später den ganzen Abend mit ihrem Papa auf dem Zimmer zu verbringen. Für ihre Verhältnisse wirkte sie fast fröhlich und aß mit Appetit.

»Können wir morgen einen Schneemann bauen, Papa?«, fragte sie ihren Vater.

»Das können wir gerne machen. Schnee ist auf alle Fälle genug vorhanden«, sagte Rick mit einem Blick aus dem Fenster.

»Hoffentlich hört es bald mal auf zu schneien!«, sagte Hannah. »Ich möchte morgen gerne mit dir und den Zwillingen zum Schlittenfahren gehen«, sagte Hannah zu Bonnie.

»Ich möchte ja kein Spielverderber sein«, warf Rick sofort ein. »Aber das Schlittenfahren mit den Kindern übernehme besser ich. Du weißt, du darfst wegen der Dreharbeiten …«

»… kein Risiko eingehen, ich weiß«, sagte Hannah und seufzte.

»Dann ist es wohl besser, wenn Bonnie auch nicht fährt?«, vermutete sie.

Rick überlegte kurz.

»Ich denke, bei Bonnie ist es schon okay«, sagte er dann jedoch. »Wenn ich mit dabei bin, kann ich abschätzen, ob sie gefahrlos fahren kann.« Außerdem war ihre Rolle so klein, dass man sie im schlimmsten Fall relativ einfach ersetzen konnte, ohne dass es einen Nachteil für die Produktion gab.

Doch das sprach er nicht laut aus.

»Falls wir bis dahin immer noch nicht von hier wegkönnen, kann ich auch mitkommen«, bot Emily an. Wobei sie hoffte, morgen so bald wie möglich aufbrechen zu können.

»Gern! Je mehr, desto besser«, sagte Rick.

»Ich bin fertig. Gehen wir nach oben, Papa?«, fragte Bonnie und legte das Besteck auf ihren Teller.

»Bonnie, ich muss nur noch kurz was mit Hannah erledigen. Gehst du schon mal rauf? Emily kann ja mitgehen und dir Gesellschaft leisten, bis ich komme.«

Er hatte das vorher mit Emily abgesprochen, damit er und Hannah ungestört den großen Baum ins Wohnzimmer bringen konnten, ohne dass Bonnie womöglich noch mal nach unten kam und es mitbekam.

»Aber du kommst doch wirklich, Papa?«, wollte Bonnie wissen.

»Klar. Wie ich es versprochen habe«, beteuerte Rick und strubbelte liebevoll durch ihre roten Haare. »Vielleicht in einer halben Stunde oder so.«

»Na gut.«

»Soll ich noch irgendwas für später vorbereiten?«, fragte Bianca aus der Küche. »Ansonsten würde ich Feierabend machen, wenn ich hier aufgeräumt habe.«

»Danke, Bianca, falls wir noch was brauchen, machen wir das selbst«, sagte Hannah.

»Na gut. Wenn was wäre, Sie wissen ja, wo ich bin«, meinte die Haushälterin mit einem Lächeln. Normalerweise wäre sie jetzt in ihre Wohnung in den Ort gefahren. Doch auch sie saß nun schon den zweiten Abend hier im Haus fest. Allerdings gab es im Kellergeschoss eine kleine Einliegerwohnung, die eigens nur für sie bereitstand und die sie auch nutzte, wenn es an einem Abend mal länger wurde und sie keine Lust mehr hatte, nach Hause zu fahren. Bianca machte es nicht viel aus. Die Witwe lebte ohnehin allein.

»Okay … Dann gehen wir beide mal nach oben«, sagte Emily.

Kapitel 21

Kunterbunte Weihnachtswelt

Während Emily noch oben bei Bonnie war und ihr beim Computerspiel zuschauen und an einer kniffligen Stelle sogar Tipps geben durfte, brachten Rick und Hannah mehrere große Schachteln mit Weihnachtsdekoration aus dem Keller ins Wohnzimmer. Dann stellten sie die fast deckenhohe Nordmanntanne auf, die schon seit ein paar Tagen zugedeckt und geschützt vom Schnee auf der Terrasse auf ihren großen Auftritt wartete.

Danach ging Rick zu seiner Tochter, und Emily kam ins Wohnzimmer, um Hannah zu helfen.

»Huhu! Hier bin ich!« Hannah winkte hinter einem Berg Kartons hervor.

Emily schluckte. Sie hatte noch niemals selbst einen Weihnachtsbaum geschmückt und auch ihre Wohnung nicht weihnachtlich dekoriert. Zu sehr hätte sie das an diesen einen Heiligabend in ihrer Kindheit erinnert, was sie um jeden Preis hatte vermeiden wollen. Doch in den letzten beiden Tagen hatte die Vergangenheit sie immer öfter eingeholt. Und vielleicht war es an der Zeit, nicht mehr alles zu verdrängen und die Gespenster aus diesen Zeiten zu vertreiben, indem sie sich Weihnachten nicht mehr völlig verweigerte. Das hatte sie lange genug getan.

»Meine Güte, das sind ja ganz schön viele Schachteln«, sagte Emily.

»Ja … wir haben auch wirklich einiges vor«, meinte Hannah mit einem Grinsen.

»Ist es okay, wenn ich mir aus der Küche ein Bier hole?«, fragte Emily.

»Aber klar. Oder wir machen uns eine Flasche Wein auf?«, schlug Hannah vor.

»Das würde ich auch nicht ablehnen!«, meinte Emily.

»Rot oder weiß?«

»Gerne rot!«

»Perfekt! Ich hole uns mal einen guten Tropfen«, sagte Hannah und ging hinaus.

Emily sah sich um und blies Luft durch die Lippen. Hier lag eine echte Prüfung vor ihr.

In diesem Moment kam eine Nachricht auf ihr Handy. Victor hatte geschrieben:

Hallo, Emilchen, ich freue mich, dass wir an Neujahr gemeinsam Dienst haben und Jessi unser Schützling ist. Hab gehört, du bist in den Bergen eingeschneit. Drücke die Daumen, dass du morgen die Rückreise antreten kannst. Und das Angebot gilt nach wie vor, du bist an den Feiertagen jederzeit bei uns willkommen. Pass auf dich auf, dein Victor!

Plötzlich musste sie lächeln. Falls sie das hier problemlos überstand – sie sah auf die vielen Schachteln mit Weihnachtsschmuck –, wäre sie vielleicht auch so weit, ein paar

Stunden an einem der Weihnachtstage mit Victor und seiner sympathischen Familie zu verbringen.

Sie tippte eine Nachricht zurück:

Freue mich auch auf unseren Job mit Jessi. Falls ich euch Weihnachten besuchen komme, melde ich mich rechtzeitig. Schöne Grüße an deine Familie von NICHT Emilchen!

Dahinter setzte sie einen zwinkernden Smiley.

Kaum hatte sie die Nachricht abgeschickt, kam Hannah zurück.

»Ich habe einen Südtiroler genommen, einen Lagrein Riserva!«, sagte sie.

»Ehrlich gesagt kenne ich mich mit den verschiedenen Rotweinsorten nicht ganz so gut aus«, gestand Emily. »Ich nehme meistens einen Bordeaux, wenn ich welchen kaufe oder im Restaurant bestelle.«

»Ich bin mir sicher, dieser hier wird dir schmecken«, versprach Hannah. Den Korken hatte sie schon in der Küche gezogen, und jetzt schenkte sie den Wein in zwei bauchige Gläser und reichte eines davon Emily.

»Vermutlich müsste er noch ein wenig atmen«, sagte Hannah und schwenkte das Glas.

»Prost!«

»Cheers!«

Sie nahmen beide einen Schluck.

»Hm. Der schmeckt mir wirklich! Damit kann man arbeiten«, sagte Emily und grinste.

»Tja … dann legen wir mal los. Als Erstes schmücken wir den Weihnachtsbaum und dann das Zimmer. Wir wollen eine Art Weihnachtswelt darstellen, mit Figuren und Symbolen aus vielen Ländern dieser Erde.«

»Wie soll das genau aussehen?«

Emily verstand nicht ganz, was Hannah vorhatte.

»Also, wir werden eine Weihnachtskrippe mit dem Christkind, Maria und Josef aufstellen, aber auch einen Schlitten mit dem Weihnachtsmann und den Rentieren. Dazu gibt es den Weihnachtswichtel Tomte, der in Schweden die Geschenke bringt. In Italien die Weihnachtshexe La Befana, in Russland Väterchen Frost. In Island sind es sogar dreizehn Weihnachtsgesellen. Das sind nur ein paar Beispiele.«

»Wie seid ihr denn darauf gekommen?«, fragte Emily verblüfft.

Hannah lächelte.

»Es ist das erste Weihnachten von Rick und mir zusammen mit unseren Kindern. Wir möchten ihnen eine ganz besonders schöne Erinnerung verschaffen und damit vielleicht eine Tradition einleiten, die es nur so bei uns geben wird. Sicherlich werden wir immer wieder mal an anderen Orten feiern, weil es in unseren Berufen manchmal nicht anders zu organisieren ist. Aber egal, wo wir auch sein werden, wir können das Fest trotzdem immer ähnlich gestalten. Klar, es ist vielleicht ein wenig übertrieben, aber …«

»Nein!«, unterbrach Emily sie. »Es ist nicht übertrieben. Das ist eine absolut schöne Idee. Und ich bin mir sicher, die Kinder werden morgen begeistert sein.«

»Danke … Aber wenn wir fertig werden wollen, müssen wir echt loslegen.«

Sie hoben noch mal die Gläser und prosteten sich zu.

Zuerst befestigten sie zwei Lichterketten am Baum, was bei der Größe nicht ganz einfach war und sie länger beschäftigte. Dabei nutzte Hannah die Gelegenheit, um Emily tatsächlich ein wenig nach ihrer Arbeit und ihren Erfahrungen als Polizistin zu fragen. Emily gab bereitwillig Auskunft, ohne jedoch über ihren letzten Einsatz zu sprechen, der dem späteren Ausscheiden aus dem Dienst vorausging.

»Denkst du, das reicht?«, fragte Hannah schließlich skeptisch, nachdem sie zum Test die Lichter eingeschaltet hatten.

»Ich finde schon. Es kommt ja jede Menge Schmuck dazu«, meinte Emily.

»Okay … Stört es dich, wenn ich das Radio einschalte, damit wir ein wenig Musik haben?«

»Nein, mach nur.«

Wenig später stand Hannah auf der Tretleiter, und Emily reichte ihr die kunterbunten Kugeln, kleine Anhänger und glitzernde silberne und goldene Sterne, während aus dem Radio Elton John und Ed Sheeran mit dem Lied *Merry Christmas* zu hören waren.

»Oben dürfte es jetzt reichen!«, sagte Hannah nach einer Weile und stieg von der Leiter. Nun waren die Mitte und der untere Teil an der Reihe. Dafür benötigten sie die Leiter nicht mehr.

»Noch ein Schluck Wein?«, fragte Hannah.

»Gern!«, antwortete Emily und hielt ihr das Glas entgegen.

Emily ging schon die ganze Zeit eine Frage durch den Kopf, doch sie überlegte immer noch, wie sie es ansprechen sollte. Nachdem sie noch einen Schluck getrunken hatte, traute sie sich schließlich.

»Darf ich dich mal was Persönliches fragen, Hannah?«

»Es kommt auf die Frage an, ob ich antworten kann … Aber schieß einfach mal los.«

»Es geht um dich und Valentin. Ich habe mitbekommen, wie toll ihr immer noch miteinander umgeht. Fürsorglich, respektvoll, ja fast liebevoll. Und ich frage mich ehrlich, warum sich zwei Menschen, die sich noch so gut verstehen, haben scheiden lassen.«

Hannah lächelte und nahm einen Schluck Wein, bevor sie etwas dazu sagte.

»Ich gehe mal nicht davon aus, dass du die Geschichte an eine Zeitung verkaufst oder einen geheimen Mitschnitt auf Instagram postest?«, scherzte Hannah.

»Eher nicht. Und ich werde es auch nicht twittern oder meinen Freunden am Lagerfeuer erzählen«, beteuerte Emily.

Hannah lachte.

»Mit meinem Auftrag gilt natürlich nach wie vor die Verschwiegenheitsvereinbarung«, fügte Emily noch hinzu.

»Na gut. Also, du bist natürlich nicht die Einzige, die sich fragt, warum Valentin und ich uns getrennt haben.«

»Ich möchte es eigentlich nur verstehen, denn, weißt du, meine Eltern, die sind das genaue Gegenteil von dir und Valentin. Wenn sie mal miteinander reden, dann nur, weil es sich absolut nicht vermeiden lässt. Und ein freundliches Wort gab es zwischen den beiden seit der Trennung nicht mehr.«

»Verstehe … Und das tut mir sehr leid für dich.«

Emily zuckte mit den Schultern und hängte eine dunkelblaue Kugel an den Baum.

»Genau das wollten mein Ex-Mann und ich eben nicht.

Valentin ist für mich einer der liebsten und wichtigsten Menschen. Das wird er sicherlich auch immer bleiben. Und das nicht nur, weil die Zwillinge uns verbinden. Wir waren schon als kleine Kinder die besten Freunde. Als meine Eltern aus beruflichen Gründen mit mir nach London gezogen sind, war es schwer für mich, dass wir uns nicht mehr sehen konnten. Anfangs haben wir uns noch regelmäßig Briefe geschrieben, und später durften wir auf den Computern unserer Eltern sogar E-Mails schreiben. Aber irgendwann wurde das immer weniger, und es gab nur noch Nachrichten zu den Geburtstagen oder zu Weihnachten. Und dann, ich war gerade als Nebenfigur in der Sitcom einigermaßen bekannt geworden, trafen Valentin und ich uns ganz zufällig während der Filmfestspiele in Venedig auf einer Party. Es war, als ob wir uns erst wenige Tage zuvor das letzte Mal gesehen hätten. Die alte Vertrautheit war immer noch da. Doch wir waren keine Kinder mehr, und so wurde mehr aus unserer Freundschaft. Ohne dass wir es aussprechen mussten, waren wir schon wenige Tage später ein Paar.«

»Wow, was für eine schöne und romantische Geschichte«, sagte Emily.

Hannah nahm wieder einen Schluck Wein und lächelte versonnen.

»Ja … Wir waren wirklich glücklich und schienen das perfekte Paar zu sein. Ein paar Jahre später kamen die Kinder, und auch da harmonierten wir super. Für Valentin war es selbstverständlich, dass ich meine Karriere weiter vorantreiben wollte, und er unterstützte mich dabei, so gut es ging. Natürlich war das nicht immer einfach, wenn ich für Drehaufnahmen wieder mal längere Zeit nicht bei der Familie sein konnte. Doch es lief gut. Während wir als Familie und Freunde super funktionierten, ließ das Knistern zwischen uns jedoch leider immer mehr nach. Es war auch ein Thema zwischen uns, wir waren da sehr offen zueinander. Dabei konnten wir beide uns nicht erklären, was los war, und wir dachten, es wäre einfach nur eine längere Phase. Deswegen wollten wir die Familie aber nicht auseinanderreißen.«

Hannah machte eine kurze Pause, so als ob sie Anlauf nehmen wollte.

»Wenn du nicht mehr weitererzählen möchtest, verstehe ich das«, sagte Emily.

Doch Hannah winkte ab.

»Nein, schon gut. Im letzten Jahr traf ich bei einem Casting auf Rick«, fuhr sie schließlich fort.

»Also nicht auf einer Filmparty?«, fragte Emily.

»Nein … Aber wir haben das nie korrigiert. Warum auch?«

»Stimmt. Eigentlich geht es auch niemanden was an.«

»Eben … Jedenfalls hatte ich ziemlich viel Respekt davor, weil Rick in der Branche als eigenwilliger Regisseur gilt. Doch genau das macht wohl seinen Erfolg aus. Und nach dem Tod seiner Frau war er nach außen hin noch distanzierter. Zu meiner großen Enttäuschung lehnte er mich ziemlich schnell für die Rolle ab, aber nach dem Casting bat er mich, noch gemeinsam einen Kaffee zu trinken. Und da erklärte er mir, dass er mich deswegen abgelehnt hatte, weil er mich für eine Hauptrolle in seinem nächsten Film besetzen wollte. Und diesen Film drehen wir jetzt gerade.«

»Wow!«, sagte Emily.

Hannah lächelte.

»Wir haben uns etwa drei Stunden lang über das geplante Projekt und Gott und die Welt unterhalten, danach war etwas in mir passiert.«

Nachdem Emily selbst erlebt hatte, wie intensiv schon ihr kurzes Gespräch mit Rick beim Schneeschippen gewesen war, konnte sie nachvollziehen, was Hannah damit meinte.

»Anfangs habe ich mich dagegen gewehrt. Schließlich war ich immer noch verheiratet. Aber irgendwann konnte ich mich selbst nicht mehr belügen. Ich hatte mich in Rick verliebt. Und diese Liebe war in partnerschaftlicher Hinsicht tiefer, als ich es je vorher auch nur im Ansatz erlebt hatte. Rick brachte meine Seele zum Beben. Hört sich kitschig an, ich weiß, aber anders kann ich es nicht beschreiben. Wir hatten zu diesem Zeitpunkt auch noch nicht miteinander geschlafen und uns nur ein einziges Mal geküsst. Doch auch das war … unbeschreiblich. Trotzdem hätte ich auf dieses Glück verzichtet, um Valentin nicht zu verletzen und um den Kindern nicht wehzutun.«

Emily sah, dass Hannahs Augen verdächtig glänzten. Sicherlich war diese Zerrissenheit nicht einfach für sie gewesen.

»Und wie kam es dann zur Trennung?«, fragte Emily, weil sie den Rest nun auch noch wissen wollte.

»Ich habe mit Valentin offen darüber gesprochen, denn uns beiden war immer wichtig, ehrlich zueinander zu sein. Er hat mich lange Zeit nur angeschaut. Dann sagte er: Ich möchte dich nicht verlieren, Hannah, deswegen werde ich dich gehen lassen. Wenn du über ihn sprichst, sehe ich etwas in deinen Augen, das ich nie bei dir gesehen habe, solange wir zusammen sind. Und das kann und will ich dir nicht wegnehmen.«

Emily schluckte, und auch Hannah war sehr bewegt bei dieser Erinnerung.

»Vale ist einfach der Beste«, sagte sie leise und lachte dann, um ihre Sentimentalität zu überspielen. »Ich wünsche ihm von Herzen, dass er bald einer Frau begegnet, die ihn genau so ansieht und mit der er so glücklich ist wie ich mit Rick.«

»Puh«, sagte Emily. »Ich weiß gar nicht, was ich dazu sagen soll.«

»Jedenfalls haben wir versucht, alles so vernünftig und vor allem für die Zwillinge so gut wie möglich zu regeln. Es war schwer für mich, dass die Kinder nicht bei mir leben können, aber in meinem Beruf muss ich so flexibel sein, dass ich oft längere Zeit nicht bei ihnen hätte sein können. Ich möchte nicht, dass sie von Kindermädchen erzogen werden. In ein Internat in England wollen die Zwillinge auf keinen Fall, und für Valentin und mich war das ohnehin nie eine Option. So wie es jetzt ist, ist es ein guter Kompromiss. Bei ihrem Vater und den Großeltern in der Nähe könnten sie nicht besser aufgehoben sein. Trotzdem versuche ich, sie außerhalb der Dreharbeiten und all meiner Verpflichtungen so oft wie möglich zu besuchen und in den Ferien, so oft es geht, zu mir zu holen.«

»Es ist gleichzeitig traurig, dass ihr euch getrennt habt, und doch auch wieder schön, dass ihr euch weiterhin so gut versteht«, sagte Emily, ein wenig sentimental durch den Alkohol.

»Ich denke, wir haben wirklich einen guten Weg gefunden. Weißt du, ich finde es schrecklich schade, wenn Beziehungen auseinandergehen und es zu schlimmen Streitereien und Verletzungen kommt. Es wäre viel einfacher auf dieser Welt, wenn man für das Gute, das man gemeinsam erlebt hat, dankbar ist und akzeptiert, dass man nichts erzwingen kann – auch wenn es wehtut. Dann kann man eine Beziehung, die aus unterschiedlichen Gründen leider nicht mehr funktioniert, anständig beenden. Davon würden alle nur profitieren.«

»Ja … aber da sind wohl meist zu viele Emotionen und Verletzungen im Spiel, die das bei vielen nicht möglich machen. Und die wenigsten Menschen gehen damit so reflektiert und respektvoll um wie du und Valentin.«

»Das mag stimmen … Aber jetzt beenden wir das Thema lieber. Was meinst du, reicht der Schmuck schon, oder sollen wir noch nachlegen?«

Emily trat einen Schritt zurück und begutachtete den Baum.

»Ein bisschen mehr Glitzer kann der Baum schon noch vertragen«, sagte sie und konnte selbst kaum glauben, dass das aus ihrem Mund gekommen war. Womöglich lag es am Wein, der ihr schon ein wenig zu Kopf gestiegen war.

»Finde ich auch!«, stimmte Hannah ihr zu.

In diesem Moment begann ein neues Lied im Radio, und Emily musste lachen.

»Was ist denn?«

»Ach, das Lied. Es verfolgt mich.«

Weil Weihnachten in dir ist.

»Es ist toll, nicht wahr?«, schwärmte Hannah. »Ich könnte es den ganzen Tag hören.«

»Das haben mir die Kinder bei der Autofahrt schon erzählt«, sagte Emily.

»Diese beiden Plappermäuler … Aber es stimmt. Das Lied bringt mich so richtig in Weihnachtsstimmung. Für dich als Weihnachtsmuffel muss das wahrscheinlich ziemlich schlimm sein.« Sie grinste.

»Inzwischen habe ich mich wohl schon daran gewöhnt. Und außerdem mag ich Jessi. Sie ist eine großartige Frau.«

»Du kennst sie?«

»Ja …« Emily sagte nicht, woher, da sie über Aufträge und Klienten nicht reden durfte, aber Hannah konnte sich das vermutlich zusammenreimen.

»So, aber jetzt ist genug Schmuck am Baum, oder?«, fragte Hannah.

»Ja. Ich denke, das reicht jetzt.«

Hannah nahm den Wein und schenkte nach, bis die Flasche leer war.

Emily überlegte, ob es nicht schon etwas zu viel war, aber nichtsdestotrotz prostete sie Hannah zu.

»Auf den Baum!«

»Auf den Baum!«

Dann machten sie sich daran, das ganze Wohnzimmer zu schmücken. Es war unglaublich, was in den Schachteln alles zum Vorschein kam. Kleine Tannenbäume aus lackiertem Holz, die sie auf eine weiße Decke stellten, um einen winterlichen Weihnachtswald darzustellen. Dort platzierten sie die dreizehn isländischen Weihnachtsgesellen, die italienische Weihnachtshexe, Väterchen Frost und verschiedene Waldtiere. Neben dem Christbaum bauten sie die Krippe auf, und ein Stück daneben auf einer beigefarbenen Decke eine Wüstenlandschaft mit kleinen Palmen, auf die sie die Figuren der Heiligen Drei Könige neben Kamele setzten, die auf dem Weg zur Krippe waren. Es gab sogar eine kleine elektrische Eisenbahn, die im Kreis durch eine ländliche Winterlandschaft fuhr.

»Woher kommt denn diese ganze Dekoration?«, fragte Emily neugierig.

»Rick hat die Requisiteurin gebeten, die Sachen für uns zu besorgen.«

»Die hat echt ganze Arbeit geleistet.«

»Allerdings.«

Auf dem Kaminsims stand ein Schlitten mit einem Weihnachtsmann, der von Rentieren gezogen wurde. Und natürlich hingen dort fünf Weihnachtsstrümpfe, die mit den jeweiligen Namen bestickt waren. Doch damit war es längst noch nicht genug. Am oberen Teil der großen Fensterfront befestigten sie einen Lichtervorhang aus filigranen Schneeflocken und, wo es möglich war, weihnachtliche Girlanden und funkelnde Sterne. Und dazu stellten sie Dutzende Kerzen auf und einen neunarmigen Leuchter, stellvertretend für das jüdische Lichterfest. Auch Masken und Trommeln gehörten zur Dekoration, die in einigen afrikanischen Ländern an Weihnachten eine Rolle spielten. Und überall standen jede Menge kleiner Engel in allen möglichen Variationen.

Inzwischen war es schon fast Mitternacht. Draußen schneite es immer noch vor sich hin.

»So, jetzt noch der hier, und dann sind wir fertig«, sagte Hannah und befestigte einen Zweig über der Tür.

»Ist das ein Mistelzweig?«, fragte Emily amüsiert.

»Ja, den hat Rick sich ganz speziell gewünscht«, sagte Hannah.

Emily lachte.

»Man merkt einfach, dass er Regisseur ist und alles perfekt sein muss. Da müssen die Kulissen für den großen Tag morgen genau passen.«

»Die Kinder werden ihre Freude haben.«

»Ich hoffe es. Ich hoffe es sehr«, sagte Hannah. »Das ist mein größter Weihnachtswunsch. Dass die Kinder sich verstehen.«

»Das kriegt ihr schon hin.«

Emily konnte plötzlich ein Gähnen nicht mehr unterdrücken. Der Tag war unglaublich lang und ereignisreich gewesen. Außerdem hatte der Wein sie müde gemacht, und sie sehnte sich inzwischen nach dem Bett. Doch vorher wollte sie Hannah noch helfen, die leeren Schachteln in den Keller zu räumen.

»Tut mir so leid, ich bin eingeschlafen, als ich Bonnie eine Geschichte erzählt habe«, sagte da Rick, der ziemlich verschlafen in der Tür stand. »Wow, ihr wart ja echt fleißig.«

»Und? Was sagst du?«, fragte Hannah.

»Wirklich … ähm … sehr weihnachtlich!«, antwortete Rick diplomatisch und lächelte.

»Mehr Weihnachten geht echt nicht«, sagte Emily.

»Vielen Dank fürs Helfen, Emily!«, sagte Rick.

»Passt schon!«

»Ohne sie hätte ich das nie geschafft. Dabei hat Emily mit Weihnachten nichts am Hut«, erklärte Hannah, und auch ihre Zunge war schon ein wenig schwer vom Wein.

»Echt? Du bist ein Weihnachtsmuffel? Das hätte ich nicht bei dir gedacht«, sagte er. »Ich hoffe, es war trotzdem nicht zu schlimm?«

»Sagen wir mal so, es war eine Art Therapie für mich«, meinte Emily. »Jetzt kann mich in weihnachtlicher Hinsicht so schnell nichts mehr erschüttern«, versuchte Emily zu scherzen.

Rick und Hannah lachten.

»Aber für heute hast du wirklich genug gemacht. Ich räume die Kartons mit Rick in den Keller, und dann schließen wir hier ab.«

Emily hatte nichts dagegen.

»Ich hole mir nur noch eine Flasche Wasser in der Küche«, sagte sie. »Das ist doch okay?«

»Klar, nimm dir bitte alles, was du möchtest«, sagte Hannah.

»Danke … dann gute Nacht.«

»Gute Nacht«, sagten die beiden gleichzeitig.

Als Emily wenig später mit einer Flasche Sprudel aus der Küche wieder in die Diele kam, sah sie Hannah und Rick, die in der offenen Tür zum Wohnzimmer standen und sich innig küssten. Genau unter dem Mistelzweig. Ob sie schon mal probten für morgen?

Die beiden bemerkten sie nicht, und Emily ging leise nach oben.

Als sie wenig später im Bett lag, nagte das schlechte Gewissen mehr denn je an ihr. Hannah und Rick liebten sich offensichtlich sehr und wollten mit den Kindern eine neue Patchworkfamilie aufbauen. Dabei gaben sie sich ziemlich viel Mühe, es vor allem den Kindern so einfach wie möglich zu machen. Und ausgerechnet Emily half dabei mit, dieses Vorhaben zu sabotieren.

»Was habe ich mir nur dabei gedacht?«, murmelte sie.

Sie hätte den Zwillingen nicht versprechen dürfen, dabei zu helfen, dass Valentin mit ihnen Weihnachten feiern würde. Auch wenn sie den beiden erklärt hatte, dass das nicht automatisch bedeutete, dass ihre Eltern wieder als Paar zusammenkommen würden, so machten Stella und Joshua sich doch insgeheim Hoffnungen, dass genau das passieren würde.

Warum nur hatte sie vorher nicht besser darüber nachgedacht? Die Antwort war einfach. In den Zwillingen hatte sie sich selbst als Kind gesehen. Und da es ihr damals nicht vergönnt war, dass ihre Eltern sich wieder versöhnten, wollte sie stattdessen dabei helfen, es wenigstens Joshua und Stella zu ermöglichen. Doch damit hatte sie niemandem einen Gefallen getan. Weder den Kindern noch den Erwachsenen und auch nicht sich selbst.

Emily seufzte.

Morgen früh musste sie unbedingt mit den beiden sprechen und ihnen irgendwie begreiflich machen, dass aus ihren Eltern nie wieder ein Paar werden würde. Und das ausgerechnet an Heiligabend. Nach dem, was sie inzwischen über Hannah und Rick wusste, wollte sie keine Tricks mehr anwenden, um Valentin hier zu halten. Das würde die Kinder allerdings sehr enttäuschen.

Was hatte sie da nur angestellt?, fragte sie sich wieder. *Dieses verdammte Weihnachten!* Irgendwie konnte sie einfach nicht klar denken, wenn es darum ging.

Plötzlich hatte sie das Gefühl, keine Luft mehr zu bekommen. Sie stand auf, ging zum Fenster und öffnete es. Sofort strömte kalte Luft herein, mit dem unverwechselbaren Duft von Winter und Schnee. Inzwischen schwebten Flocken, fast so groß wie kleine Federn, vom Himmel. Emily schloss die Augen und atmete ein paarmal tief ein und aus.

Ich wünsche mir, dass es eine Lösung aus dem Dilemma gibt und dabei niemand unnötig verletzt wird, dachte sie und schickte diesen Wunsch ans Universum.

Kapitel 22

Ein Kind ist verschwunden

Heiligabend – Teil 1

Als Emily am nächsten Morgen erwachte, brach draußen gerade der Tag an. Es hatte endlich aufgehört zu schneien, doch als sie aus dem Fenster schaute, war die Straße immer noch nicht freigeräumt. Vermutlich war das jedoch nur noch eine Frage der Zeit. Umso wichtiger war es, dass sie so bald wie möglich mit den Zwillingen sprach.

Sie ging ins Bad und duschte. Danach zog sie die letzten sauberen Sachen an, die sie noch zum Wechseln in ihrem Rucksack dabeihatte. Es war wirklich an der Zeit, wieder nach Hause zu kommen. Als sie das Bad verließ, kam Valentin aus seinem Zimmer. Er wirkte schon erstaunlich fit und trug einen Pullover, den Rick ihm geliehen hatte.

»Guten Morgen, Emily«, sagte er gut gelaunt. »Na, bist du ausgeschlafen?«

»Geht so … Wie war der Filmeabend mit den Zwillingen?«, fragte sie.

»Es hat Spaß gemacht, aber ich bin mittendrin eingeschlafen. Die Kinder haben mich geweckt, als der zweite Teil zu Ende war.«

Noch ein Vater, der eingeschlafen war, dachte sie ein wenig amüsiert.

»Und ihr habt das Wohnzimmer schön geschmückt?«, wollte er wissen.

»Ob es schön ist, kann ich nicht so ganz beurteilen, aber es ist auf alle Fälle beeindruckend weihnachtlich«, sagte sie.

»Vielleicht darf ich ja noch einen Blick reinwerfen, bevor wir losfahren.«

»Bestimmt. Wir haben noch Zeit. Die Straße ist immer noch nicht geräumt«, sagte Emily.

»Ich weiß. Hoffentlich ist es nach dem Frühstück so weit, damit wir bald loskommen. Vermutlich werden wir aber den Abend heute irgendwo auf der Strecke zwischen Hannover und Hamburg im Auto verbringen.«

»Ich könnte dich auch am Flughafen in München absetzen. Es gibt noch wenige freie Plätze, habe ich vorhin gesehen. Dann könntest du schon am Nachmittag zurück sein, um rechtzeitig mit deinen Eltern zu feiern«, sagte Emily.

Doch Valentin schüttelte den Kopf.

»Nicht nötig. Ich habe sie schon angerufen und ihnen gesagt, dass ich heute Abend nicht komme, sondern sie morgen besuchen werde. Ohne die Kinder habe ich irgendwie keine so große Lust auf Heiligabend. Dafür können wir beide uns bei der Fahrt Gesellschaft leisten. Ein Weihnachten der völlig anderen Art.«

»Na gut. Aber nur, wenn wir dabei keine Weihnachtslieder hören«, sagte Emily.

Er grinste.

»Abgemacht.«

»Sobald es möglich ist, fahren wir los.« Sie freute sich auf die Fahrt mit ihm, auch wenn sie den Kindern gegenüber ein ziemlich schlechtes Gewissen hatte, dass sie ihr Versprechen nicht halten konnte.

»Ich geh schon mal nach unten zum Frühstück und bitte Bianca, uns ein wenig Proviant vorzubereiten.«

»Ich komme gleich nach!«, sagte Emily und ging in ihr Zimmer.

Sie packte ihre wenigen Sachen zusammen und wollte gerade ihr Handy in die Hosentasche schieben, als sie bemerkte, dass der Akku leer war.

»Mist!« Sie hatte letzte Nacht vergessen, das Handy ans Ladekabel zu hängen. Sie steckte es an und würde es gleich nach dem Frühstück holen, damit sie es bis zu ihrer Abfahrt parat hatte.

Als sie ins Esszimmer kam, war sie überrascht, dass Hannah mit den Kindern und Valentin dort bereits beim Frühstück saßen. Nur Rick und Bonnie fehlten.

»Guten Morgen!«

»Guten Morgen, Emily!«, sagte Hannah, und auch die Kinder begrüßten sie mit fröhlichen Gesichtern.

Bianca kam aus der Küche mit einem Krug frisch gepresstem Saft in der einen und einem ovalen Tablett mit Schinken und verschiedenen Käsesorten in der anderen Hand.

»Guten Morgen, Emily. Was darf's zum Frühstück sein? Kaffee oder Tee?«, fragte sie.

»Guten Morgen, Bianca. Am liebsten einen großen Milchkaffee.«

»Kommt gleich.«

»Danke!«

Die Haushälterin verschwand wieder in die Küche.

»Ich habe Bianca schon gefragt, sie bereitet uns ein großes Lunchpaket für die Fahrt vor«, sagte Valentin.

»Super!«

»Wann brecht ihr denn auf?«, fragte Hannah.

»Sobald die Straße geräumt ist!«, antwortete er.

Die Zwillinge warfen Emily erwartungsvolle Blicke zu. Sie gingen davon aus, dass sie etwas vorhatte, damit ihr Vater hierblieb und Weihnachten mit ihnen feierte.

Da Emily das auf keinen Fall in Anwesenheit ihrer Eltern mit ihnen besprechen konnte, fragte sie stattdessen: »Wo sind denn Rick und Bonnie?«

»Die beiden räumen vor dem Haus Schnee und wollen dann einen Schneemann bauen und Schlitten fahren«, sagte Hannah und wandte sich an die Zwillinge. »Wenn ihr wollt, könnt ihr nach dem Frühstück auch raus und mitmachen.«

»Ich bin schon fertig«, sagte Stella.

»Ich auch«, rief Joshua.

»Na gut. Dann zieht eure Schneeanzüge an und ab mit euch nach draußen«, sagte ihr Vater.

»Kommst du auch mit?«, fragte Stella.

»Tut mir leid, Schätzchen, aber mit meinen Schuhen geht das nicht.«

»Schade!«

»Ich trinke nur schnell meinen Kaffee, dann komme ich zu euch«, sagte Emily, und die Kinder verstanden das als weiteren Teil ihres Plans, die Abfahrt hinauszuzögern. Dabei versuchte Emily eine Gelegenheit zu finden, um mit den beiden allein zu sprechen.

Die Kinder standen auf und gingen hinaus, um sich anzuziehen.

»Ich habe gehört, das Wohnzimmer wurde zu einem Weihnachtswunderland«, sagte Valentin zu Hannah. »Darf ich es noch sehen, bevor wir losfahren?«

»Das musst du dir sogar ansehen, sonst glaubst du es den Kindern später nicht«, sagte Hannah mit einem Lächeln. »Emily und ich haben gestern wirklich ganze Arbeit geleistet. Nicht wahr?«

Emily nickte, während sie eine halbe Brotscheibe mit Butter bestrich und mit Käse belegte.

»Ich hoffe, ihr macht heute genügend Fotos?«

»Na klar. Wir schicken dir ganz viele Bilder und auch Videos.«

»Danke.«

Bianca kam wieder zurück und stellte einen großen Becher Milchkaffee vor Emily auf den Tisch.

»Das Lunchpaket ist auch gleich fertig«, sagte sie. »Ich packe zu den Broten noch Obst, eine Thermoskanne mit heißem Punsch, natürlich ohne Alkohol, und eine extragroße Portion Plätzchen ein. Schließlich ist heute Heiligabend.«

»Das ist wirklich sehr nett, vielen Dank, Bianca«, sagte Valentin.

»Fast so lecker wie unser Abendessen heute«, sagte Hannah.

»Was gibt es denn?«

»Ravioli gefüllt mit einem weihnachtlichen Ricotta-Pistazien-Pesto auf Nussbutter, bestreut mit gerösteten Pistazien und Parmesan. Dazu einen Rote-Beete-Salat«, verriet Hannah.

»Und als Nachspeise selbst gemachtes Spekulatius-Eis auf einer Vanillewaffel mit einem Bratapfelkompott«, ergänzte Bianca.

»Wow, das hört sich toll an«, sagte Emily.

»Nicht wahr? Auch wenn es natürlich kein traditionelles Weihnachtsessen ist«, meinte Hannah.

Emily musste wieder an ihre Kindheit denken und an die Tradition, dass es Heiligabend kein Gericht ein zweites Mal gab.

»Ich glaube, ich muss doch bleiben, wenn es hier so tolle Sachen gibt«, sagte Valentin mit einem Zwinkern.

»An mir soll's nicht scheitern. Es wird auf jeden Fall genug zu essen da sein«, sagte Bianca.

»Danke, aber vielleicht doch lieber ein anderes Mal«, winkte Valentin höflich ab.

»Sie scheinen sich langsam anzufreunden«, sagte Hannah mit einem Blick aus dem Fenster. Draußen sah man die Kinder, die zusammen mit Rick einen Schneemann bauten und viel Spaß hatten.

»Dabei haben sie vorhin schon wieder gestritten, als ich ins Esszimmer kam.« Hannah seufzte.

»Das wird schon«, sagte Valentin. »Sie brauchen einfach noch ein wenig Zeit, um sich besser kennenzulernen.«

»Ich hoffe es sehr.«

»Bestimmt. Schau, Stella und Joshua haben sich inzwischen auch damit abgefunden, dass ich Weihnachten nicht mit ihnen feiern kann.«

Wenn du wüsstest! Sie denken nämlich leider etwas ganz anderes!

Emily nahm einen großen Schluck Kaffee und schob sich

das letzte Stück Brot in den Mund. Kurz danach stand sie auf.

»Ich gehe ein wenig raus zu den Kindern, damit ich noch etwas Bewegung habe, bevor wir später so viele Stunden im Auto sitzen«, sagte sie.

»Und ich würde noch einen Kaffee nehmen und dann das Wohnzimmer bewundern«, meinte Valentin.

»Das lässt sich machen«, sagte Hannah.

Als Emily nach draußen ging, war von den Kindern und von Rick nichts mehr zu sehen. Nur ein Schneemann stand neben dem Haus, dem jedoch eine Kopfbedeckung fehlte. Sie ging um das Haus herum und sah, dass die vier am Waldrand entlang nach oben stapften und jedes Kind einen Schlitten hinter sich herzog.

In diesem Moment hörte sie ein lautes Geräusch von der Straße, und endlich tauchte das Schneeräumfahrzeug, das den Weg frei bahnte, langsam um die Kurve auf.

»Mist«, murmelte Emily. »Ausgerechnet jetzt!«

Es war so weit, dass sie losfahren konnten. Aber sie musste vorher unbedingt mit den Zwillingen sprechen. Und sicherlich würde sich auch Valentin noch von den beiden verabschieden wollen. Ihr blieb also nichts anderes übrig, als den Kindern auf den Schlittenhügel zu folgen. Nachdem sie das erste Stück hinter dem Haus durch den Tiefschnee gestapft war, nahm sie nun ebenfalls den Weg am Waldrand entlang, der durch den Schutz der Bäume nicht ganz so stark eingeschneit war. Als Rick und die Kinder sie entdeckten, winkten sie ihr fröhlich zu. Sie beeilte sich, sie einzuholen, doch der Vorsprung war zu groß. Inzwischen waren sie oben am Hügel angekommen und positionierten die Schlitten.

»War das vorhin der Räumdienst?«, rief Rick ihr zu.

»Ja!«, rief sie zurück und keuchte, weil sie sich so beeilte.

Als sie ebenfalls oben angekommen war, saßen die Kinder bereits auf den Schlitten.

»Jetzt, wo die Straße frei ist, wollt du und Valentin sicher losfahren?«, meinte Rick.

Emily konnte ihm nicht direkt auf die Frage antworten und sagte ausweichend: »Es geht dann gleich los, und ich möchte noch auf Wiedersehen sagen.«

Die Zwillinge wirkten entspannt. Sie gingen davon aus, dass Emily allein fahren würde und ihr Vater hierblieb, so wie sie das geplant hatten.

Rick reichte ihr die Hand.

»Es war mir ein Vergnügen, dass wir uns kennengelernt haben, Emily. Und ich bin mir sicher, dass es nicht unsere letzte Begegnung war. Die Kinder sind bei dir in guten Händen, und es gibt gewiss noch weitere Gelegenheiten, in denen du wieder zum Einsatz kommst, wenn du möchtest.«

»Sehr gerne!«, sagte Emily.

Falls die Kinder überhaupt noch was mit ihr zu tun haben wollten, wenn sie gleich – entgegen ihrem Versprechen – mit ihrem Vater nach Hamburg fahren würde, dachte sie.

»Euch weiterhin noch gute Dreharbeiten! Auch dir Bonnie viel Spaß und viel Erfolg!«, wandte sie sich an das Kind, das heute etwas gelöster wirkte. Vielleicht hatte sie tatsächlich nur mal wieder die besondere Aufmerksamkeit ihres Vaters gebraucht.

Dann ging sie zu Joshua und Stella, die noch mal von den Schlitten abgestiegen waren.

»Mach's gut, Emily, und danke«, sagte Joshua leise und umarmte sie.

»Ich muss unbedingt noch mit dir und Stella reden«, flüsterte sie dem Jungen ins Ohr. »Warte bitte unten auf mich und sag es auch deiner Schwester. Okay?«

»Okay!«, antwortete er mit einem Grinsen.

Dann umarmte sie auch Stella.

»Ich wünsche dir noch eine tolle Zeit«, sagte sie. »Und ich hoffe, wir sehen uns bald mal in Hamburg.«

»Ich auch. Tschüss, Emily.«

Sie setzten sich wieder auf ihre Schlitten.

»Und ihr fahrt bitte nicht zu wild nach unten!«, sagte Rick. »Ich komme mit Emily gleich nach. Dann verabschieden wir uns von Valentin und kommen wieder her.«

Die Zwillinge grinsten Emily verschwörerisch zu, und ihr wurde ganz schlecht. Es würde alles andere als einfach werden.

»Und los geht's!«, rief Rick. Die Kinder stießen sich ab und fuhren auf ihren Schlitten jubelnd nach unten, auch wenn der Tiefschnee sie immer wieder mal ein wenig ausbremste und sie sich mit den Füßen anschieben mussten. Das minderte ihre Freude kein bisschen.

»Schade, dass wir keinen Schlitten haben«, sagte Rick, der eine dunkle Sonnenbrille trug, zu Emily, während sie am Waldrand nach unten gingen.

»Wirklich schade«, stimmte sie ihm zu, war jedoch nicht ganz bei der Sache.

»Das ist doch ein Traumtag heute, oder? Schöner könnte

man sich das Wetter an Heiligabend nicht bestellen«, schwärmte Rick.

Und tatsächlich war es herrlich. Die Sonne kam immer wieder hinter den Wolken am blauen Himmel hervor und ließ den Schnee nur so glitzern. Dazu der Blick auf das beeindruckende Watzmannmassiv. Idyllischer ging es wirklich kaum. Und doch konnte Emily das im Moment nicht so richtig genießen.

Die Kinder waren inzwischen unten angekommen und warteten auf Emily und Rick.

»Ich bin auch froh für euch, dass es auf der Rückfahrt nicht mehr schneit, dann kommt ihr hoffentlich gut voran«, meinte er.

»Falls man dem Wetterbericht diesmal glauben kann, soll es heute den ganzen Tag keine weiteren Schneefälle mehr geben … Nochmals vielen Dank für die Gastfreundschaft, Rick«, sagte Emily.

»Na, das war doch nach diesem ganzen Hin und Her mit den Zwillingen das Mindeste! … Sag mal, was haben die Kinder denn? Streiten die etwa?«, fragte Rick plötzlich.

»Mhm … Schwer zu sagen«, meinte Emily, doch nach der Körperhaltung der Kinder zu schließen, konnte es tatsächlich sein, dass sie eine Auseinandersetzung hatten.

»Dabei dachte ich, dass sie sich langsam ein wenig besser vertragen. Ich habe gestern Abend noch lange mit Bonnie gesprochen und ihr wohl einige Ängste nehmen können. Und ich habe selbst auch einiges verstanden. Bonnie hat mir verraten, dass sie Hannah eigentlich total gern mag, aber genau deswegen ein schlechtes Gewissen ihrer verstorbenen

Mutter gegenüber hat. Das wirft sie dann immer wieder ein wenig aus der Bahn.«

»So was hatte ich schon geahnt«, meinte Emily.

»Ich habe versucht, ihr zu vermitteln, dass ihre Mutter natürlich immer ihre Mutter bleibt und sie sich ganz bestimmt darüber freuen würde, wenn Bonnie sich mit Hannah gut versteht.«

»Für Kinder ist das alles nicht so einfach … Moment … Die streiten ja wirklich. Und zwar ziemlich heftig.«

Bonnie schubste Stella so sehr, dass sie rückwärts in den Schnee fiel, und rannte dann sofort weg in Richtung Haus.

»Das gibt es doch gar nicht! Was war das denn jetzt?«, rief Rick, und er und Emily beeilten sich, nach unten zu kommen.

Emily hatte ein ungutes Gefühl.

Inzwischen waren auch Stella und Joshua weggerannt.

Als Emily und Rick ins Haus kamen, war von den Kindern nichts zu sehen. Hannah und Valentin kamen aus dem Wohnzimmer, und Hannah schloss sorgfältig ab, damit keines der Kinder ins Zimmer gehen konnte.

»Eine tolle Idee. Das ist wirklich ganz besonders schön geworden«, sagte Valentin zu Rick.

Doch der war mit seinen Gedanken woanders.

»Habt ihr die Kinder gesehen?«, fragte er.

»Nein. Wieso, ist was passiert?«, fragte Hannah alarmiert.

»Sie haben gestritten«, antwortete Rick.

»Ach je. Aber bei Kindern kommt das leider mal vor«, meinte Valentin.

Hannah seufzte.

»Schade, dass es so schwierig ist mit den dreien.«

»Die Stiefel von Stella und Joshua stehen hier«, stellte Emily fest. »Soll ich mal nachsehen, ob sie oben sind, und fragen, was da vorhin los war?« Dabei konnte sie die Gelegenheit nutzen, allein mit Zwillingen zu sprechen.

»Das wär lieb von dir«, sagte Hannah.

»Bitte auch bei Bonnie«, bat Rick.

»Mache ich.«

»Und dann sollen sie zum Verabschieden runterkommen«, sagte Valentin.

»Okay.«

Emily ging nach oben und betrat das Zimmer der Zwillinge, ohne anzuklopfen. Die beiden saßen auf dem Bett. Die nassen Schneeanzüge, Mützen und Handschuhe lagen auf dem Boden verstreut.

»Joshi und Stella. Ich muss unbedingt mit euch wegen unserer Abmachung sprechen. Aber zuerst möchte ich wissen, was da zwischen euch und Bonnie gerade los war.«

Die beiden zogen die Köpfe ein.

»Wir haben genau gesehen, dass ihr gestritten habt.«

»Immer wenn kein Erwachsener dabei ist, sagt sie so blöde Sachen zu uns«, begann Stella.

»Ach ja? Was denn?«

»Gestern haben wir sie gefragt, ob sie mit uns Memory spielen möchte, da hat sie gesagt, dass wir so dumm und klein wie Kindergartenkinder sind«, sagte Joshua und wirkte empört. »Das stimmt aber nicht.«

»Nein, das stimmt natürlich nicht. Da wollte sie euch vermutlich nur ein wenig ärgern. Das braucht ihr doch nicht so ernst zu nehmen.«

»Aber sie hat noch was viel Schlimmeres gesagt«, beteuerte Emily.

»Was denn?«

»Dass Joshi und ich böse sind, weil wir den Hackbraten gegessen haben und dass wegen uns viele Tiere sterben müssen.«

Hier würde wohl bald ein schwieriges Gespräch mit den Eltern anstehen, die einiges in Bezug auf Lebensmittel genauer erklären mussten. Aber das konnte Emily im Moment nicht lösen.

»Bianca und ich haben auch Hackbraten gegessen, und wir sind deswegen keine bösen Menschen«, sagte sie nur, ohne weiter darauf einzugehen.

»Sie hat Stella geschubst!«, rief Joshua empört. »Das darf man gar nicht!«

»Stimmt. Das darf man absolut nicht. Aber ich verstehe nicht, warum sie das gemacht hat. Vorhin, als ihr mit Rick den Schneemann gebaut habt und am Berg beim Schlittenfahren ward, da hat es so ausgesehen, als ob ihr euch alle vertragen würdet. Was ist denn passiert, dass ihr euch so sehr gestritten habt?«

»Die blöde Bonnie hat gesagt, wenn unsere Mama ihren Papa heiratet, dann will sie uns nicht mehr haben und dass dann Bonnie ihre neue Tochter ist und wir nicht mehr nach London kommen dürfen.«

Emily atmete einmal tief ein und musste erst überlegen, was sie darauf antworten sollte, um keinen Fehler zu machen. Inzwischen wusste sie von Rick, wie schwer es für Bonnie im Moment war, die Sache mit ihrer Mutter und der neuen Familie emotional zu vereinbaren.

»Also, das Wichtigste gleich mal zuerst: Eure Mama hat euch superlieb, und niemand kann verhindern, dass ihr immer zu ihr kommen dürft und sie euch weiterhin in Hamburg besuchen wird. Egal, ob Rick und Hannah heiraten oder nicht. Sie ist und bleibt auf immer und ewig eure Mama. Alles klar?«

»Warum sagt Bonnie denn so etwas?«, fragte Joshua.

»Wisst ihr«, begann Emily vorsichtig, »ich glaube, dass Bonnie traurig ist.«

»Und deswegen ist sie so böse zu uns?«, fragte Stella.

»Ich weiß nicht, ob ihr das wisst, aber Bonnies Mama ist vor ein paar Jahren gestorben. Und das ist natürlich ganz schlimm für sie gewesen.«

Die Zwillinge nickten.

»Ihr beide wollt unbedingt, dass eure Eltern zusammen Weihnachten feiern. Aber auch wenn das nicht klappt, könnt ihr trotzdem mit eurer Mama zusammen sein und später dann wieder mit eurem Papa. Bonnie kann das nicht mehr. Ihre Mama ist nicht mehr da und wird auch nie wieder zurückkommen. Sie hat jetzt nur noch ihren Papa und auch keine Geschwister.«

»Es wäre schrecklich, wenn unsere Mama gestorben wäre!«, sagte Stella leise.

Emily nickte.

»Bonnie ist deswegen sicherlich oft nicht nur traurig, sondern manchmal auch ein wenig wütend. Und damit sie nicht so viel daran denken muss, sagt sie vielleicht dumme Sachen zu euch, die natürlich nicht stimmen.«

»Hm …«, kam es von Joshua, der offenbar nachdachte.

»Habt bitte ein wenig Geduld mit ihr. Und versucht, dass

ihr euch versteht«, meinte Emily. »Auch wenn sie manchmal ein wenig frech zu euch ist. Ich gehe gleich auch noch zu ihr und sage ihr, dass sie euch nicht mehr schubsen darf und dass auch sie sich bemühen soll, mit euch klarzukommen.«

Joshua nickte kurz, zog dann aber plötzlich den Kopf ein.

»Was ist denn, Joshi?«, fragte Emily.

»Ich hab was zu Bonnie gesagt, als sie vorhin so gemein war«, murmelte er schuldbewusst.

»Was hast du denn zu ihr gesagt?«, fragte Emily mit einem mulmigen Gefühl.

»Du darfst aber jetzt nicht böse sein, Emily.«

»Bin ich nicht. Also, was ist los?«

»Ich habe zu ihr gesagt, dass sie nie die neue Tochter von unserer Mami wird, weil Mama Rick niemals heiraten wird. Und als sie das nicht glauben wollte, habe ich ihr gesagt, dass wir einen Plan haben. Und dass du uns geholfen hast, damit unser Papa hierbleibt und mit uns Weihnachten feiert. Und dann werden Mami und Papa wieder zusammenkommen, weil sie sich immer noch liebhaben.«

»Das habt ihr Bonnie erzählt?«, fragte Emily erschrocken. »Aber das sollte doch unser Geheimnis sein! Und außerdem wollte ich euch schon die ganze Zeit etwas Wichtiges erklären ...«

»Du hast den Kindern gesagt, dass Hannah und ich wieder als Paar zusammenkommen? Emily, wie konntest du nur?«

Valentin stand in der Tür und konnte kaum glauben, was er eben gehört hatte.

»Nein! Valentin, es ist jetzt nicht so, wie sich das gerade anhört.«

Kaum hatte sie ihn ausgesprochen, war ihr klar, wie bescheuert dieser Satz bei ihm ankommen musste.

»Aber du hast doch versprochen, dass du uns hilfst, damit unser Weihnachtswunsch in Erfüllung geht«, rief Stella.

»Stimmt das?«

Emily seufzte.

»Können wir das vielleicht unter vier Augen besprechen?«, bat sie ihn.

»Da du mit den Kindern offenbar einen Plan hattest, können sie ruhig dableiben, und wir klären das gemeinsam.«

»Bitte, Papa, du darfst Emily nicht schimpfen. Sie wollte uns doch nur helfen!«, sprang Joshua ihr zur Seite wie ein kleiner Kavalier.

»Damit wir alle Weihnachten feiern können und du und Mami wieder zusammenkommt«, fasste Stella kurz und treffend zusammen.

»Joshi, Stella, ich weiß, dass ihr das unbedingt wollt. Und ihr habt wirklich einiges angestellt, damit das funktioniert. Ihr habt mich sogar mit Jojo nach München gelockt. Ich kann ja verstehen, dass ihr diesen Wunsch habt.«

Er wandte sich an Emily. »Aber wie konntest du plötzlich zur Komplizin der Kinder werden, Emily? Damit hast du ihnen Hoffnungen gemacht, die sich nicht erfüllen werden. Merkst du nicht, dass es für die beiden damit nur noch schwieriger geworden ist?«

Er sprach genau das aus, was sie sich seit gestern Abend selbst ständig vorwarf und was sie eigentlich hatte in Ordnung bringen wollen.

»Du … du hast mit allem recht, Valentin«, sagte sie zerknirscht.

»Sag bloß nicht, dass du gestern mit Absicht noch mal zum Haus zurückgefahren bist und die Weiterfahrt so lange hinausgezögert hast, bis wir hier eingeschneit waren und nicht mehr wegkonnten?«

»Ja … doch, das habe ich«, gab sie ehrlich zu. »Die Kinder haben mich so sehr darum gebeten, und ich wollte ihnen helfen, damit sie wenigstens noch ein gemeinsames Weihnachten mit euch verbringen können. Ich habe selbst als Kind erlebt, wie schrecklich es ist, wenn sich die Eltern trennen. Vor allem an Weihnachten, wo doch die Familie zusammen sein sollte.«

»Aber du hast ihnen auch versprochen zu helfen, dass Hannah und ich wieder zusammenkommen?«

»Nein, das habe ich nicht. Ich habe den Kindern sogar ausdrücklich gesagt, dass sie sich keine Hoffnungen machen dürfen, auch nicht, wenn das mit einem gemeinsamen Weihnachtsfest klappt.«

Stella fing an zu weinen.

»Feiern wir jetzt nicht mehr zusammen Weihnachten?«, fragte sie traurig.

»Sieh nur, was du angerichtet hast.«

Valentin ging in die Hocke und hielt Stella an den Schultern fest.

»Schätzchen, nein. Bitte schau mich an. Es tut mir leid, wenn du das dachtest. Wir feiern Weihnachten wie versprochen nach, wenn ihr wieder in Hamburg seid.«

Er warf einen Blick zu Emily, und ohne Worte verstand sie, wie sehr er ihr diese Aktion verübelte.

»Ich hätte das mit dem gemeinsamen Weihnachtsfest niemals versprechen dürfen. Ich hätte mich überhaupt nicht einmischen dürfen. Das wurde mir schon gestern klar. Aber da war es schon zu spät. Es tut mir leid.«

Er schüttelte immer noch fassungslos den Kopf.

»Vielleicht nimmst du dir doch besser einen Flug nach Hamburg. Ich bezahle auch das Taxi zum Flughafen«, sagte sie.

Damit eilte sie aus dem Zimmer. Sie wollte nur noch nach Hause. Doch als sie nach oben ins Dachgeschoss gehen wollte, um ihr Handy und den Rucksack zu holen, kam Rick die Treppe hoch.

»Hast du schon mit Bonnie gesprochen?«, fragte er.

»Nein, tut mir leid, ich war noch nicht bei ihr«, antwortete Emily.

»Weißt du, warum sie gestritten haben?«, fragte Rick, während er an ihr vorbei zum Zimmer seiner Tochter ging.

»Nun ja …«

Emily suchte nach Worten, während er die Tür öffnete und eintrat.

»Bonnie? Bonnie? Bist du im Badezimmer?«, rief er. Gleich darauf kam er wieder heraus.

»Sie ist nicht da!«, sagte er.

»Vielleicht unten bei Bianca in der Küche?«

»Da war ich gerade. Dort ist sie nicht.«

In diesem Moment schaltete Emily in ihren Arbeitsmodus. Was vorgefallen war, konnte sie nicht mehr ändern, sie musste sich auf das Hier und Jetzt konzentrieren und die verschwundene Bonnie finden. Nachdem sie nun den Grund für den heftigen Streit kannte, ahnte sie, dass das Mädchen weggelaufen war oder sich irgendwo versteckt hatte.

Sie durchsuchten das ganze Haus vom Keller bis zum

Dachboden, die Garage und den kleinen Anbau für die Gartenmöbel. Jeden Winkel. Doch Bonnie blieb spurlos verschwunden.

»Vermutlich ist sie gar nicht ins Haus gekommen«, sagte Emily. »Wir müssen draußen suchen.«

»Ich komme auch mit!«, sagte Valentin.

»Mit diesen Schuhen kommst du nicht weit. Hier …«, sagte Rick und reichte ihm gefütterte Winterstiefel. »Die sind vielleicht ein wenig zu groß, aber du kannst damit raus in den Schnee!«

»Danke!«

Emily hatte inzwischen auch Hannah und Rick in knappen Worten über die Gründe für den Streit informiert.

»Ich weiß, wie hartnäckig die Zwillinge sein können, wenn sie sich etwas in den Kopf gesetzt haben«, sagte Hannah. »Aber das hättest du wirklich nicht versprechen dürfen!«, sagte sie verärgert.

»Ich weiß. Es war ein riesengroßer Fehler, und es tut mir sehr leid«, beteuerte sie.

»Diese Schuldzuweisungen bringen uns jetzt nicht weiter!«, brummte Rick plötzlich. »Jetzt geht es nur darum, Bonnie so schnell wie möglich zu finden!«

Bianca blieb bei den Zwillingen im Haus. Vielleicht würde Bonnie ja doch noch von selbst wieder auftauchen.

»Es gibt nicht viele Möglichkeiten, wohin sie verschwunden sein kann«, sagte Emily. »Sie ist zur Straße, um entweder weiter nach oben, vermutlich eher jedoch hinunter in den Ort zu gehen. Oder sie hat sich hier draußen versteckt, bis wir alle im Haus waren, und ist dann wieder den Hügel hoch in Richtung Wald gegangen. Woanders kann sie nicht sein, sonst würden wir die Spuren im Schnee sehen.«

»Wir teilen uns am besten auf. Ich fahre mit Hannah die Straße ab. Sehr weit kann sie nicht gekommen sein, falls sie diese Möglichkeit gewählt hat.«

»Okay, dann übernehmen wir beide den Weg nach oben zum Wald«, sagte Valentin.

»Ihr habt eure Handys?«, fragte Rick.

Emily griff reflexartig in ihre Tasche.

»Mist. Nein. Es hängt oben am Ladekabel.«

In der ganzen Aufregung hatte sie es glatt vergessen.

»Macht nichts, ich habe meines ja dabei. Damit können wir uns gegenseitig auf dem Laufenden halten«, sagte Valentin zu seiner Ex-Frau und Rick.

»Wir finden sie ganz bestimmt, Rick!«, versprach Valentin, der sich als Vater nur zu gut in dessen Gemütszustand versetzen konnte. Und selbst erst eine kurze Schreckminute hatte, als sie Stella am Flughafen suchen mussten.

»Natürlich!«, sagte Rick, dem man die große Sorge um seine Tochter ansehen konnte.

Während er und Hannah mit dem Wagen die Straße abfuhren, marschierten Emily und Valentin den Schlittenberg nach oben, ohne ein Wort zu wechseln.

Emily konnte deutlich spüren, wie sauer Valentin auf sie war. Doch jetzt ging es nicht um sie, sondern um ein verschwundenes Kind. Um Bonnie. Darauf würde sie ihre ganze Konzentration legen und ihre Erfahrung einsetzen. Mit dem Chaos, das sie bezüglich der Zwillinge angerichtet hatte, würde sie sich später beschäftigen.

Als sie oben am Berg angekommen waren, sahen sie

sich um, doch von dem Kind war weit und breit nichts zu sehen.

Die Spuren, die sie vorhin alle zusammen hinterlassen hatten, reichten bis zum Waldrand. Dort, wo die Baumkronen ganz dicht waren, lag der Schnee darunter nicht ganz so hoch. Trotzdem konnte man erkennen, dass jemand mit kleinen Stiefeln in den Wald gegangen war.

»Sie ist hier entlang!«, sagte Emily und folgte rasch den Spuren. Glücklicherweise mussten sie nicht lange suchen. Der orangefarbene Schneeanzug war schon von Weitem durch die Bäume zu erkennen.

Bonnie saß auf einem Baumstumpf.

»Dem Himmel sei Dank!«, sagte Valentin, der bereits nach seinem Handy griff und Rick anrief.

»Rick?«

»Habt ihr sie?«

»Ja!«

»Gott sei Dank. Geht es ihr gut?«

»Ich denke schon. Sie scheint nicht verletzt zu sein. Wir bringen sie gleich zurück.«

Während Valentin mit Rick telefonierte, ging Emily durch die Bäume zu Bonnie.

»Hey, Bonnie!«, sagte sie ruhig und freundlich, um das Mädchen nicht unnötig aufzuregen. »Was machst du denn hier oben allein im Wald?«

Bonnie zuckte mit den Schultern.

»Kommt! Lasst uns zurück zum Haus gehen!«, rief Valentin ihnen zu.

»Noch einen Moment, Valentin!«, rief sie zurück und wandte sich wieder an das Mädchen.

»Bonnie, hast du dir vielleicht wehgetan?«, fragte sie zur Sicherheit nach.

Das Mädchen schüttelte den Kopf, machte allerdings keinerlei Anstalten aufzustehen.

»Wir haben uns Sorgen um dich gemacht, weil du verschwunden bist. Wolltest du vielleicht ein wenig allein sein und nachdenken?«

Bonnie nickte.

»Das verstehe ich.«

»Emily! Bonnie! Kommt jetzt bitte!«

»Geh doch schon mal vor, wir kommen gleich nach«, sagte Emily, die erkannte, dass das Mädchen noch ein wenig Zeit brauchte.

Doch Valentin blieb stehen und wartete auf die beiden.

»Wird dir nicht schon ziemlich kalt am Po?«, fragte Emily.

»Doch. Total!«

Bonnie musste plötzlich grinsen und stand auf.

Emily lächelte.

»Manchmal läuft es im Leben ziemlich bescheuert, nicht wahr?«

Emily wusste, dass Bonnie schon verstand, dass sie damit nicht den kalten Hintern meinte.

Das Mädchen nickte.

»Stella und Joshi haben mir vorhin erzählt, warum ihr gestritten habt. Ich finde, dass ihr euch alle ein wenig blöd benommen und Dinge gesagt habt, die wirklich nicht so schön waren. Und man darf auch niemanden schubsen … Aber ich habe auch einen großen Fehler gemacht. Manchmal macht man so bescheuerte Sachen und merkt erst später, dass es verkehrt war. Dann würde man es am liebsten ungeschehen machen, wenn man könnte, oder man wünscht sich, dass man etwas nie gesagt hätte, nicht wahr?«, fragte Emily.

Bonnie nickte.

»Was hast du denn falsch gemacht?«, fragte sie.

»Nun ja. Ich habe den Zwillingen versprochen, dafür zu sorgen, dass die beiden mit ihrem Papa und mit ihrer Mama Weihnachten feiern können. Das war nämlich ihr größter Weihnachtswunsch. Deswegen habe ich leider ein wenig geschwindelt. Was mir sehr leidtut. Und dann habe ich gestern und heute alle hier ein wenig besser kennengelernt und erkannt, dass es ganz unterschiedliche Wünsche gibt und man unabsichtlich jemanden wehtun kann, nur weil man für einen anderen was ganz besonders Gutes tun möchte.«

Ein paar Sekunden lang schwiegen beide. Dann sah Bonnie sie an.

»Ich habe Angst, dass ich Hannah zu gern mag und sie dann plötzlich auch wieder weg ist oder sie mich nicht so gern mag, wie sie die Zwillinge mag«, vertraute Bonnie sich Emily an.

»Das kann ich gut verstehen. Das ist ja auch ganz schön verzwickt alles im Moment. Ich weiß natürlich auch nicht, wie das alles weitergeht, das weiß niemand. Aber eines kann ich dir verraten. Soll ich?«

Bonnie nickte.

»Hannah ist eine tolle Mama. Sie hat ein riesengroßes Herz, und da ist nicht nur für Joshi und Stella Platz, sondern ganz bestimmt auch für dich. Und dein Papa hat in seinem Herzen sicherlich auch noch Platz für die Zwillinge. Dann ist es für Joshi und Stella auch nicht mehr so schlimm, wenn ihre Eltern nicht mehr zusammen sind. Versuch doch einfach, dich mit den Zwillingen anzufreunden. Das sind tolle Geschwister, und du kannst für sie eine coole Stiefschwester sein, auch wenn ihr nicht immer zusammenwohnt. Was meinst du? Könntest du dir das vorstellen?«

Eine Weile lang sagte Bonnie nichts, und Emily dachte schon, sie würde auf Granit beißen, da griff das Mädchen nach ihrer Hand.

»Gehen wir zurück zu den anderen?«

»Ja. Das tun wir.«

Sie kehrten um, und Emily sah ein versöhnliches Lächeln in Valentins Augen.

Kapitel 23

Die Weihnachtsfamilie

Heiligabend – Teil 2

Rick und Hannah warteten schon ungeduldig vor dem Haus.

»Bonnie!«

Rick nahm seine Tochter in die Arme und drückte sie ganz fest an sich.

»Es tut mir leid, Papa!«, murmelte sie.

»Schon gut. Aber mach so etwas bitte nie wieder, meine Kleine«, murmelte er. »Du hast uns allen einen ganz schönen Schrecken eingejagt.«

»Mache ich nicht«, versprach das Mädchen.

»Darf ich Bonnie jetzt vielleicht auch mal knuddeln?«, fragte Hannah.

»Klar.«

Rick ließ seine Tochter los, und Hannah umarmte sie überschwänglich, um Bonnie zu zeigen, wie wichtig sie ihr war.

»Du hättest hören sollen, wie es vorhin im Auto gerumpelt hat«, sagte sie zu dem Kind.

»Gerumpelt?«, fragte Bonnie und löste sich von ihr.

»Weil mir so ein großer Stein vom Herzen gefallen ist, als Valentin uns anrief und sagte, dass sie dich gefunden haben und dir nichts passiert ist.«

»Wärst du traurig gewesen, wenn ich nicht mehr gekommen wäre?«, fragte Bonnie leise.

»Was für eine Frage! Natürlich! Ganz schrecklich traurig! Schließlich habe ich dich sehr lieb, Bonnie!«, beteuerte Hannah.

»Ich dich auch«, murmelte Bonnie, und die beiden umarmten sich erneut.

Rick wandte sich an Valentin und Emily.

»Danke für eure Hilfe und dass ihr sie so schnell gefunden habt«, sagte er.

»Ich bin froh, dass sie noch nicht weit weg war«, sagte Valentin.

»Tut mir leid, dass es überhaupt so weit gekommen ist«, sagte Emily zerknirscht. »Daran bin ich leider nicht unbeteiligt. Ich gehe nach oben und hole meine Sachen, dann verschwinde ich.«

Sie ging eilig ins Haus, bevor jemand etwas sagen konnte.

Als sie das Zimmer betrat, fühlte sie sich einen Moment kraftlos und setzte sich aufs Bett.

Sie hatte aus eigenen sentimentalen Gründen heraus versucht, etwas Gutes zu tun, und dabei nur Chaos angerichtet. Sie hatte die Zwillinge enttäuscht und eine Familie, die gerade dabei war, sich zu finden, fast kaputtgemacht. Und das ausgerechnet an Weihnachten! Mal wieder!

Verdammtes Weihnachten! Verdammter Heiligabend! Zukünftig würde sie wieder einen gewaltigen Bogen darum machen. Es kam ja doch nichts Gutes dabei raus, wenn sie sich darauf einließ.

Als sie das Handy vom Ladekabel nahm, sah sie zwei verpasste Anrufe ihrer Schwester und eine Sprachnachricht.

Oh nein! Sie hatte das versprochene Telefonat mit Laura völlig vergessen. Doch jetzt hatte sie nicht die Energie, zurückzurufen oder sich die Nachricht ihrer beleidigten Schwester anzuhören, die ihr sicherlich nur wieder schlimme Vorwürfe machen würde, weil sie so unzuverlässig war. Und eigentlich hatte sie recht damit. Wenn es um ihre Familie ging, war sie eine einzige Katastrophe. Deswegen war es am vernünftigsten, sich bestmöglich von ihr fernzuhalten. Sie würde ihre Mutter und ihren Vater heute Abend von unterwegs anrufen, ihnen ein frohes Fest wünschen und den Geschwistern schöne Grüße ausrichten lassen. Das war das einzig Weihnachtliche, das sie heute noch auf die Reihe kriegen würde. Danach wollte sie nur noch in ihrer Wohnung bei Chips und Bier und irgendeiner Krimiserie in Dauerschleife ganz für sich allein sein.

Besser war es auch, Victor und seine Familie nicht zu besuchen. Bei ihrem Talent würde sie womöglich auch dieser Familie den Feiertag versauen.

Emily stand langsam auf. Das Schwächegefühl war längst vorbei. Sie sah auf die Uhr. Es war erst kurz vor halb elf. Dabei fühlte es sich jetzt schon so an, als läge bereits ein ganzer Tag hinter ihr.

Sie verschwand noch mal kurz im Bad, dann packte sie das Ladekabel in ihren Rucksack, steckte das Handy in die Hosentasche und ging nach unten in den ersten Stock. Sie klopfte an der Tür der Zwillinge, doch niemand antwortete.

Ob Valentin schon mit dem Taxi zum Flughafen unterwegs war? Vielleicht würde ihn aber auch Hannah oder Rick mit dem Wagen hinbringen. Doch das brauchte sie nicht mehr zu interessieren.

»Emily«, sagte Hannah, als sie in der Diele war. »Kannst du bitte mit ins Esszimmer kommen? Es gibt da noch etwas zu besprechen.«

»Ich würde gerne gleich losfahren und mich nur noch kurz von den Zwillingen verabschieden«, sagte Emily.

Inzwischen hatte sie sich bereits für ihren Fehler bei allen entschuldigt, teils mehrfach. Irgendwann musste es dann auch mal reichen.

»Es dauert nicht lange«, sagte Hannah.

»Na gut.«

Emily folgte ihr ins Esszimmer. Dort saßen alle um den Tisch, auf dem die vier Kerzen des Adventskranzes brannten. Auch Valentin war noch hier.

»Setzt du dich bitte?«, fragte Hannah.

»Ich dachte, es dauert nur ganz kurz?«

»Trotzdem …«

Emily unterdrückte ein Seufzen und nahm Platz. Hoffentlich musste sie sich jetzt nicht noch eine Standpauke anhören. Sie wusste ja selbst, was sie falsch gemacht hatte.

»Möchtest du was trinken? Ein Glas Wasser?«, fragte Valentin.

»Nein danke. Ich möchte nichts. Und was gibt es denn noch?«, fragte sie und versuchte, nicht ungeduldig zu klingen.

»Ich habe mich vorhin mit den beiden hier unterhalten …«, übernahm zu ihrer Überraschung Rick das Wort und sah kurz zu Stella und Joshua, bevor er weitersprach. »Also die Zwillinge haben mir noch mal alles ausführlich erklärt und von ihrem Weihnachtswunsch erzählt. Sie wollten mit allen Mitteln erreichen, dass ihre Eltern zusammen Weihnachten feiern und dass sie wieder eine glückliche Familie werden. Das stimmt doch so, oder?«

Joshua und Stella nickten.

»Gut … Dabei haben sie eine Energie an den Tag gelegt und eine Kreativität gezeigt, die man eigentlich nur bewundern kann. Von manchen Leuten, mit denen ich zusammenarbeite, würde ich mir so ein Engagement wünschen. Sie haben sich wirklich alle Mühe gegeben, auch wenn sie uns damit ganz schön auf Trab gehalten haben. Vor allem euch beide, Valentin und Emily. Die Zwillinge haben es letztlich sogar geschafft, Emily zu ihrer Komplizin zu machen.«

»Ich muss jetzt aber was klarstellen«, unterbrach Emily ihn. »Die Kinder haben mich zwar um ihre Hilfe gebeten, aber ich habe das freiwillig gemacht. Wenn auch aus den falschen Gründen, und weil ich nicht richtig darüber nachgedacht habe«, beteuerte Emily. »Ich wollte den beiden einfach ein schönes Weihnachten ermöglichen, ohne dabei zu bedenken, dass ich es gleichzeitig anderen damit vermutlich verderben würde. Die Kinder trifft keine Schuld. Ich habe mich falsch verhalten.«

»Natürlich kann man jetzt sagen, das war nicht richtig«, fuhr Rick fort, »aber letztlich bin ich echt froh, dass ihr das gemacht habt, Joshi, Stella und Emily.«

»Ehrlich?«, rutschte es Emily heraus, und sie sah, dass Valentin schmunzelte.

»Ehrlich! Es hat ja offensichtlich nicht gereicht, dass die Kinder es mehrfach gesagt haben. Wir haben alle nicht richtig zugehört. Deswegen mussten sie selbst dafür sorgen und haben uns allen damit gezeigt, dass man solche Wünsche wichtig nehmen muss. Denn letztlich ist es doch ganz einfach, diesen Wunsch zu erfüllen.«

Er wandte sich an den Vater der Zwillinge. »Valentin, ich weiß, ich überrumple euch vermutlich gerade alle hier, aber bleib doch einfach und verbringe den Heiligabend mit uns. Ich habe kein Problem damit, wenn wir gemeinsam feiern, und die beiden würden sich riesig freuen.«

Die Augen der Zwillinge funkelten plötzlich vor Aufregung.

Valentin sah Rick genauso überrascht an wie Hannah.

Doch Rick fuhr gleich fort: »Wir sind immer so festgefahren in alten Mustern, aber das muss doch nicht sein. Ich freue mich, deine und Hannahs Kinder besser kennenzulernen. Und irgendwie wäre es doch schön, wenn Bonnie nicht nur Hannah und die Zwillinge, sondern auch dich kennenlernen würde. Und damit komme ich zum zweiten Weihnachtswunsch der Kinder: Sie wünschen sich, wieder eine glückliche Familie zu sein. Genau so eine Familie können wir doch sein. Eine Familie, zu der wir alle gehören, obwohl wir nicht alle in einem gemeinsamen Haus wohnen. Das wäre auch für Bonnie schön, vielleicht könnte sie dann sogar mal die Zwillinge in Hamburg besuchen. Na, was meint ihr? Erfüllen wir den Kindern die beiden Weihnachtswünsche?«

»Du erstaunst mich immer wieder aufs Neue«, sagte Hannah zu Rick und schluckte.

»Jeder Tag hält eben eine Überraschung bereit«, meinte Rick mit einem Lächeln. »Und an Weihnachten gibt es bekanntlich die größten Überraschungen.«

»Damit wären wir eine Art Weihnachtsfamilie«, meinte Valentin.

»Weihnachtsfamilie – das hört sich schön an. Nicht wahr, Kinder?«, fragte Hannah.

»Ja!«, riefen Stella und Joshua gleichzeitig, und Bonnie nickte.

»Okay. Dann lasst uns das doch einfach versuchen. Ich bleibe heute hier, und wir feiern gemeinsam Heiligabend«, stimmte Valentin zu.

Die Zwillinge jubelten. Und auch Bonnie schien sich zu freuen.

»Aber nur unter einer Voraussetzung!«, warf Valentin ein.

»Welche denn?«, fragte Rick.

»Du musst mir noch mal Sachen zum Anziehen leihen.«

»Na gut. Das lässt sich machen.«

Emily freute sich, dass alle Beteiligten offenbar dabei waren, auf eine besondere Weise als Familie zusammenzufinden, und es buchstäblich ein Happy End gab. Und vor allem auch, dass die Kinder am Ende doch noch ihre Wünsche erfüllt bekamen. Aber für sie war es nun wirklich an der Zeit zu gehen.

»Ich muss jetzt dann los«, sagte sie und stand auf.

»Kann Emily nicht auch zu unserer Weihnachtsfamilie gehören?«, fragte Joshua.

»Das geht leider nicht, Joshi!«, sagte sie schnell. »Ich gehöre nicht dazu.«

»Also ich finde schon«, sagte Valentin. »Denn womöglich säßen wir ohne dich jetzt gar nicht hier.«

»Ich würde mich auch sehr freuen, wenn du heute mit uns feiern würdest«, sagte Hannah, und Bonnie nickte.

»Nein, das geht wirklich nicht. Ihr braucht euch echt nicht verpflichtet zu fühlen, mich einzuladen, nur weil ich jetzt hier mit am Tisch sitze. Außerdem stehen der Heiligabend und ich auf dem weihnachtlichen Kriegspfad«, winkte Emily ab.

Rick lachte bei ihren Worten.

»Auf dem weihnachtlichen Kriegspfad – das wäre mal ein schöner Filmtitel«, überlegte er.

»Ich schenke ihn dir«, sagte Emily.

»Bitte bleib doch da«, sagte Stella. »Dann bist du nicht so allein.«

»Ich bin nicht allein«, sagte Emily doch sie merkte selbst, dass es wenig überzeugend klang.

»Doch. Und wenn du da bist, kannst du uns noch ein paar schöne Geschichten erzählen. Bitte«, bettelte Joshua.

»Leute wirklich, das geht nicht!«, sagte sie, nun ein wenig energischer. »Erstens bin ich gern allein. Außerdem würde ich euch nur alles ruinieren. Das habe ich schon einmal wunderbar geschafft. Seither sprechen meine Eltern kaum mehr ein Wort miteinander.«

»Wir sind doch nun vorgewarnt. Dieses Risiko nehmen wir gerne auf uns, oder?«, fragte Rick in die Runde, und alle nickten.

»Vielleicht kannst du ja dein Kriegsbeil mit Weihnachten begraben. Denn es könnte durchaus sein, dass du heute mit uns ganz viel Spaß hast«, warf Valentin ein. »Alles ist möglich an Weihnachten … Und außerdem würde ich mich wirklich freuen, wenn du bleiben würdest, und dann fahren wir morgen gemeinsam im Auto zurück nach Hamburg.«

»Valentin, ich …«

»Bitte bleib doch da«, sagte nun Bonnie. »Das wäre echt schön!«

»Ich habe sowieso viel zu viel gekocht«, rief nun auch noch Bianca aus der Durchreiche der Küche. Offenbar hatte sie das Gespräch verfolgt.

»Siehst du, alle wollen, dass du dableibst«, sagte Valentin.

Emily atmete einmal tief ein und aus.

»Na gut. Wenn ihr unbedingt wollt!«, gab sie schließlich nach. »Aber ich kann für nichts garantieren.«

Wieder jubelten die Kinder, und auch die Erwachsenen freuten sich.

»Toll, dass du bleibst«, sagte Valentin.

»Finde ich auch!«, stimmte Hannah ihm zu.

»Emily?«, fragte Stella.

»Ja?«

»Backst für uns bitte diesen Weihnachtskuchen aus der Geschichte von Weihnachten, die du uns erzählt hast?«, fragte sie.

Emily blies Luft durch ihre Lippen.

»Ich wusste ja, dass die Sache einen Haken hat, jetzt soll ich auch noch arbeiten«, sagte sie mit einem schiefen Grinsen, das überspielen sollte, wie bewegt sie gerade war.

»Was ist das denn für ein besonderer Kuchen?«, wollte Hannah wissen.

»Den gab es in meiner Kindheit immer nur an Heiligabend, wenn wir am Nachmittag in unserem Zimmer waren und auf die Bescherung gewartet haben. Ein Rezept meiner Oma … Ich kann mich gar nicht mehr an die genauen Zutaten erinnern.«

Doch das stimmte nicht. In dem Moment, als sie darüber nachdachte, wusste sie plötzlich haargenau, wie ihre Mutter den Kuchen damals gemacht hatte. Und sie wusste auch ganz genau, wie er schmeckte, auch wenn sie ihn nicht mehr gegessen hatte, seit jenem unseligen Tag.

»Wenn es keine besonders ungewöhnlichen Zutaten sind, habe ich sicher alles in der Küche«, sagte Bianca. »Außerdem lerne ich immer gern neue Rezepte kennen.«

»Und ich koste gern neue Kuchen«, sagte Rick.

»Okay … dann werde ich also für die Weihnachtsfamilie einen Weihnachtskuchen backen.«

Inzwischen hatte sie ihre Sachen wieder nach oben ins Zimmer gebracht, und nun stand sie in der Küche und ließ sich von Bianca alle Zutaten für die doppelte Menge geben, um zwei Kuchen zu machen, damit er für alle reichte. Schließlich wollte man vom Weihnachtskuchen meistens mehr als nur ein Stück essen. Die Kinder standen um sie herum und schauten ihr neugierig zu.

»Kann ich ein paar Fotos machen?«, fragte Valentin durch die Durchreiche.

»Wenn es unbedingt sein muss«, sagte Emily, die gerade das erste Ei aufschlug, um es zu trennen.

»Es muss nicht sein, aber es wäre für alle sicher eine schöne Erinnerung«, meinte er.

»Na gut.«

»Kann ich beim Backen helfen?«, fragte Bonnie.

»Klar. Ihr könnt euch gern ein wenig nützlich machen«, antwortete Emily und teilte die Kinder für kleine Aufgaben ein, während Valentin immer wieder fotografierte. Schließlich schoben sie die beiden Kuchen in den vorgeheizten Backofen. Einmal als Guglhupf und einmal in einer Kastenform, so wie es ihn immer bei Emily gegeben hatte.

»Da bin ich ja mal sehr gespannt, wie der schmeckt«, sagte Bianca.

»Ich auch«, meinte Valentin.

»Ich übernehme keine Garantie, aber wir mochten ihn als Kinder jedenfalls sehr«, meinte Emily.

Hannah kam in die Küche.

»Kinder, wenn ihr hier fertig seid, dann wird es Zeit, nach oben in eure Zimmer zu gehen«, sagte sie. »Und dort müsst ihr dann bitte auch bleiben, bis wir euch zum Abendessen nach unten holen. Das gibt es heute allerdings schon früher, damit Bianca rechtzeitig Feierabend machen und zu ihrer Schwester fahren kann.«

»Müssen wir dann die ganze Zeit im Zimmer bleiben?«, fragte Bonnie.

»Ja. Das gehört so an Heiligabend … Wir haben meistens Monopoly gespielt«, sagte Emily.

»Das habe ich noch nie gespielt!«, sagte Bonnie.

»Wir schon. Ganz oft. Mit Oma und Opa«, sagte Stella.

»Ihr könntet es Bonnie ja beibringen«, schlug Valentin vor. Er war froh, dass sich die Kinder untereinander entschuldigt hatten und sich nach dem großen Streit und dem Schreck um Bonnies Verschwinden zusammenrauften.

»Später komme ich dann mit dem Kuchen und Kakao zu euch«, versprach Emily.

»Was wird eigentlich aus dem Lunchpaket, das wir nach Hamburg mitnehmen wollten?«, wollte Valentin wissen.

»Wer mag, kann sich jederzeit gerne aus dem Korb bedienen«, sagte Bianca. »Er steht in der Speisekammer auf dem Gefrierschrank.«

»Mir ist da gerade etwas eingefallen«, sagte Valentin.

»Was denn?«, fragte Hannah.

»Es ist so ein herrlicher Tag heute, fast zu schade, dass die Kinder ihn die ganze Zeit im Zimmer verbringen. Emily und ich könnten doch mit ihnen jetzt noch gleich einen Winterspaziergang machen und das Lunchpaket im Rucksack mitnehmen.«

Die Kinder waren begeistert von dem Vorschlag.

»Unterwegs machen wir dann mal Pause und essen eine Kleinigkeit. Und dann spazieren wir am frühen Nachmittag zurück, und die Kinder gehen sofort zum Spielen in eines der Kinderzimmer. Und dort gibt es dann den Weihnachtskuchen«, schlug er vor.

»Ich finde, das ist eine tolle Idee«, sagte Hannah. Damit hätten Rick und sie endlich mal ein klein wenig Zeit für sich, was in der letzten Zeit nur ganz selten der Fall gewesen war.

»Du musst natürlich nicht mit, wenn du nicht magst«, sagte Valentin zu Emily.

»Ich würde sehr gerne mitkommen. Aber ich muss die Kuchen in etwa fünfzig Minuten aus dem Ofen nehmen und sie mit Schokolade glasieren«, sagte Emily.

»Keine Sorge, das kann ich machen«, bot Bianca an.

Kapitel 24

Ein Anruf, der alles ändert

Heiligabend – Teil 3

Eine halbe Stunde später waren sie bereits unterwegs. Inzwischen waren auch die letzten Wolken verschwunden, und über dem Berchtesgadener Land strahlte die Wintersonne von einem tiefblauen Himmel.

Noch einmal gingen sie die Strecke beim Schlittenberg nach oben und wollten dann durch den Schnee auf die andere Seite des Hügels, die ebenfalls an den Wald angrenzte. Doch es war sehr mühsam, weil sie immer wieder tief einsanken. Den Kindern in ihren Schneeanzügen machte es nicht allzu viel aus, aber Valentin und Emily trugen normale Hosen, die an den Beinen über den Stiefeln schon nass vom Schnee waren.

»Vielleicht kehren wir besser um und gehen die geräumte Straße entlang weiter nach oben«, schlug Emily vor.

»Wollte ich auch gerade vorschlagen«, sagte Valentin. »Kinder, wir gehen den Weg wieder zurück«, rief er ihnen zu.

Emily lag noch etwas auf der Seele.

»Ich weiß, eigentlich ist nun alles geklärt, aber ich hatte noch keine Gelegenheit, mich allein bei dir zu entschuldigen«, sagte Emily zu Valentin, während sie ein Stück hinter den Kindern nach unten marschierten.

»Ich muss zugeben, dass ich vorhin schon etwas sauer auf dich war, vor allem wegen der Zwillinge. Aber ich weiß ja, dass es dir leidtut und dass es keine böse Absicht von dir war und du nur was Gutes tun wolltest. Vergessen wir es doch einfach.«

»Danke … Ich möchte dir nur noch erklären, warum ich mich überhaupt darauf eingelassen habe, den beiden zu helfen.«

Er sah sie neugierig an.

»Du und Hannah, ihr geht so großartig miteinander um. Das fand ich so besonders, weil ich es von meinen Eltern ganz anders kenne, und ich dachte ehrlich, dass die Kinder recht hatten und ihr euch vielleicht immer noch liebt. Inzwischen hat Hannah mir erklärt, wie ihr zueinander steht und wie es zu eurer Trennung kam. Und jetzt sehe ich, dass ich damit falschlag.«

Valentin lächelte ein wenig melancholisch.

»Möchtest du meine Seite auch hören?«, fragte er.

»Ist die denn so anders?«

»Es ist natürlich die gleiche Geschichte, aber es sind nicht dieselben Gefühle«, sagte er.

»Weil in einer Beziehung immer einer mehr liebt als der andere?«, meinte Emily.

»Das trifft es wohl ziemlich gut.«

»Und das warst du …«

Er zuckte mit den Schultern.

»Vermutlich. Es hat bei mir länger gedauert, sie loszulassen. Glücklicherweise hatte ich die Kinder, das machte es mir ein wenig leichter.«

»Fällt es dir noch schwer, Hannah mit Rick zu sehen?«, fragte Emily.

»Bis vor Kurzem war das so. Erstaunlicherweise nicht mehr, seitdem wir hier in Berchtesgaden sind.«

»Echt?«

»Ja … Vor allem heute habe ich ihn von einer ganz anderen Seite kennengelernt. Nicht als Regisseur, der nach außen immer etwas distanziert wirkt, oder als Mann, in den sich meine Frau damals verliebt hat, sondern als besorgten Vater. Und ich muss echt sagen, dass ich es ihm hoch anrechne, dass er die Wünsche meiner Kinder so respektiert, dass wir alle Weihnachten miteinander verbringen können.«

»Ich finde ihn inzwischen auch ziemlich sympathisch«, sagte Emily. »Das hätte ich nach dem ersten Eindruck nicht für möglich gehalten. Da konnte ich wirklich nicht nachvollziehen, warum Hannah mit ihm zusammen war, anstatt bei einem tollen Mann wie dir zu bleiben.«

Kaum dass ihr die Worte herausgerutscht waren, merkte sie auch schon, wie ungeschickt sie waren.

Valentin grinste.

»Oh, wie interessant. Du findest also, ich bin ein toller Mann?«

Emily spürte, wie ihre Wangen plötzlich vor Verlegenheit heiß wurden. Und das passierte ihr normalerweise so gut wie nie.

»Ich meine, weil ihr als Paar so gut zusammenpasst, du und Hannah und wegen der Kinder natürlich«, versuchte sie, die Kurve zu kriegen. Es fehlte ihr gerade noch, dass Valentin den Eindruck gewinnen würde, sie könnte auf ihn stehen.

»Ach. Nur deswegen?«, fragte er mit einem schelmischen Zwinkern.

»Natürlich!«, sagte sie schnell. Zu schnell. In Wahrheit fand sie Valentin inzwischen mehr als sympathisch und zudem noch auf eine unaufdringliche Art attraktiv. Doch das würde sie ihm ganz sicher nicht auf die Nase binden.

Danach sagten sie eine Weile lang nichts mehr.

»Kinder! Wartet bitte unten auf uns«, rief er schließlich. »Ich möchte noch ein paar Fotos machen.«

»Ist gut, Papa!«, rief Stella zurück.

»Emily?«

»Ja?«

»Es gibt da etwas, das mich sehr interessieren würde.«

»Was denn?«

»Wenn du den Kindern weiterhin geholfen hättest, ihnen den Wunsch zu erfüllen, dass ich hierbleibe und mit ihnen und Hannah zusammen Weihnachten feiere, wie hättest du das angestellt? Ich meine, nachdem der Schnee einer Rückfahrt nicht mehr im Weg stand. Mich in den Keller gesperrt? Die Luft aus den Reifen gelassen? Eine Krankheit vorgetäuscht?«

Emily lachte.

»Das waren durchaus Möglichkeiten, die ich kurz in Betracht gezogen habe«, gab sie zu.

»Das war alles, was dir einfiel?«, fragte er mit einem Grinsen.

»Nicht ganz. Aber dir ein starkes Abführmittel zu verpassen oder euch alle mit Schlaftabletten bis zum Abend ruhigzustellen war mir dann doch zu drastisch.«

Nun lachte auch er.

»Jedenfalls bin ich froh, dass sich alles so aufgelöst hat. Ich muss nur noch eine Erklärung für die Kinder finden, warum das Christkind die Geschenke in Hamburg unter einen Baum gelegt hat, den ich noch nicht einmal aufgestellt habe, und nicht hier.«

»Die werden so geflasht sein von der Dekoration im Wohnzimmer, dass sie darüber gar nicht nachdenken werden. Und bis sie zurück in Hamburg sind, fällt dir bestimmt was ein«, sagte sie, nun ein wenig leiser, weil sie sich den Kindern näherten, die im Schnee lagen und mit den Armen und Beinen Schneeengel machten.

»Bleibt bitte so liegen«, sagte er zu den Kindern. »Das muss ich gleich mal fotografieren.«

»Willst du auch einen Schneeengel machen, Emily?«

»Na klar, Joshi!«

Sie ging ein paar Schritte zu einer unberührten Schneefläche und ließ sich dann vorsichtig mit dem Rücken in den Schnee fallen. Dann bewegte sie sich mit ausgestreckten Armen und Beinen wie ein Hampelmann.

Valentin hatte die Kinder inzwischen fotografiert und konzentrierte sich nun auf Emily. Sie lachte fröhlich, und ihre Augen strahlten durch das Licht der Sonne noch mehr als sonst. Sie war wunderschön! Schon vom ersten Moment an hatte diese Frau ihn neugierig gemacht. Und er freute sich sehr, dass er weiterhin Zeit mir ihr verbringen durfte und sie dabei noch näher kennenlernen konnte.

Inzwischen waren die Zwillinge aufgestanden und fielen spielerisch über Emily her.

»Ihr Frechdachse!«, rief Emily und kitzelte die beiden, die vor Vergnügen quietschten. Bonnie stand etwas unsicher daneben und wusste offensichtlich nicht, ob sie mitmachen durfte. Da steckte Valentin die Kamera in seinen Rucksack und machte einen Schneeball, den er auf Bonnie warf. Er traf sie an der Schulter. Das Mädchen sah ihn verdutzt an. Damit hatte sie nicht gerechnet.

»Na, wie wär's mit einer Schneeballschlacht, Bonnie?«, rief er.

Als Valentin sich bückte, schnappte sich Bonnie ebenfalls eine Handvoll Schnee. Ihr Wurf landete mitten auf Valentins Mütze.

»Wow! Super getroffen«, rief Joshua. Er löste sich von Emily und machte ebenfalls mit. »Alle gegen Papa!«, rief er, und nun kam auch noch Stella dazu.

Valentin wurde regelrecht bombardiert.

»Das ist unfair, drei gegen einen!«, rief er nun Emily zu. Sie rappelte sich hoch, klopfte sich notdürftig den Schnee von der Hose ab und kam Valentin zu Hilfe.

»Kinder gegen die Erwachsenen!«, rief nun Stella, und sie lieferten sich eine lustige Schneeballschlacht.

Beim Versuch, einem Schneeball auszuweichen, stolperte Emily und fiel mit dem Gesicht voran in den Schnee. Prustend hob sie den Kopf und wischte sich über das Gesicht!

»Auszeit!«, rief Valentin, und die Kinder hörten tatsächlich auf, sie zu bewerfen.

Er reichte Emily die Hand und half ihr beim Aufstehen.

Lachend stand sie vor ihm.

»Ich habe ganz vergessen, wie schön der Winter sein kann und wie viel Spaß man im Schnee haben kann«, schwärmte sie mit funkelnden Augen.

»Und das an Heiligabend. Wer hätte das nur gedacht?«, sagte er.

»Vielleicht kann ich das weihnachtliche Kriegsbeil doch begraben«, sagte Emily.

»Das würde mich für dich freuen«, sagte er und verspürte plötzlich den Wunsch, sie zu küssen.

»Ich habe Hunger, Papa!«, rief Joshua in diesem Moment. »Kriegen wir was zu essen?«

»Klar«, sagte Valentin. »Wollt ihr auch schon was?«, fragte er die Mädchen und Emily, und alle nickten.

Er öffnete seinen Rucksack. Bianca hatte ihnen für den Früchtepunsch fünf kleine Blechbecher eingepackt. Er schenkte ein und reichte die dampfenden Becher weiter.

»Das tut sicher gut jetzt!«, sagte Emily und nahm vorsichtig einen Schluck.

Er verteilte kleine Brote mit Käse, Gurken und Eiern. Die Bewegung an der frischen Luft hatte sie hungrig gemacht, und alle aßen mit einem großen Appetit.

»Möchte noch jemand was? Es gibt auch noch Bananen«, sagte Valentin.

»Ich noch mal ein Käsebrot«, sagte Stella.

Bonnie wollte eine Banane.

»Ich nichts mehr, weil ich noch Platz brauche, für den Weihnachtskuchen und den Kakao«, sagte Joshua.

»Das ist sehr klug von dir!«, sagte Emily und stupste ihm mal wieder freundschaftlich auf die Nasenspitze.

Als alle aufgegessen hatten, packte Valentin die Sachen wieder in den Rucksack.

»Wollt ihr noch ein wenig spazieren gehen oder noch einen Schneemann bauen?«, fragte er.

»Mir ist schon ein wenig kalt!«, sagte Bonnie.

»Ich habe auch schon eisige Füße«, meinte Stella.

Tatsächlich hatte es schlagartig abgekühlt, seitdem die Sonne sich vor einigen Minuten hinter Wolken versteckt hatte, die inzwischen aufgezogen waren. Außerdem war es windig geworden.

»Wir gehen besser zurück ins Haus. Ihr könnt auf euren Zimmern noch duschen oder ein heißes Bad nehmen. Und dann essen wir den Weihnachtskuchen, und ihr könnt spielen«, schlug Valentin vor.

»Spielt ihr auch mit, du und Emily?«, fragte Joshua.

»Ich gern. Was meinst du, Emily?«

»Aber klar doch! Ich möchte auch nur noch schnell eine heiße Dusche nehmen«, erklärte sie. »Inzwischen ist mir nämlich auch etwas kalt geworden.«

»Kein Wunder, du bist ja schon voller Eis«, sagte Valentin amüsiert und zog ein paar kleine Eisbrocken aus ihren Haaren.

Als er ihr so nah kam, spürte Emily wieder dieses eigenartige Kribbeln. Und für einen Moment gab sie sich der Vorstellung hin, dass er sie in die Arme nahm und küsste.

In diesem Moment klingelte ein Handy.

»Das ist meines«, sagte Emily. Sie zog den nassen rechten Handschuh ab und griff in die Jackentasche.

»Meine Schwester«, sagte sie, und Valentin bemerkte, wie ihr Lächeln verschwand.

Emily überlegte, ob sie das Gespräch annehmen sollte. Aber sie hatte ohnehin schon ein schlechtes Gewissen.

»Geht ihr schon mal mit Valentin ins Haus«, sagte sie zu den Kindern. »Hallo, Laura!«, meldete sie sich dann und drehte sich ein wenig zur Seite.

»Wieso rufst du nicht zurück?«, fuhr Laura sie an. »Ist dir der Wunsch unseres Vaters wirklich so egal?«

»Wie meinst du das?«, fragte Emily verwirrt, während die Kinder sich schon auf den Weg zum Haus machten. Nur Valentin wartete noch auf sie.

»Du hast noch nicht einmal die Sprachnachricht abgehört, nicht wahr?« In Lauras Stimme mischte sich Ärger mit Resignation.

»Es tut mir leid. Mein Akku war heute Morgen leer. Und der Auftrag, den ich hatte, hat sich unvorhergesehen verlängert. Heute war so viel los, dass ich …«

»Du hast immer eine Ausrede, Emily«, unterbrach ihre Schwester sie. »Die Arbeit, die weite Entfernung, kein Urlaub – kannst du es wenigstens heute Abend so einrichten, dass wir ein Skype-Gespräch führen? Es ist Papa wirklich sehr wichtig, dich noch sehen zu können, wenn du schon nicht kommen kannst.«

»Was meinst du mit *dich noch sehen zu können*? Ist etwas mit ihm?«, fragte Emily, plötzlich besorgt.

»Er möchte es dir und Markus persönlich sagen.«

»Kommt Markus heute zu euch?«

Emily war überrascht.

»Nein. Morgen. Du weißt genau, dass Mama tödlich beleidigt wäre, wenn er Heiligabend mit Papa verbringen würde und nicht mit ihr.«

Emily seufzte.

»Noch immer dasselbe Spiel. Und du fragst mich, warum ich Weihnachten nie kommen mag«, sagte sie.

»Meinst du denn, mir gefällt diese Situation, die wir jetzt schon seit über zwanzig Jahren haben?«, fuhr sie Emily barsch an.

Nein. Aber du bist auch nicht schuld an dem ganzen Dilemma, sondern ich, dachte Emily. Aber das sprach sie nicht laut aus.

»Weißt du denn, was Papa uns unbedingt sagen möchte?«, fragte sie stattdessen.

»Ja.«

»Ist es was Schlimmes?«

»Ich kann nur so viel sagen, wenn du dir sicher sein möchtest, noch einmal mit ihm zu sprechen und ihm dabei in die Augen zu sehen, dann solltest du heute Abend ein Skype-Gespräch möglich machen. Ich muss jetzt aufhören. Schick mir bitte eine Nachricht, ob und wann du kannst.«

Bevor Emily noch etwas sagen konnte, hatte ihre Schwester aufgelegt.

Plötzlich war ihr so kalt, dass sie zu zittern begann.

»Ist etwas passiert, Emily?«, fragte Valentin besorgt.

»Ich weiß nicht«, murmelte sie. »Es ist irgendetwas mit meinem Vater. Aber Laura will es mir nicht am Telefon sagen.«

»Lass uns zurück ins Haus gehen.«

Er griff nach ihrer Hand.

»Du zitterst ja schon vor Kälte.«

Es tat ihr gut, sich an ihm festzuhalten.

»Komm, beeilen wir uns.«

Während sie das kurze Stück zurück zum Haus gingen, hörte sie die Sprachnachricht ihrer Schwester ab, die sie heute Morgen geschickt hatte. Doch darin verriet Laura auch nicht mehr, sondern bat Emily nur, den Wunsch des Vaters zu erfüllen und mit ihm zu skypen.

»Ich verstehe nicht, warum sie es mir nicht einfach sagt«, schimpfte Emily, die sich immer mehr Sorgen um ihren Vater machte.

»Ich weiß, dass es schwierig ist, aber bitte mach dich jetzt nicht verrückt. Es kann alles Mögliche sein, was er dir sagen möchte«, versuchte Valentin, sie zu beruhigen.

»Vielleicht übertreibt Laura auch nur mal wieder. Das tut sie nämlich immer schon gern!«, hoffte Emily, als sie das Haus betraten. Und sie schickte ein Stoßgebet gen Himmel, dass dem so war.

Kapitel 25

Entscheidungen

Heiligabend – Teil 4

In der Diele stieg Emily sofort der Duft des Weihnachtskuchens in die Nase. In ihrer Erinnerung führte er sie für einen Moment in den Flur der elterlichen Wohnung vor zweiundzwanzig Jahren, als sie unabsichtlich verraten hatte, dass ihr Vater die Frau des Hausmeisters geküsst hatte. Und genau wie damals wurde ihr auch jetzt übel.

Hannah kam ihnen entgegen.

»Ihr hattet offenbar viel Spaß im Schnee, haben die Kinder gesagt.«

»Ja … den hatten wir«, bestätigte Valentin, während sie rasch aus den nassen Jacken und Schuhen schlüpften.

»Sie sind jetzt oben, um zu duschen. Könnt ihr euch mit den beiden beschäftigen, während Rick und ich hier unten noch alles für die Bescherung vorbereiten?«

»Das mache ich«, sagte Valentin.

»Emily, falls du noch was brauchst zum Anziehen für heute Abend, leihe ich dir gern was«, bot Hannah an.

»Danke. Aber ich kann leider doch nicht hier sein«, sagte Emily. Sie hatte sich entschieden, kein Skype-Gespräch zu führen, sondern zu ihrem Vater und Laura zu fahren.

»Ist etwas passiert? Du bist ja ganz blass?«, fragte Hannah, die inzwischen auch den sorgenvollen Blick von Emily bemerkt hatte.

»Emily muss nach München zu ihrem Vater«, übernahm Valentin die Erklärung, ohne dass sie ihm ihre Entscheidung hatte sagen müssen. »Sie hat vorhin einen Anruf von ihrer Schwester bekommen.«

»Wirklich? Das tut mir leid. Geht es ihm nicht gut?«

»Keine Ahnung. Meine Schwester will es mir nicht sagen. Ich soll es mit meinem Vater selbst besprechen.«

Glücklicherweise ließ die Übelkeit schon wieder ein wenig nach, die vermutlich der Aufregung geschuldet war.

»Auch wenn ich es natürlich schade finde, dass du nicht hier sein wirst, Emily, verstehe ich das natürlich. Die eigene Familie geht immer vor.«

Emily nickte nur.

»Wenn es okay ist, würde ich nur noch kurz duschen, und dann mache ich mich auf den Weg.«

»Aber klar. Falls du noch etwas brauchst, sag bitte Bescheid.«

»Danke.«

»Ich hänge deine Jacke inzwischen zum Trocknen auf, und deine Schuhe stelle ich auch an die Heizung«, sagte Valentin.

»Danke … Ich habe aber auch noch ein trockenes Paar im Wagen.«

»Wie lange fährst du denn nach München?«

»Etwa zwei Stunden, wenn alles gut läuft … Valentin, wegen der Rückfahrt morgen, ich weiß noch nicht, ob ich vielleicht noch in München bleibe.«

»Schon gut. Mach dir meinetwegen bitte keine Gedanken. Ich werde mir für morgen einen Flug nach Hamburg buchen.«

»Okay … ich geh dann mal nach oben.«

»Wir sehen uns noch, bevor du fährst?«, fragte er.

»Natürlich!«

Während Emily nach oben ging, sagte Hannah leise zu Valentin: »Wenn ich an deiner Stelle wäre, würde ich sie bald mal auf ein Date einladen.«

»Ein Date?«

»Tu nicht so überrascht.«

»Wie meinst du das?«

»Du magst sie, oder?«

»Sie ist mir schon sehr sympathisch, ja …«, sagte er ausweichend.

Hannah lachte.

»Valentin Brandes! Ich kenne dich jetzt schon, seit wir kleine Kinder waren. Und du kannst mir wirklich nichts vormachen. Ich bemerke schon die ganze Zeit, wie du sie immer anschaust. Und sie dich. Emily hat auch was für dich übrig.«

»Hat sie das gesagt?«

»Das musste sie gar nicht.«

»Unsinn!«

»Wenn ich falschliege, dann vergiss einfach, was ich eben gesagt habe. Aber falls ich mit meiner Vermutung recht haben sollte, dann gib ihr bitte irgendein kleines Zeichen, bevor sie nach München fährt.«

»Wir kennen uns doch erst seit drei Tagen!«, gab er zu bedenken.

»Manchmal ist das mehr als genug … Ich mag sie, die Zwillinge mögen sie, sogar Bonnie mag sie …«

»Wen mögt ihr?«, fragte Rick, der unbemerkt die Treppe nach unten gekommen war.

»Emily!«, erklärte Hannah.

»Emily ist eine tolle Frau!«, erklärte Rick. »Schade, dass sie keine Schauspielerin ist. Ich kann mir sehr gut vorstellen, dass die Kamera ihr besonderes Gesicht liebt.«

»Das tut sie tatsächlich«, bestätigte Valentin, der sich schon jetzt auf die Fotos freute, die er heute in der Küche und beim Spaziergang gemacht hatte.

»Du solltest mal mit ihr ausgehen«, schlug Rick vor.

»Das habe ich ihm gerade auch empfohlen.«

»Lasst das mal ganz meine Sorge sein«, sagte Valentin und brachte Emilys Sachen zum Trocken in das kleine Badezimmer in der Diele.

Hannah und Rick grinsten sich zu.

»Wir müssen die beiden heute Abend einfach mal unter den Mistelzweig schieben«, meinte Rick amüsiert. »Dann wird das schon.«

Das Lächeln aus Hannahs Gesicht verschwand.

»Emily muss leider gleich weg. Es ist irgendwas mit ihrem Vater in München.«

»Schade. Ich hoffe nichts Schlimmes?«

»Keine Ahnung.«

»Jedenfalls bin ich mir sicher, dass wir sie ganz bestimmt noch öfter sehen werden.«

»Davon gehe ich auch aus.«

»Und ist das okay für dich?«

»Wie meinst du da?«

»Na ja … wenn Valentin womöglich eine neue Frau haben sollte?«

»Dann wäre Emily vermutlich eine gute Wahl.«

Es war kurz nach fünfzehn Uhr, als Emily mit ihren Sachen nach unten kam.

Valentin wartete schon auf sie.

»Schade, dass du wegmusst«, sagte er.

Sie zuckte mit den Schultern.

»Ich fürchte, das mit dem weihnachtlichen Kriegsbeil und mir wird sich wohl doch noch nicht so schnell auflösen.«

»Wer weiß«, sagte Valentin. »Der Tag ist lange noch nicht vorbei.«

»Mal sehen … Jedenfalls habe ich kein so gutes Gefühl, was meinen Vater betrifft.«

»Ich wünsche es euch wirklich, dass es nicht schlimm ist.«

»Danke!«

»Deine Schuhe sind trocken und die Jacke auch.«

»Das ging so schnell?«, fragte Emily verwundert.

»Es gibt hier einen guten Föhn«, scherzte Valentin. »Nur leider funktioniert er jetzt nicht mehr. Aber vielleicht muss er nur wieder abkühlen.«

Sie lächelte.

»Hoffentlich. Danke, dass du dir die Mühe gemacht hast … Bevor ich losfahre, möchte ich noch schnell den Kindern den Weihnachtskuchen hochbringen. Aber ich schaffe es nicht mehr, auch noch den Kakao zu kochen.«

»Das macht doch nichts. Hannah und Rick sind übrigens auch gerade bei den Kindern. Dann kannst du dich gleich von allen verabschieden.«

Sie gingen in die Küche, wo Bianca mitten in den Vorbereitungen für das Weihnachtsmenü steckte.

»Ich habe gehört, Sie müssen gleich los«, sagte die Haushälterin.

»Ja … Ich möchte nur noch selbst den Weihnachtskuchen nach oben bringen.«

»Die Kuchen stehen in der Speisekammer am Fenster zum Abkühlen.«

Emily holte sie in die Küche.

»Ich hoffe, die Schokoladenglasur ist schon fest«, sagte Bianca.

»Ja. Sie ist perfekt.«

»Kann ich was helfen?«, fragte Valentin.

»Nein. Ich mache das schon.«

Emily wollte zuerst den Kastenkuchen anschneiden, zögerte dann aber. Ihr war plötzlich ein Gedanke durch den Kopf gegangen.

»Ich glaube, der Guglhupf ist groß genug und reicht locker für alle«, sagte sie. »Wäre es okay, wenn ich den anderen Kuchen mit nach München nehme?«

»Klar«, sagte Valentin.

»Um fünf gibt es eh schon das Abendessen«, meinte Bianca. »Wenn die jetzt so viel Kuchen essen, haben sie später keinen richtigen Appetit mehr … Ich pack Ihnen den Kuchen gleich in Folie ein.«

»Danke sehr, Bianca.«

Emily schnitt eilig den Weihnachtskuchen auf einem runden Tablett in einzelne Stücke. Zwei besonders große legte sie auf einen separaten Teller.

»Der ist für Sie und Ihre Schwester«, sagte sie zu Bianca.

»Herzlichen Dank, da freue ich mich wirklich schon sehr drauf. Es ist schön, was zu essen, das man nicht selbst gekocht oder gebacken hat.«

Die Haushälterin reichte Emily den eingewickelten zweiten Kuchen.

»Es hat mich sehr gefreut, dass wir uns kennengelernt haben, Bianca, und vielen Dank für das feine Essen!«

»Sehr gern. Schade nur, dass Sie die Ravioli nicht mehr probieren können.«

»Ich werde Emily sagen, wie sie geschmeckt haben, und vielleicht bekomme ich ja das Rezept von Ihnen, Bianca.«

»Freilich! Ich freue mich immer, wenn jemand was von meinen Gerichten nachkochen möchte.«

»Super. Dann gibt es demnächst bei uns in Hamburg diese Ravioli, und wir würden uns freuen, wenn du zum Essen zu uns kommst, Emily.«

Valentin war froh, dass er so einen eleganten Weg gefunden hatte, sie einzuladen. Auch wenn die Kinder dabei sein würden und es kein echtes Date war. Aber er wollte auch nichts überstürzen.

»Okay ... ich nehme die Einladung sehr gern an«, sagte Emily.

Ein paar Minuten später waren sie oben im Kinderzimmer der Zwillinge, und alle bis auf Emily hatten sich ein Stück Weihnachtskuchen genommen. Auf dem Boden war ein Monopoly-Spiel ausgebreitet, das sie kurz unterbrochen hatten.

»Und du kannst wirklich heute nicht mit uns Weihnachten feiern?«, fragte Joshua enttäuscht.

»Leider nicht, Joshi. Es tut mir echt leid. Aber schau, eure Eltern feiern gemeinsam mit euch, und ihr seid zusammen mit Bonnie und Rick alle wieder eine glückliche Familie. Es ist genau das eingetroffen, was du und Stella euch gewünscht habt.«

»Aber du sollst auch zu unserer Weihnachtsfamilie gehören«, sagte Stella. Sie legte den Kuchen zurück auf den Teller, stand auf und drückte sich fest an Emily.

Emily streichelte durch den dunklen Lockenkopf des Mädchens und schluckte. Sie hatte die Kinder – überhaupt alle, die hier im Raum waren – inzwischen ins Herz geschlossen. Noch nie hatte sie einen Auftrag gehabt, der sie emotional so auf eine Achterbahnfahrt geschickt hatte.

»Ihr werdet Emily schon bald wiedersehen«, sagte Valentin. »Ich habe sie vorhin zum Essen bei uns zu Hause eingeladen, wenn wir wieder alle in Hamburg sind.«

Hannah und Rick grinsten sich verstohlen zu.

»Du kommst wirklich bald zu uns?«, fragte Joshua sicherheitshalber nach.

»Ja. Fest versprochen! … So, jetzt lasst euch bitte den Kuchen schmecken, und ich mache es ganz kurz: Frohe Weihnachten euch allen! Und danke für die schöne Zeit hier.«

Und schon rauschte Emily aus dem Zimmer.

Nur Valentin folgte ihr nach unten und begleitete sie hinaus zum Wagen.

»Das waren drei wirklich verrückte Tage«, sagte sie, während sie ihre Sachen und den Kuchen auf die Rückbank stellte.

»Allerdings … Danke, dass du dich so großartig um die Kinder gekümmert hast«, sagte Valentin.

»Das ist ja schließlich mein Job. Und ganz so großartig war es ja leider nicht.«

»Doch. Es zählt der gute Wille und was am Ende dabei rausgekommen ist.«

Er lächelte.

»Okay, wenn du meinst, und ähm … natürlich wird der Tag heute nicht in Rechnung gestellt. Wenn ich nicht getrickst hätte, wären wir ja gestern Abend wieder in Hamburg gewesen.«

»Ach komm … Das ist doch egal.«

»Ist es nicht«, sagte sie.

»Na gut. Du musst dich damit wohlfühlen.«

»Ja, das wäre mir wichtig. So, dann fahr ich jetzt mal los«, sagte sie, zögerte jedoch einzusteigen.

»Komm gut nach München, Emily«, sagte er, und dann zog er sie an sich. Es fühlte sich ganz selbstverständlich an.

Sie genoss seine Umarmung, und als sie den Kopf hob, sah er sie an.

»Wäre es schlimm, wenn ich dich zum Abschied küssen würde?«, fragte er leise.

»Nein«, flüsterte sie.

»Gut …«

Ihre kalten Lippen berührten sich zärtlich zu einem sanften Kuss.

Als sie sich voneinander gelöst hatten, murmelte Emily: »Das war ein schöner Kuss.«

Er nickte. »Ein schöner erster Kuss«, sagte er, und sie sah es als Versprechen, dass zumindest ein zweiter Kuss folgen würde.

»So … Jetzt fahr aber los. Damit du nicht zu spät in München ankommst.«

»Sag bitte noch mal viele Grüße an alle.«

»Mache ich.«

»Und dir und deiner Familie alles Gute!«

Sie stieg in den Wagen, schnallte sich an und fuhr dann los. Valentin winkte ihr hinterher, bis sie um die Kurve verschwunden war.

Emily atmete tief ein und aus und lächelte dann.

Valentin hatte sie tatsächlich geküsst, und sie würden sich bald wiedersehen. Wenn sie sich nicht solche Sorgen um ihren Vater machen würde, hätte sie am liebsten das Radio laut aufgedreht und gesungen.

Vorsichtig fuhr sie die steile enge Straße nach unten. Die war zwar geräumt, aber trotzdem nicht ganz frei von Schnee und dazu ziemlich glatt. Sie wählte über das Handy Victors Nummer.

»Hi, Emilchen, bist du schon unterwegs nach Hamburg?«, fragte ihr Kollege.

»Nein. Ich habe umdisponiert und fahre jetzt nach München zu meinem Vater.«

»Dann verbringst du den Heiligabend bei ihm?«

»Ja, stell dir vor … mit ihm und meiner Schwester.«

»Wie schön! Das freut mich sehr!«

Sie sagte ihm nicht, dass sie sich Sorgen um ihren Vater machte.

»Vermutlich werde ich an den Feiertagen noch in München sein und kann nicht zu eurer Knödelparty kommen.«

»Das holen wir bald nach«, versprach Victor.

»Ich wünsche dir und deiner Familie frohe Weihnachten!«

»Das wünsche ich dir auch, Emily. Bis bald!«

»Bis bald.«

Sie legte auf und wählte eine weitere Nummer.

»Laura?«

»Ja … Du rufst doch jetzt nicht an, um mir zu sagen, dass es später nicht klappt?«, polterte ihre Schwester sofort los.

»Doch. Genau das tue ich!«, sagte Emily und musste sich plötzlich ein Lächeln verkneifen.

»Ich habe es doch gewusst. Warum kannst du nicht einmal …«

»Laura, hör mir bitte zu«, unterbrach sie ihre Schwester, damit diese sich nicht in Rage redete. »Ich werde deswegen kein Videogespräch mit euch machen, weil ich in zwei Stunden bei euch bin.«

Für einige Sekunden herrschte Stille.

»Wie meinst du das?«

»So wie ich es gesagt habe. Ich bin wegen eines Auftrags im Berchtesgadener Land und jetzt unterwegs nach München.«

»Wirklich?«

»Wirklich!«

»Und das ist jetzt kein dummer Scherz?«, fragte Laura sicherheitshalber nach. Ganz offenbar konnte sie es tatsächlich nicht fassen. »Denn ich werde das jetzt gleich Papa sagen, und wenn es nicht stimmen sollte …«

»Es stimmt. Du kannst es ihm ruhig sagen.«

Ein paar Sekunden herrschte Stille in der Leitung.

»Laura? Bist du noch da?«

Sie hörte ein leises Schniefen. Weinte Laura etwa?

»Ja … Ich bin noch da. Schön, dass du kommst. Er wird sich sehr, sehr freuen! Und ich … ich mich auch! Bis dann.«

»Bis dann.«

Emily legte auf und lächelte. Dann drehte sie das Radio an.

»Oh, nein!«

Weil Weihnachten in dir ist …

Zu ihrer eigenen Überraschung drehte sie das Radio lauter und sang das Weihnachtslied von Jessi mit.

Eineinhalb Stunden später machte Emily kurz halt, um zu tanken. Da sie außer dem Kuchen keine Geschenke dabeihatte, kaufte sie für ihre lesesüchtige Schwester drei Romane und für ihren Vater, der Süßigkeiten liebte, eine riesige Schachtel Pralinen und noch ein paar Wissenschaftszeitungen, die er ebenfalls gern las. Schließlich nahm sie noch zwei Flaschen Wein mit, bevor sie sich wieder auf den Weg machte.

Es würde keine halbe Stunde mehr dauern, bis sie ihren Vater wiedersehen würde, das erste Mal nach 22 Jahren an einem Heiligabend.

Kapitel 26

Eine beunruhigende Nachricht

Heiligabend – Teil 5

Karl drückte seine jüngste Tochter fest an sich, und es tat so gut, dass er sie endlich wieder in den Armen hielt.

»Frohe Weihnachten, Emily. Ich kann es immer noch nicht glauben, dass du wirklich da bist, mein Schatz«, sagte er.

Emily löste sich von ihm.

»Ich auch nicht, Papa. Frohe Weihnachten«, sagte sie mit einem Lächeln und schlüpfte aus ihrer Jacke, die Karl ihr abnahm und an die Garderobe hängte. Ihr Vater war mit seinen fünfundsechzig Jahren immer noch ein attraktiver Mann, und ihm war nicht anzusehen, dass ihm irgendwas fehlen könnte. Sie hatte nur den Eindruck, dass er ein klein wenig langsamer sprach. Aber vielleicht hatte er zusammen mit Laura schon ein Gläschen getrunken.

»Jetzt komm aber rein und begrüße deine Schwester«, forderte er sie auf.

Emily nahm ihren Rucksack und die Tasche mit den Geschenken und folgte ihrem Vater ins Wohnzimmer, das auch als Esszimmer genutzt wurde. Auf einem Tisch vor dem Fenster stand ein kleiner Weihnachtsbaum, der mit roten und goldenen Kugeln geschmückt war. Mehr gab es nicht an Weihnachtsdekoration, trotzdem war der Raum sehr gemütlich.

»Hallo, Emily«, sagte Laura. »Frohe Weihnachten!«

»Frohe Weihnachten. Ich freue mich auch, dich zu sehen!«, sagte Emily, und zu ihrer eigenen Überraschung freute sie sich tatsächlich. Sie ließ es jedoch bleiben, ihre Schwester zu umarmen, weil sie wusste, dass Laura das nicht so gerne mochte.

»Was möchtest du denn trinken?«, fragte Karl.

»Erst einmal nur ein Glas Wasser«, sagte Emily. »Aber das kann ich mir auch selbst holen.«

»Bleib nur hier, ich mach das schon«, sagte Laura und ging hinaus in die Küche.

»Du siehst gut aus, mein Mädchen«, sagte Karl und strahlte immer noch vor Freude, weil Emily so völlig unerwartet hier war.

»Du aber auch!«

Er lächelte, doch es wirkte etwas steif.

Laura kam zurück und reichte Emily ein Glas Mineralwasser.

»Danke … Ich wusste nicht, dass ich heute hierherkommen würde«, erklärte Emily offen. »Deswegen habe ich nur kleine Geschenke für euch dabei, und sie sind leider auch nicht verpackt.«

»Du hättest doch nichts mitbringen müssen!«, sagte ihr Vater, der ihr jedes Jahr ein Geschenk mit der Post schickte, das sicherlich schon bei Emilys Nachbarin in Hamburg darauf wartete, von ihr abgeholt zu werden.

»Ist ja wirklich nur eine Kleinigkeit«, sagte sie und reichte ihrem Vater die Zeitschriften und die Pralinen und Laura die Bücher. »Und den Wein können wir vielleicht für später kalt stellen.«

»Das ist wirklich sehr lieb von dir«, sagte Karl.

»Danke«, sagte auch Laura. »Und du hast es gut erraten, ich habe noch keines der Bücher gelesen.«

»Ich habe aber noch etwas anderes mitgebracht.« Sie holte den eingewickelten Kuchen aus der Tasche.

»Was ist das denn?«, fragte ihr Vater.

»Ein Weihnachtskuchen«, sagte Emily.

»Du hast einen Weihnachtskuchen gebacken?«, fragte Laura erstaunt.

»Ja ... das ist eine längere Geschichte. Möchtet ihr vielleicht ein Stück essen?«

»Später gerne«, sagte Karl. »Ich möchte aber vorher etwas mit dir besprechen.«

In diesem Moment kroch Angst in Emily hoch. Sie spürte, dass es um etwas Ernstes ging.

»Lässt du uns bitte eine Weile allein, Laura?«, bat Karl seine älteste Tochter.

»Ich gehe in die Küche und wärme inzwischen das Essen auf.«

»Was gibt es denn?«, fragte Emily.

»Gulaschsuppe.«

»Laura, lass dir bitte noch ein wenig Zeit mit dem Aufwärmen ... Unser Gespräch kann etwas dauern.«

»Na gut ... Dann gehe ich noch eine kleine Runde spazieren«, sagte sie und ging hinaus. Kurz darauf hörten sie die Wohnungstür ins Schloss fallen.

»Was ist los, Papa?«, kam Emily gleich zur Sache, damit sie es hinter sich hatte.

Karl atmete einmal tief ein und aus und zog dann am Ärmel seines Hemdes. Das machte er immer, wenn er nervös war. Schließlich räusperte er sich.

»Vor zwei Wochen hatte ich einen ganz leichten Schlaganfall«, sagte er.

»Was? Einen Schlaganfall? Und ihr habt mir nichts gesagt?«, rief Emily aufgebracht.

»Bitte reg dich nicht auf. Es war wirklich nicht schlimm. Ich hatte Sehstörungen und ein leichtes Taubheitsgefühl, das ist alles inzwischen wieder verschwunden.«

»Trotzdem hättet ihr mir das sagen sollen!«

»Du bist immer so beschäftigt, und ich wollte nicht, dass du dir unnötig Sorgen machst. Laura war ja hier. Sie hat mich sofort zum Hausarzt gebracht, der mich ins Krankenhaus geschickt hat. Dort wurde ich behandelt, und zur Sicherheit wurden gleich noch einige weitere Untersuchungen gemacht. Bei der Computertomografie gab es eine Art Zufallsbefund. Ein kleines Aneurysma, das jedoch bisher keine Beschwerden gemacht hat.«

Er sprach so sachlich wie möglich, was es für Emily umso schlimmer machte.

»Du hast ein Aneurysma im Kopf?«, fragte sie, und ihre Kehle war eng vor Angst.

»Ja. Das wäre vermutlich noch eine Weile unentdeckt geblieben, wenn ich den leichten Schlaganfall nicht gehabt hätte.«

»Und jetzt? Da kann man doch etwas tun?«, fragte Emily, hatte jedoch Angst vor der Antwort.

»Sie wollen das Aneurysma coilen. Das bedeutet, dass sie über einen Katheter in der Leiste eine kleine Spirale einbringen. Wie das ganz genau funktioniert, kann ich dir leider auch nicht sagen. Der Arzt meinte jedenfalls, dass es in meinem Fall die schonendste Methode wäre. Ich bin eigentlich ganz zuversichtlich. Aber dennoch …«

»Dennoch was?«

»Natürlich kann immer etwas Unvorhergesehenes passieren. Deswegen war es mir so wichtig, dass wir uns noch mal sehen.«

»Warum hast du es mir nicht einfach gesagt? Ich wäre sofort zu dir gekommen.«

»Es ging alles so schnell, und ich wollte noch die ganzen Untersuchungen abwarten. Außerdem fühle ich mich ja trotzdem gut und merke nichts von dem Ding im Kopf.«

»Wann ist denn die OP?«

»Übermorgen.«

»Was? So schnell?«

Emily hatte das Gefühl, dass ihr die Zeit mit ihrem Vater wie ein wild gewordenes Pferd davongaloppierte.

»Eigentlich wäre der Termin erst in zwei Wochen gewesen. Wie gesagt, ich habe das Aneurysma sicherlich schon seit Längerem, und es hat keine Probleme bereitet. Aber vor drei Tagen bekam ich einen Anruf, dass überraschend ein Termin am zweiten Weihnachtsfeiertag frei geworden ist, und ich habe zugesagt, damit ich es hinter mir habe.«

Deswegen hatte Laura sie angerufen und mit ihr sprechen

wollen. Emily lehnte sich an ihren Vater. Karl legte einen Arm um sie und zog sie an sich.

»Du weißt doch, dass ich zäh bin. Ich werde das sicherlich gut überstehen.«

»Natürlich wirst du das!«, sagte sie, doch sie war hin- und hergerissen, zwischen Angst und Zuversicht. Immerhin war es keine Diagnose für eine unheilbare Krankheit.

Eine Weile lang sprachen beide kein Wort.

»Papa?«, sagte sie schließlich.

»Ja?«

»Es tut mir so leid.«

»Aber da kannst du doch nichts dafür.«

»Ich meine wegen damals. Dass ich unsere Familie kaputtgemacht habe. Wenn ich mich nicht verplappert hätte, dann wäre …«

»Halt!«

Karl rutschte ein Stück zur Seite und sah Emily fassungslos an. »Was redest du denn da für einen Unsinn?«

»Wenn ich einfach nicht gesagt hätte, dass du die Frau des Hausmeisters geküsst hast, hättet ihr euch damals nicht getrennt.«

»Jetzt pass mal auf, was ich dir sage, Emily«, sagte er und klang mit einem Mal sehr streng.

»Ich habe es dir damals schon gesagt und sage es dir jetzt wieder: Du hast absolut nichts falsch gemacht. Ich war es, der diesen Fehler gemacht hat. Ein dummer Fehler, der so vielen Menschen so viel Kummer bereitet hat. Und ich weiß bis heute noch nicht, warum ich diesen Kuss überhaupt zugelassen habe. Ich fand die Frau noch nicht einmal sonderlich ansprechend.«

»Es war nur ein Kuss?«, fragte Emily verdutzt. »Du hattest wirklich keine Affäre mit ihr?«

»Affäre? Nein! Der Himmel bewahre! Ich habe mir an diesem Tag beim Hausmeister eine Säge ausgeliehen, um die unteren Äste des Weihnachtsbaums abzusägen. Als ich sie wieder zurückgebracht habe, war nur seine Frau da. Sie hat mir einen Weihnachtsschnaps angeboten, und ich habe nicht Nein gesagt. Auch nicht zu einem zweiten. Dann hat sie mich gebeten, ihr zu helfen, etwas in den Werkraum zu tragen. Ich weiß noch nicht einmal mehr, was. Wir haben ein wenig herumgealbert, und ich habe mir nicht viel dabei gedacht. Plötzlich hat sie mir die Arme um den Hals gelegt und mich geküsst. Und ja, ich habe den Kuss erwidert. Und genau in diesem Moment warst du plötzlich da.«

»Du hast Mama nicht mit ihr betrogen?«, fragte Emily ungläubig. »Es gab tatsächlich nur diesen einen Kuss?«

Karl nickte.

»Und nur deswegen habt ihr euch scheiden lassen? Hast du Mama denn nicht gesagt, dass nicht mehr passiert ist?«

»Natürlich. Aber sie hat es mir nicht geglaubt. Sie war schwer enttäuscht von mir und hat mir nicht mehr vertraut. Und ich war ebenfalls enttäuscht von ihr, weil sie mir nicht glaubte, dass es wirklich nur dieser eine blöde Kuss war, den ich wohl bis an mein Lebensende bereuen werde.«

Emily griff nach der Hand ihres Vaters.

»Es tut mir so leid, dass ihr nicht mehr zusammengefunden habt«, sagte Emily leise.

»Vielleicht hat es einfach so sein müssen«, sagte er und seufzte. Doch dann lächelte er.

»Genug von der Vergangenheit. Ich bin so glücklich, dass

du heute hier bist. Der erste Heiligabend, den ich mit Laura und dir gemeinsam verbringe, seit damals.«

»Was glaubst du, wie Mama sich ärgern wird, wenn sie das erfährt«, sagte Emily und musste plötzlich grinsen.

Ihr Vater lachte leise.

»Ganz sicher wird sie das ... Ich habe mir all die Jahre immer gewünscht, wenigstens noch einmal einen gemeinsamen Heiligabend mit allen meinen Kindern zu erleben. Aber das hat sie irgendwie immer zu verhindern gewusst«, sagte er traurig.

»Dabei wart du und Mama für mich immer die wunderbarsten Menschen der Welt und meine Vorbilder. Nur das mit eurer Ehe habt ihr nicht auf die Reihe bekommen«, murmelte Emily ebenfalls traurig.

»Leider nicht.«

Plötzlich stand er auf und ging zum Wohnzimmerschrank. Er öffnete das untere Fach und holte ein größeres Weihnachtspäckchen hervor. Das Papier wirkte schon etwas ausgebleicht, und an den Rändern war es leicht aufgerissen.

»Was ist das für ein Päckchen?«, fragte Emily, während ihr Vater sich wieder neben sie setzte.

»Es ist das Weihnachtsgeschenk, das ich Luise damals geben wollte. Doch dazu ist es leider nicht mehr gekommen«, sagte er. »Wenn mir etwas passiert bei der Operation, kannst du es ihr bitte geben?«

Emily schluckte.

»Dir wird nichts passieren.«

»Trotzdem bitte ich dich, es zu nehmen, für den Fall ... Bei Laura kann ich mir nicht sicher sein, dass sie es ihrer Mutter wirklich gibt. Die beiden hatten noch nie das beste

Verhältnis zueinander, und das hat sich leider nicht geändert.«

»Na gut … Aber ich bin mir sicher, dass ich es ihr nicht geben muss. Was ist es denn?«

»Das möchte ich nicht sagen. Jedenfalls habe ich damit wohl einen Fehler gemacht. Dabei habe ich es ihr noch nicht einmal geschenkt.«

»Wie meinst du das, Papa?«

Er winkte ab.

»Egal.«

»Soll ich vielleicht Markus anrufen und ihn bitten, dass er auch noch herkommt?«, fragte Emily. Ihre Mutter hatte schließlich kein exklusives Recht darauf, dass ihr Sohn den Heiligabend stets bei ihr verbrachte.

»Nein … dann wäre sie ja ganz allein«, sagte Karl.

Emily musste an Berchtesgaden denken. Und daran, wie Rick mit seinem Vorschlag und viel gutem Willen alles unter einen Hut gebracht hatte. Auch wenn das vorher nicht vorstellbar gewesen war.

Plötzlich hatte sie einen Gedanken, der immer mehr Gestalt in ihr annahm.

»Papa. Zieh dich an«, sagte sie und stand auf.

»Warum? Was hast du vor?«

In diesem Moment hörte sie, wie draußen die Wohnungstür aufgesperrt wurde. Laura kam zurück.

»Bleib angezogen, Laura. Wir gehen gleich weg«, rief sie in den Flur hinaus.

Laura sah zur Tür herein.

»Ist was mit Papa?«

»Nein.«

Sie sah Karl an.

»Wie ist das denn? Darfst du überhaupt rausgehen? Oder ist das zu gefährlich wegen des Aneurysmas?«, fragte sie ihn.

»Ich darf schon raus … Aber wo willst du denn hin?«, fragte er verwundert.

»Wir gehen zu Mama! Alle zusammen!«

»Du spinnst doch, Emily!«, rief Laura. »Mama kriegt bestimmt die Krise, wenn wir da einfach so mit Papa auftauchen.«

»Ob Mama sich aufregen wird oder nicht, interessiert mich nicht. Wir alle haben noch mindestens einen gemeinsamen Heiligabend verdient. Und den werden wir heute nachholen. Koste es, was es wolle.«

»Du willst wirklich, dass wir zu Luise gehen?«, fragte Karl, und plötzlich sah sie ein abenteuerliches Funkeln in seinen Augen.

»Ja! Genau das will ich. Laura, pack doch bitte den Topf mit der Gulaschsuppe in einen Korb. Papa, du nimmst das Geschenk und ich den Kuchen und den Wein.«

Plötzlich lächelte Karl.

»Mehr als uns rausschmeißen kann sie ja nicht. Und das habe ich schon einmal überstanden«, sagte er.

»Eben!«

Kapitel 27

Bescherung nach vielen Jahren

Heiligabend – Letzter Teil

Eine halbe Stunde später standen sie im vierten Stock vor der Wohnung, in der sie damals gemeinsam gewohnt hatten. Karl, das alte Geschenkpaket unter dem Arm, drückte auf die Türklingel.

»Ich denke immer noch, dass das ein großer Fehler ist«, sagte Laura leise. »Außerdem soll Papa sich nicht aufregen! Er muss morgen Nachmittag in die Klinik.«

»Mir passiert schon nichts«, sagte Karl entschlossen. »Nicht heute!«

Sie hörten Schritte, dann wurde die Tür geöffnet.

»Vater? Emily? Laura?«, sagte Markus völlig verblüfft. Er sah aus, als könnte er seinen Augen nicht trauen. »Was macht ihr denn hier?«

»Frohe Weihnachten, mein Sohn«, sagte Karl. »Ist deine Mutter da?«

»Äh … ja!«

In diesem Moment kam Luise aus der Küche in den Flur.

Sie sagte kein Wort, sondern drehte sich nur um und ging ins Wohnzimmer.

»Na, das läuft ja super!«, zischte Laura.

»Wir ziehen das jetzt durch. Schlimmer als vor 22 Jahren kann es schließlich nicht mehr werden, oder?«, meinte Emily.

»Ihr wollt reinkommen?«, fragte Markus.

»Ganz genau.«

Sie zogen ihre Schuhe und Jacken aus und gingen dann ins Wohnzimmer.

Emily staunte, als sie den Weihnachtsbaum sah, der genauso groß und genauso wunderschön geschmückt war wie früher. Der Tisch war für zwei Personen gedeckt, und in der Mitte standen eine Suppenterrine und ein Korb mit Brot. Offenbar wollten die beiden gerade anfangen zu essen.

Luise stand am Wohnzimmerschrank und hatte das Fach mit den Schnäpsen geöffnet. Sie schenkte sich großzügig einen Cognac ein und nahm einen Schluck. Dann drehte sie sich zu den drei unerwarteten Gästen.

Noch immer sagte sie kein Wort. Karl ging zu ihr und hielt ihr das Päckchen entgegen.

»Das ist für dich, Luise«, sagte er.

Sie nahm es ihm ab.

»Was ist das?«

»Das Geschenk, das ich dir vor 22 Jahren geben wollte.«

»Du hast es aufgehoben?«, fragte sie.

Emily hätte damit gerechnet, dass ihre Mutter ganz anders reagieren würde, und war überrascht, dass sie nicht laut lospolterte. Sie hatte Laura und Emily noch nicht einmal begrüßt, sondern war ganz auf Karl konzentriert.

»Wie du siehst«, sagte er.

Sie drückte ihm das Geschenk wieder in die Hand und ging aus dem Zimmer.

Karl seufzte.

»Wir hätten wohl doch nicht herkommen sollen«, sagte er. »Aber wenigstens habe ich noch einmal den schönen Christbaum gesehen.«

Emily schluckte. Hoffentlich würde es nicht der letzte Christbaum sein, den er sah.

In diesem Moment kam Luise wieder zurück und hielt ebenfalls ein kleines Päckchen in der Hand.

»Das ist für dich!«, sagte sie. »Es ist auch von damals.«

»Du hast es auch aufgehoben?«, fragte Karl, und seine Stimme zitterte plötzlich.

»Ja … Ich brachte es trotz allem nie übers Herz, es wegzuwerfen. Auch wenn ich damit einen Fehler gemacht habe. Obwohl ich es dir nicht einmal geschenkt habe.«

Emily horchte auf. Fast die gleichen Worte hatte ihr Vater vorhin gesagt. Plötzlich bekam sie eine Gänsehaut. Was bedeutete das?

»Vielleicht wäre es besser, wenn du es gar nicht öffnen würdest«, sagte sie zu Karl.

»Bei meinem ist das so ähnlich«, meinte er.

»Jetzt möchte ich aber wissen, was ihr euch da gegenseitig geschenkt hättet«, sagte Emily, und erst jetzt schien ihre Mutter sie richtig wahrzunehmen.

»Emily. Ich dachte, du musst arbeiten?«, fragte sie.

»Lange Geschichte«, winkte Emily ab.

»Wenn du möchtest, dass wir wieder gehen, dann …«, begann Karl.

»Nein … jetzt seid ihr schon mal hier, dann könnt ihr auch bleiben«, sagte Luise. »Ich weiß nur nicht, ob das Essen für alle reicht.«

»Wir haben was mitgebracht«, sagte Laura und hob den Korb hoch. »Gulaschsuppe.«

»Nein!«, sagte Markus. »Das gibt es nicht. Ratet mal, was es heute bei uns gibt?«

»Gulaschsuppe?«, fragte Laura und musste plötzlich grinsen.

Er nickte.

»Die hat es bis heute noch nie an Heiligabend gegeben«, sagte Markus.

»Natürlich nicht. Es gibt kein Gericht zweimal«, meinte Laura.

»Und ich habe selbst gemachten Weihnachtskuchen mitgebracht und Wein«, sagte Emily, die immer noch nicht glauben konnte, wie sich die Sache hier gerade entwickelte.

»Soll ich dein Geschenk jetzt aufmachen, oder nicht?«, fragte Luise.

»Ja. Aber freuen wirst du dich darüber nicht. Oder vielleicht freust du dich ja gerade, ich weiß es nicht«, sagte Karl und wirkte plötzlich unsicher.

Luise setzte sich mit dem Päckchen an den Tisch und packte es aus. Es kam eine Schuhschachtel zum Vorschein. Sie öffnete den Deckel.

»Wanderschuhe!«, sagte sie verblüfft.

»Papa! Man verschenkt doch keine Schuhe. Das bedeutet, dass der geliebte Mensch einen damit verlässt!«, sagte Laura.

»Das weiß ich inzwischen auch«, brummte Karl.

»So ein blöder Aberglaube«, sagte Markus.

»Von wegen«, zischte Laura. »Du siehst doch, was passiert ist.«

»Ich habe das damals nicht gewusst«, sagte Karl und wandte sich wieder an Luise. »Ich wollte dir eine Freude machen, weil deine alten Wanderschuhe schon so abgenutzt waren.«

Plötzlich fing Luise an zu lachen, und alle sahen sie verwundert an.

»Mach bitte dein Päckchen auch auf, Karl«, sagte sie, als sie sich wieder beruhigt hatte.

»Na gut.«

Er wickelte es ebenfalls aus.

»Ein Schweizer Taschenmesser!«, rief er überrascht.

Laura verdrehte die Augen.

»Ich fasse es nicht. Man verschenkt doch auch keine Messer. Das bringt auch Unglück und zertrennt eine Beziehung«, sagte sie. »Jetzt wundert mich echt gar nichts mehr!«

»Nachdem das Schlimmste schon längst passiert ist, behalte ich das Messer gern«, sagte Karl.

»Und ich die Wanderschuhe. Die kann ich gut gebrauchen.«

Die beiden sahen sich an, und nun fing Karl an zu lachen, und auch Luise prustete wieder los. Und schließlich fielen auch die Kinder mit ein.

Als sie sich schließlich wieder beruhigt hatten, sagte Karl, plötzlich ganz ernst.

»Es tut mir so leid, Luise. Dass das damals passiert ist und wie sich danach alles zwischen uns entwickelt hat. Ich kann es nicht mehr rückgängig machen. Aber ich möchte nach all den Jahren einfach Frieden mit dir schließen. Der Kinder wegen und auch für uns.«

»Ich habe damals, und auch später, auch nicht alles richtig gemacht. Und das tut mir leid. Wirklich. Ich bin froh, dass du heute den ersten Schritt gemacht hast und gekommen bist, Karl. Und auch ihr, Kinder«, sagte Luise nun zu den Schwestern. »Es ist wirklich an der Zeit, dass wir uns wieder vertragen. Denn Markus hat mir vorhin etwas gesagt.«

»Was denn?«

»Wir werden Großeltern, Karl«, sagte sie, und ihre Augen funkelten verdächtig.

»Nein!«

»Doch!«

»Du wirst Papa?«, fragten Emily und Laura gleichzeitig ihren Bruder.

»Ich wollte es euch eigentlich selbst sagen«, begann Markus und grinste. »Aber so ist es auch in Ordnung. Ja. Ich habe vor Kurzem eine Frau kennengelernt, und es war nicht geplant, aber es ist passiert. Wenn alles gut geht, werdet ihr im Juli Tanten.«

Die Schwestern umarmten Markus und beglückwünschten ihn. Und dann trat Karl zu ihm und nahm ihn ebenfalls in die Arme.

»Was für eine wunderbare Nachricht, mein Junge. Ich freue mich sehr für dich«, sagte er, und Emily ahnte, was gerade in ihm vorging.

»Wisst ihr was? Markus und ich wärmen das Essen auf, und ihr setzt euch schon mal«, sagte Luise, und Emily freute sich, dass ihre Mutter so gelöst und entspannt wirkte.

Als Luise und Markus aus dem Zimmer waren, sagte Karl leise zu seinen Töchtern.

»Ich bitte euch, den beiden heute noch nichts zu sagen von meinem Aneurysma. Lasst uns an diesem Abend Weihnachten und das neue Leben feiern, das bald in unsere Familie kommen wird. Es reicht, wenn sie es morgen erfahren.«

»Na gut. Wir sagen ihnen noch nichts«, sagte Laura heiser. »Ich gehe mal rüber und helfe Mama und Markus mit dem Essen.«

Als sie weg war, griff Karl nach Emilys Hand.

»Danke, dass du uns überredet hast herzukommen, Emily. Es ist das schönste Weihnachten meines Lebens«, sagte er und wischte sich dann eine Träne aus den Augenwinkeln.

»Ja. Das ist es«, sagte Emily.

Es war schon weit nach Mitternacht, als sie auf dem Sofa im Wohnzimmer ihres Vaters lag. Karl war schon schlafen gegangen. Doch Emily ging in Gedanken noch mal jeden Moment dieses wunderbaren Abends durch. Es war tatsächlich ihr schönstes Weihnachten gewesen und hatte die Schuldgefühle, die sie so viele Jahre in sich getragen hatte, endlich aufgelöst. Sie wollte jetzt nicht daran denken, dass ihr Vater bald eine gefährliche Operation vor sich hatte, sondern daran, wie sie vorhin gemeinsam Gulaschsuppe gegessen hatten und als Nachtisch den Weihnachtskuchen. Sie hatten Weihnachtslieder gehört und schöne Gespräche geführt. Auch wenn ihre Eltern kein Paar mehr waren und es vermutlich auch in Zukunft nicht sein würden, so hatten sie sich als zukünftige Großeltern der Familie zuliebe versöhnt. Dafür war sie unglaublich dankbar.

Sie griff nach ihrem Handy und schickte eine Nachricht an Valentin:

Ich habe das Weihnachtskriegsbeil begraben.

Valentin antwortete:

Das freut mich sehr. Wir sehen uns bald in Hamburg.

Kurz darauf schickte Valentin ein kleines Video aus dem Weihnachtswohnzimmer in Berchtesgaden, auf dem alle vor dem Christbaum standen und Emily frohe Weihnachten wünschten.

EPILOG

Weihnachten an Silvester

Berchtesgaden/Hamburg – 7 Tage später

»Joshi? Stella? Habt ihr wirklich alles eingepackt?«, fragte Hannah die Zwillinge. Die beiden schauten noch ziemlich müde aus der Wäsche. Kein Wunder. Es war kurz vor halb sieben Uhr morgens und draußen noch stockdunkel.

»Ja, haben wir!«, beteuerte Stella, und Joshua gähnte.

»Auch Jojo?« Emily zwinkerte den beiden zu.

Sie war gestern Abend von München nach Berchtesgaden gekommen und hatte hier übernachtet, damit sie sich gleich in der Früh auf den Weg nach Hamburg machen konnten. Eigentlich war die Rückfahrt schon am Tag vorher geplant gewesen, aber die Kinder hatten unbedingt noch einen Tag verlängern wollen. Emily war das gerade recht gewesen, damit sie noch mehr Zeit mit ihrer Familie, vor allem bei ihrem Vater im Krankenhaus verbringen konnte. Die Operation war problemlos verlaufen, und die Aussichten darauf, dass Karl noch zahlreiche weitere gute Jahre vor sich hatte, waren gut.

Als Emily sich gestern Nachmittag von ihm verabschiedet hatte, war ihre Mutter gekommen, um Karl zu besuchen. Emily freute sich, dass die Eltern einen Weg gefunden hatten, wieder freundlich und respektvoll miteinander umzugehen. Und sogar zwischen ihrer Schwester Laura und ihr war der Ton ein wenig herzlicher geworden, auch wenn sie sich in vielen Dingen nach wie vor nicht einig werden konnten. Aber so war es eben manchmal bei Geschwistern. Letztlich zählte, dass sie am Ende doch zusammenhielten, wenn es Probleme gab. Emily hatte beim Abschied versprochen, zukünftig wieder regelmäßig nach Bayern zu kommen, um Zeit mit der Familie zu verbringen.

»Schau selbst, hier ist Jojo!«, riss Stella sie aus ihren Gedanken und hielt ihr das Kuscheltier vor die Nase, bevor sie es wieder in den Rucksack steckte.

»Super … dann können wir jetzt starten.«

»Bianca hat reichlich Proviant für euch eingepackt«, sagte Rick und reichte Emily eine Kühlbox.

»Vielen Dank!«

Dann war es Zeit, sich zu verabschieden. Hannah ging in die Hocke und umarmte die Zwillinge fest.

»Du wirst mir fehlen, Mama!«, murmelte Joshi und versuchte, nicht zu weinen.

»Mir auch, Mami!«, sagte Stella leise.

»Ihr mir auch, meine zwei Schätze. Ich hab euch ganz fest lieb … Sobald die Dreharbeiten zu Ende sind, komme ich für ein Wochenende nach Hamburg«, versprach sie.

»Darf ich da auch mitkommen?«, hörten sie plötzlich die Stimme von Bonnie. Sie stand in ihrem Schlafanzug auf der letzten Treppenstufe.

»Aber klar!«, sagte Hannah, und Rick nickte zustimmend.

»Du kannst sogar bei uns schlafen, wenn du möchtest«, bot Stella an.

Bevor der Abschied zu rührselig wurde und sich noch ewig hinauszog, sagte Emily: »So, ihr Lieben. Jetzt müssen wir aber wirklich losdüsen, damit wir rechtzeitig am Abend in Hamburg sind. Schließlich gibt es dort heute noch einen besonderen Abend für euch.«

»Und für dich auch!«, sagte Joshua und grinste.

Und tatsächlich hatte Emily Valentins Einladung angenommen, mit ihm und den Zwillingen Weihnachten und Silvester zu feiern.

Weihnester, wie Joshua und Stella diesen besonderen Tag abgekürzt hatten.

»Ich bin mir sicher, wir werden uns bald mal wiedersehen, Emily«, sagte Rick.

»Das kann ich mir auch sehr gut vorstellen«, meinte Hannah und lächelte. »Danke noch mal für alles!«

»Auch euch vielen Dank! Und bis hoffentlich bald.«

Fünf Minuten später bog Emily vom Parkplatz in die kleine Straße ein, die nach unten auf die Hauptstraße führte. Die Kinder winkten so lange, bis das Haus und damit ihre Mutter, Rick und Bonnie nicht mehr zu sehen waren.

»Wie sieht es aus, ihr zwei? Wollt ihr *Ich packe meinen Koffer* spielen oder lieber ein Hörbuch hören?«, fragte Emily mit einem Blick in den Rückspiegel. »Ich habe extra einige für die Fahrt heruntergeladen.«

»Och. Kannst du uns nicht wieder eine Geschichte von dir erzählen?«, fragte Joshua.

»Ja! Wie du ein Kind warst und was Spannendes passiert ist. Das wär viel schöner!«, rief Stella.

Emily seufzte, musste dann jedoch lächeln. Irgendwie hatte sie bereits damit gerechnet.

»Na gut«, sagte sie. »Wollt ihr hören, wie meine Schwester und ich mal bei einem Besuch bei unserem Onkel Franz eine kleine Schlange gerettet haben?«

»Eine echte Schlange?«, fragte Stella fasziniert.

»Ja. Eine Ringelnatter. Soll ich es euch erzählen?«

»Ja!«, riefen die Kinder begeistert, und Emily legte los.

Valentin schaltete die Lichterkette am Weihnachtsbaum an und zündete die Kerzen an, die auf dem Tisch und der Kommode standen. Das Wohnzimmer war zwar längst nicht so aufwendig dekoriert wie das in Berchtesgaden, aber er hatte für eine gemütliche weihnachtliche Stimmung gesorgt. Er sah auf die Uhr. Es war kurz vor halb sechs. In wenigen Minuten würden Emily und die Kinder eintreffen. Valentin merkte, dass er inzwischen etwas aufgeregt war. Natürlich konnte er es kaum mehr erwarten, bis die Kinder wieder zu Hause waren. Aber er freute sich auch, Emily wiederzusehen. In den letzten Tagen hatten sie öfter telefoniert und sich Nachrichten geschickt wegen der Rückfahrt, dabei aber auch über Gott und die Welt geplaudert und sich noch besser kennengelernt. Bei einem dieser Gespräche hatte er sie auch zum heutigen Abend eingeladen.

Mit einem letzten prüfenden Blick verließ er das Wohnzimmer und ging in die Küche. Dort köchelte auf dem Herd eine Kürbissuppe, die sich die Kinder für diesen Abend gewünscht hatten und als Nachtisch Eis.

Endlich klingelte es an der Haustür! Er atmete noch einmal tief durch, dann ging er hinaus.

Emily spürte keinerlei Müdigkeit nach der langen Fahrt. Sie hatten genug Pausen eingelegt, und die Zeit mit den Kindern war so fröhlich und unterhaltsam gewesen, dass sie nur so verflogen war. Trotzdem war sie froh, dass sie endlich angekommen waren.

Neben der Haustür sorgten Kerzen in Laternen und Weckgläsern und ein kleiner Tannenbaum in einem Topf für ein stimmungsvolles weihnachtliches Ambiente, auch wenn kein Schnee lag.

Als Valentin die Tür öffnete, pochte ihr Herz plötzlich ein wenig schneller.

»Hallo, ihr drei!«, rief er mit einem breiten Lächeln.

»Hallo, Papa!«

Die Kinder fielen ihrem Vater um den Hals, und er drückte sie fest an sich. Dann drehte er sich zu ihr.

»Hallo, Valentin!«

»Herzlich willkommen, Emily«, sagte er und umarmte auch sie zur Begrüßung, was sich ziemlich gut anfühlte.

»Jetzt aber rein mit euch. Das Gepäck holen wir später«, sagte er. »Habt ihr schon Hunger?«

»Eigentlich noch nicht so sehr! Wir hatten jede Menge Proviant dabei«, meinte Emily, während sie die Jacken und Schuhe auszogen.

»Können wir den Weihnachtsbaum und die Geschenke sehen?«, fragte Stella aufgeregt.

»Ihr könnt es wohl gar nicht mehr erwarten?«, bemerkte Valentin amüsiert und lachte.

»Nein!«, sagte Joshua.

»Okay ... Dann will ich euch nicht mehr lange auf die Folter spannen. Ich verschwinde jetzt ins Wohnzimmer, und ihr zählt bis zwanzig, dann dürft ihr reinkommen.«

»Auf ein gutes neues Jahr, Emily!«, sagte Valentin ein paar Stunden später um Punkt Mitternacht.

»Auf ein gutes neues Jahr, Valentin!«

Sie standen vor dem Fenster und prosteten sich mit Sekt zu, während draußen bunt schillerndes Feuerwerk in den Himmel stieg. Die Kinder waren so müde gewesen, dass ihnen vor einer Stunde schon immer die Augen zugefallen waren und Valentin sie ins Bett gebracht hatte. Nicht einmal das laute Feuerwerk konnte sie wecken.

Nachdem sie einen kleinen Schluck getrunken hatte, stellte Emily das Glas zur Seite.

»Tut mir leid, aber morgen früh geht es mit meinem Kollegen nach Berlin«, sagte sie. »Da muss ich fit sein.«

»Verstehe. Auch wenn es schade ist, dass du losmusst.«

»Es war so ein schöner Abend, Valentin. Und das Essen war super. Vielen Dank«, sagte Emily. »Vor allem auch für das großartige Geschenk.«

Valentin hatte als Überraschung für sie eine Mappe mit einigen Fotos, die er im Hotel am Flughafen und in Berchtesgaden von ihr geschossen hatte. Emily hatte es kaum glauben können, dass sie auf Fotos so gut aussehen konnte. Vor allem mochte sie jedoch die Bilder, auf denen sie mit den Zwillingen abgebildet war. Eine wunderbare Erinnerung an einen ganz besonderen Auftrag, der ihr Leben ein wenig auf den Kopf gestellt hatte.

»Und ich und die Kinder freuen uns schon riesig auf den Jiu-Jitsu-Einführungskurs, den du uns geschenkt hast. Das hätte es aber wirklich nicht gebraucht, Emily.«

»Kein Problem. Ich habe ziemlich günstige Konditionen raushandeln können«, sagte sie mit einem Lächeln. Victor war ihr sehr entgegengekommen.

»Tja, dann noch mal vielen Dank!«

»Gerne!«

»Und? Hast du schon gute Vorsätze fürs neue Jahr?«, fragte er interessiert.

»Nun ja. Ich werde auf jeden Fall meine Familie in München wieder öfter besuchen ... und da gibt es noch etwas.«

»Ja?«

»In den letzten Tagen habe ich nachgedacht über meine berufliche Zukunft und dass ich etwas ändern möchte.«

»Was hast du denn vor?«

»Ganz möchte ich erst mal nicht aufhören im Sicherheitsdienst. Aber ich habe festgestellt, dass es mir viel Spaß macht, mit Kindern umzugehen. Vielleicht könnte ich zusammen mit Victor, meinem Kollegen, private Sicherheitskurse für Kinder anbieten. Und auch in Schulen Vorträge und Workshops halten zum Thema Mobbing und wie man sich verteidigen kann.«

»Das finde ich eine tolle Idee!«, sagte Valentin ehrlich beeindruckt. »Mir ist auch aufgefallen, wie gern die Kinder mit dir zusammen sind.«

»Danke. Das sind natürlich nur meine ersten Ideen dazu, und ich weiß auch noch gar nicht, ob und wie sich das umsetzen lässt. Ich muss ja auch davon leben können. Aber vielleicht finde ich ja eine Möglichkeit.«

»Wenn du das unbedingt willst, findest du einen Weg, da bin ich mir sicher«, beteuerte er und lächelte.

»Und du? Was sind deine Vorsätze fürs neue Jahr?«, fragte sie.

»Die sind eher ein wenig egoistisch«, sagte er und nahm noch einen Schluck, bevor er sein Glas ebenfalls wegstellte.

»Ach ja? Was hast du denn vor?«, fragte sie neugierig.

»Willst du das wirklich wissen?«

»Ja klar.«

Er sah sie plötzlich mit einem so intensiven Blick an, dass sie nervös wurde.

»Ich habe vor, so oft wie möglich Zeit mit dir zu verbringen«, verriet er.

»Ach wirklich?«, fragte sie, und ihre Beine wurden weich.

»Ja …«, sagte er, und seine Stimme wurde leise. »Natürlich nur, wenn du das auch möchtest.«

Sie schluckte.

»Ich finde, das ist gar keine so schlechte Idee«, murmelte sie.

»Finde ich auch. Aber vorher habe ich noch etwas anderes vor …« Seine Lippen näherten sich langsam den ihren.

»Was denn?« Nun schlug ihr Herz bis zum Hals.

»Kannst du dir das nicht denken?«, fragte er, und dann küsste er sie.

Ende

DANKSAGUNG

Von ganzem Herzen möchte ich Danke sagen, all den lieben Menschen, die mir auch bei dieser Geschichte mit Rat und Tat zur Seite standen bzw. den Roman überhaupt ermöglicht haben:

Meinem wunderbaren Verlag – stellvertretend:

Wiebke, Anna-Lisa, Astrid, Berit, Katharina.

Des Weiteren: Alexandra, Johannes, Franka, Christina und Christian.

Und vor allem: Mama, Felix und Carolin, Elias und Enrica.

Und natürlich all meinen wundervollen Leserinnen und Lesern.

REZEPTE

WEIHNACHTSKUCHEN

Zutaten:

180 g weiche Butter
4 Eier
120 g Zucker
1 Päckchen Vanillezucker
3–4 TL Zimt
½ TL Lebkuchengewürz
1 Prise Salz
120 g Mehl
½ Päckchen Backpulver
130 g gemahlene Haselnüsse
100 g Zartbitterschokolade
30 g Instantschokolade (z. B. Kaba)
100 ml flüssige Sahne
1 Apfel

Zubereitung:

Eiweiß von 3 Eiern mit einer Prise Salz zu Eischnee schlagen. Übriges Eigelb und 1 ganzes Ei zusammen mit weicher Butter, Zucker und Vanillezucker mehrere Minuten aufschlagen. Gesiebtes Mehl mit Backpulver dazugeben. 70 Gramm der Zartbitterschokolade fein reiben. Zusammen mit der Instantschokolade, Zimt, Sahne, Haselnüssen und einem mit der Schale grob geriebenen Apfel dazugeben und weiter verrühren. Am Ende den Eischnee unterziehen. In eine gefettete Backform (Gugelhupf oder Kastenform) geben. Im vorgeheizten Ofen bei ca. 175 Grad ca. 60–65 Minuten backen.

Abkühlen lassen. Restliche Zartbitterschokolade mit etwas Zimt schmelzen und zur Deko über den Kuchen träufeln. Oder mit Puderzucker bestreuen. Wer möchte, kann auch einen Guss aus Rum und Puderzucker über den Kuchen geben.

KARLS RAHM-KRAUTFLECKERL

Zutaten für etwa 4 Personen:

½ kleiner Krautkopf
1 Zwiebel
etwas Öl zum Anbraten
200 ml Sahne (vegane Variante mit Pflanzencreme)
500 Bandnudeln oder Nudeln in Kelchform
etwas gemahlener Kümmel
Salz, Pfeffer
etwas frische Petersilie

Zubereitung:

Krautkopf halbieren, den Strunk herausschneiden. Krautblätter in Streifen schneiden. Zwiebel schälen und klein schneiden.

Öl in einer großen Pfanne oder Wokpfanne erhitzen, Kraut und Zwiebel langsam anbraten. Nicht zu dunkel werden lassen.

Salz und Pfeffer, etwas Kümmelpulver und 2 bis 3 Esslöffel Wasser hinzugeben, leicht schmoren lassen.

Währenddessen die Nudeln in Salzwasser kochen.

Wenn das Kraut die gewünschte Bissfestigkeit hat, mit Sahne aufgießen, kurz aufkochen und die Nudeln gleich nach dem Abgießen mit etwas Nudelwasser hinzugeben. Gut durchmischen und ggf. noch mal abschmecken. Zum Servieren frische gehackte Petersilie darüber streuen.

Wer mag, kann zu den Krautfleckerln auch etwas angebratene Speckwürfel geben. Und/oder Parmesan darüber reiben.

GULASCHSUPPE

Zutaten für etwa 4 Personen:

500 g mageres Rindfleisch
500 g Zwiebel
etwas Öl zum Anbraten
3–4 Zehen Knoblauch
2 große rote Paprikaschoten
500 g Kartoffeln
ca. 1 Liter Brühe
ca. ½ Flasche Rotwein (lieblich)
3–4 EL Tomatenmark
3 EL Paprikapulver edelsüß
1 TL Paprikapulver scharf (nur wer es scharf mag)
1 TL gemahlener Kümmel
Salz, Pfeffer

Zubereitung:

Fleisch in kleine Würfel schneiden und in einem großen Topf in heißem Öl anbraten. Gehackte Zwiebeln dazugeben und gut umrühren. Mit Paprikapulver, Salz und Pfeffer würzen, gehackten Knoblauch hinzufügen, noch mal gut umrühren und dann zuerst mit dem Rotwein, dann mit Brühe aufgießen. Tomatenmark und Kümmelpulver dazu. Ca. ½

Stunde bei geschlossenem Topf köcheln lassen. Dann den Paprika in Würfel schneiden und ebenfalls dazugeben. Inzwischen Kartoffeln schälen und in Würfel schneiden und auch diese in den Topf geben. Bei kleiner Hitze köcheln lassen, bis das Fleisch und die Kartoffeln weich sind. Bei Bedarf mehr Flüssigkeit (Brühe/Wein) dazugeben. Noch mal gut abschmecken.

Mit frischem Baguette oder Bauernbrot servieren. Wer mag, kann einen Klecks Sauerrahm oder Schmand auf die Suppe geben.

BIANCAS VANILLEKIPFERL

Zutaten Teig:

210 g kalte Butter
300 g Mehl
100 g Mandeln (blanchiert)
100 g Puderzucker
2 Eigelb
1 Päckchen Vanillezucker
ca. 10 Tropfen Vanillearoma

Zusätzlich zum Wälzen der heißen Kipferl:

2 Päckchen Vanillezucker
100 g Puderzucker

Zubereitung:

Aus den Zutaten einen Teig herstellen, zu einer Kugel formen und ihn mindestens eine Stunde in den Kühlschrank stellen.

Dann aus dem Teig kleine Hörnchen formen und auf einem Blech mit Backpapier ca. 15 Minuten bei 160–175 Grad backen, bis sie goldgelb sind. Vanillezucker und gesiebten Puderzucker vermischen. Die heißen Hörnchen sofort in der Zuckermischung wälzen und abkühlen lassen.

Ich wünsche Ihnen viel Spaß beim Nachkochen und Nachbacken. Und wie immer gilt auch diesmal: Der Kreativität und dem eigenen Geschmack sind beim Kochen keine Grenzen gesetzt. Übrigens freue ich mich immer sehr, wenn ich Rückmeldungen bekomme, ob die Rezepte gelungen sind.